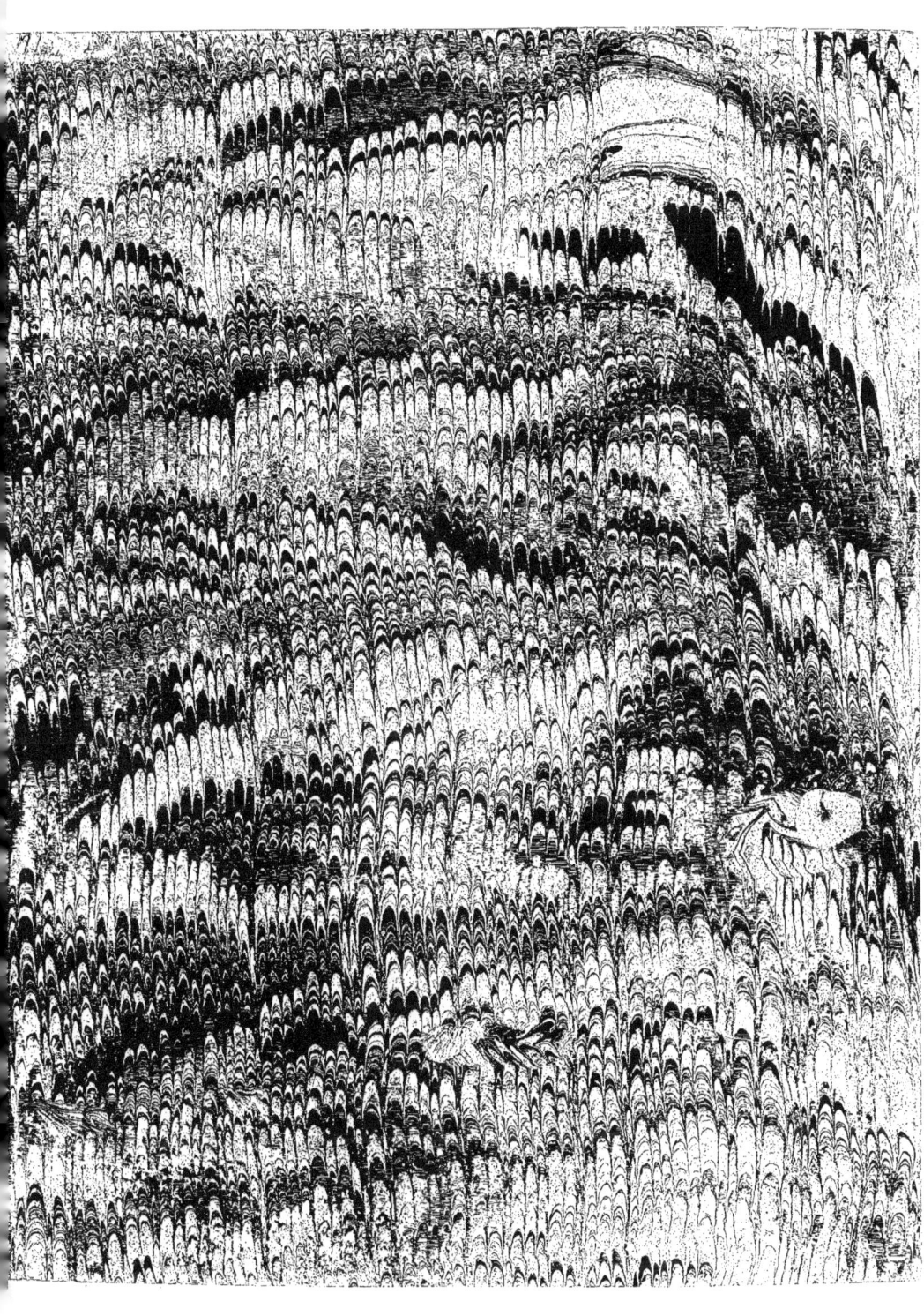

D. 3378 S. et art

Quis tot sustineat, Quis tanta negotia solus? *Horat.*

L'HOMME

DE
COUR

Traduit de l'Espagnol

DE BALTASAR GRACIAN

Par le Sieur AMELOT DE LA HOUSSAIE.

Avec des Notes.

A PARIS,

Chez la Veuve-MARTIN, & JEAN BOUDOT,
ruë Saint Jaques, au Soleil d'or.

M. DC. LXXXIV.

AVEC PRIVILEGE DU ROI.

A U R O I.

IRE,

LA pluspart des E'crivains de ce tems-
ci ont introduit la coutume de dédier leur

premier livre à VÔTRE MAJESTE' :
les uns , par ambition , ou par vanité ;
les autres , par intérest ; & quelques-uns
par amour, ou par reconnoissance. Pour
moi, SIRE, *je n'ai pas crû devoir me re-*
gler tout-à-fait sur cet éxemple, bien que je
m'y sentisse convié par tous les plus tendres,
& les plus purs sentimens , qu'un bon &
fidéle Sujet puisse avoir pour son Prince.

Je commençai, il y a neuf ans , par
le plus grand & le plus habile de vos
Ministres , & depuis j'ai continué par
trois Princes souverains, tous trois an-
ciens amis & alliés de la France , pour
monter, comme par degrés , jusques à
VÔTRE MAJESTE' *à qui il me sem-*
bloit, que je ne devois pas m'adresser, que
je n'eusse fait quelques coups-d'aprentissa-
ge ailleurs. Si bien que c'est de ce Livre,

EPITRE.

qu'il est vrai de dire, que la fin couronne
l'œuvre.

Mais tout cela n'empéche pas, que je
ne tremble encore, & que je ne m'acuse
moi-même de témérité, quand je pense à
ce que Vous êtes, & à ce que je suis;
à ce que vous faites tous les jours, & à
ce que je fais aujourd'hui : Et si je n'eusse
trouvé un aussi habile HOMME-DE-
COUR qu'est BALTASAR GRACIAN,
pour m'introduire auprés de VÔTRE
MAJESTE', j'avoüe, SIRE, que j'eusse passé le reste de mes jours, sans avoir
jamais l'honneur de paroitre devant Elle. Outre que j'ai crû, que vous pren-
driés quelque sorte de plaisir à entendre
parler à un si célébre Espagnol une langue, que vos conquêtes font maintenant
parler à tant de Villes, & de Provin-

ces, qui ont changé de Maître. En sorte que si GRACIAN eût vécu encore une vintaine d'années, il eût sans doute cessé d'apeller sa langue naturelle la Langue Universelle, & la Clef du Monde *.

* Chap. dernier de son Dis-cret.

Si j'étois homme-de-guerre, je me mê-lerois peutêtre de parler de ces conquêtes : Mais Dieu m'aiant fait naître d'une pro-fession toute contraire, je crois, que mon silence sera plus agréable à VÔTRE MA-JESTÉ, que tout ce que je pourois dire de tant de glorieux exploits, que ceux même, qui ont eu l'honneur d'en être les têmoins oculaires, savent mieux admi-rer que raconter. Et d'ailleurs, comme Vous étes l'Achilles de l'Europe, vous avés toute l'Europe pour Homére : & Vous étes, à proprement parler, l'Hom-me de la Renommée, EL DE LA FAMA.

EPITRE.

Quand Vous alés à la guerre, nous a-
vons autant de joie, que lors que vous en
revenés, parce que nous sommes assurés,
que Vous alés au trionfe. Vous nous a-
vés si fort acoutumés à Vous voir faire de
grandes choses, que nous eussions cessé de
Vous admirer, à-cause que cela Vous est
ordinaire, si Vous n'eussiés trouvé le secret
d'en faire tous les jours de nouvelles, &
de renaître à nos aplaudissemens. Ce que
GRACIAN dit être une des plus certai-
nes marques d'un vrai Héros, & une
propriété merveilleuse de l'Aigle & du
Fénix*.

En quarante-un ans de régne, Vous
en avés fait autant que quarante Rois;
& ce sera de Vous, que Vos Successeurs
auront sujet de dire ce que dit, un jour,
Filippe I I. de Ferdinand le Catolique,

* Chap. 16. de son Hé-
ros, & vers
la fin de
son Ferdi-
nand.

* Gracian dans son Ferdinand. *en voiant un de ses portraits :* C'EST A'
CE ROI, QUE NOUS DEVONS TOUT*.

Mais je ne sai, SIRE, si ces Sucef-
seurs, tout redevables qu'ils Vous seront
de la puissance de céte Monarchie, pou-
ront jamais aimer Vôtre Mémoire. Car
l'impossibilité de vous imiter, fera peutêtre, qu'ils vous porteront plus d'envie,
que de reconnoissance, parce que leurs Sujets éxigeront, qu'ils soient tels, qu'ils sau-
ront qu'aura été LOÜIS-LE-GRAND.
Ils feront, comme c'est la coutume du Peu-
* Qui ne-
minem sine
æmulo sinit.
Tac. An.
14. ple*, des comparaisons odieuses entre Vous
& ces Princes ; & la diférence, qu'ils
trouveront entre leurs actions & les Vô-
tres, poura bien être cause, que l'admiration, qu'ils auront pour Vous, diminüe-
ra l'estime & l'amour, qu'ils auroient eüe
pour eux. Mais ce qui consolera ces Rois,
est,

EPITRE.

eſt, qu'ils ne manqueront pas de flateurs,
qui leur donneront quelquefois le plaiſir
de les égaler à VÔTRE MAJESTÉ.

C'eſt à Vous, SIRE, que convient
parfaitement le bel éloge de ROI-ROI,
que GRACIAN donne à ſon Ferdinand.
Car s'il y eut jamais un ROI-ROI, c'eſt-
à-dire, un Maître-Roi, un Roi, doüé de
toutes les qualités Roiales, un Roi, de
qui les talens, & les atributs, partagés
en cent hommes, pouroient faire de chacun
un grand perſonage, & même un grand
Roi*, toute l'Europe avoüe que c'eſt Vous.
Et tout grand Roi, que Vous étes, Vous
êtes encore un plus grand-homme : Qualité, que Vous envieroit Auguſte, qui s'en
glorifioit plus, que de celle d'Empereur de
l'Univers. Naître Prince, dit Tacite,
c'eſt un pur don de la Fortune* : Mais être

* Dans ſon
Ferdinand,
& dans la
Critique 6.
de la 3.
Partie de
ſon Criti-
con.

* Generari,
& naſci à
Principibus,
fortuitum.
Hiſt. 1.

ē

*né Roi, & le savoir être comme Vous,
c'est de Roi par fortune se faire Roi par soi-
même; c'est de Roi à-faire devenir Roi-
fait; c'est se distinguer autant des autres
Rois, qu'ils se distinguent de leurs Sujets; c'est être le* NON-PLUS-OUTRE *de
la Roiauté.*

Vous voiés, SIRE, *que je me sers
beaucoup des expressions de* GRACIAN,
*mais je ne le fais pas tant pour supléer à la
foiblesse & à la pauvreté des miennes, que
pour montrer à* VÔTRE MAJESTE *ce qu'il
eût dit d'Elle, s'il eût jamais eu l'honneur de la connoitre, ou du moins le tems
d'aprendre ce qu'Elle a fait depuis vint-
cinq ans, qu'Elle gouverne sans Ministre. S'il a bien été assés équitable, pour
faire justice à la Mémoire d'*HENRI-LE-
GRAND, *Vôtre Aieul, qu'il apelle, dans*

EPITRE.

fon Héros *, le TE'SE'E DE LA FRANCE, *Chap. ij.
& de qui il fait trois fublimes éloges, dans
fon Ferdinand, qui eſt une critique Roïa-
le, & un chef-d'œuvre de Politique : il
eſt à croire, que galant-homme comme il
étoit, il n'eût pas épargné à VôTRE MA-
JESTE' les loüanges, qui font dües à fes
héroïques & immortelles actions. Et pendant que je travaillois à la traduction,
que j'ai l'honneur de lui prefenter aujour-
d'hui, il m'eſt arivé mille fois de regreter
cét Eſpagnol, perfuadé que je fuis, qu'-
aiant un fi bel efprit, une fi fine plume, &
tant de paſſion d'éternifer la gloire des
Héros, il eût eu l'ambition de s'immortalifer lui même par quelque beau panégirique de VôTRE MAJESTE', dont la
traduction eût fervi de digne Epître à mon
Livre. Car il n'y a que des efprits tranf-

EPITRE.

cendans, comme lui, qui soient capables de faire l'éloge d'un Prince, comme Vous : Et si Aléxandre croioit, qu'il étoit de son honneur, de ne laisser tirer son éfigie, qu'au fameux Apellés, & au celèbre Lisippe, il seroit à souhaiter, SIRE, que l'Image de VÔTRE MAJESTÉ, je ne dis pas celle du visage, quoi-qu'au dire de GRACIAN, ce soit le trône de la bien-séance*; mais celle de l'esprit, qui dans les Rois est le sanctuaire de la Majesté, ne fût tirée, que par des Xénofons, des Tacites, des Plines, des Commines, des Coëffeteaux, & des Gracians. La délicatesse d'Aléxandre est bonne pour les Princes, qui ne sont recommandables, que par les avantages du corps : Mais celle d'Agésilaüs, qui ne faisoit état, que des portraits de l'esprit, sied mieux à VÔ-

* Chap. 1 de son Discret.

EPITRE.

TRE MAJESTE', *qu'à pas-un Roi du Monde, parce qu'Elle y a plus d'intérest, que tous les autres Souverains. Beaucoup de Princes ont été au dessous des loüanges, qu'on leur a données : mais* VÔTRE MAJESTE' *est au dessus de toutes celles qu'on lui donne : Et, par conséquent, il vaudroit mieux s'abstenir de parler de ses glorieuses actions, que d'en parler, ainsi que font quelques gens, qui ont plus de zéle, que d'esprit, en des termes, qui n'en laissent que de basses idées. Joint que, selon l'axiome de Tacite, il ne faut pas donner des noms, ni des surnoms communs & vulgaires à des Princes, qui ne font rien de commun* *. Et c'est par céte raison,* SIRE, *que j'ai été obligé d'emprunter de* GRACIAN *les titres Espagnols, que portent les banniéres, qui*

* Nova in-
remp. merita
non usitatis
vocabulis
honoranda,
Ann. 11.

ë iij

EPITRE.

acompagnent l'embleme, que j'ai mife à
la tête de céte Epître.

A fon fentiment, il n'y a rien, qui
rende un Héros fi plaufible, que d'être
belliqueux; Il n'y a que les Guerriers,
qui rempliffent le Catalogue de la Renommée; C'eft à eux feulement que le furnom
de GRAND apartient en propre *. C'eft
donc à jufte titre, que ceux de PLAUSI-
BLE & de GRAND Vous font dûs, puifque jufqu'ici tout vôtre regne a été Mi-
litaire & Victorieux. Plufieurs Princes
ont été grans, parce qu'ils étoient hureux: Mais Vous, SIRE, Vous étes
hureux, parce que Vous étes GRAND.
Vôtre prudence eft la mére de vôtre bonheur: Et quand nous difons que Vous
étes hureux, ce n'eft pas de vôtre fortune que nous parlons, c'eft de vôtre

* Chap. 8.
de fon Hé-
ros.

EPITRE.

belle ame*, qui vous rend digne de l'être: le bonheur, au dire de Tucidide, étant le patrimoine & l'apanage de la prudence.

Quand toute l'Europe s'est bandée contre Vous, pour arêter le torrent de vos conquétes, Vous ne vous étes pas amusé à dénoüer le NOEUD-GORDIEN, que vos ennemis avoient entrelacé de mille tours & retours : Vous l'avés coupé par la moitié, comme fit Aléxandre : De sorte que ce qui leur avoit coûté tant de tems à brasser contre la France, ne vous a coûté qu'un coup-de-tête & un coup-d'épée, à défaire.

Vous leur avés tres-souvent montré, que Vous aviés non seulement le cœur d'Aléxandre & de César, mais encore leur diligence. Quelquefois, Vous leur

EPITRE.

avés emporté des Provinces, & même au fort de l'hiver, presqu'avant qu'ils fussent, que Vous étiés en Campagne. Témoin la Franche-Comté, que Vous prîtes * en 1668 la premiére fois *, en plein Carnaval, comme pour entremêler les divertissemens de vôtre Cour avec ceux de vos braves Soldats, & pour combatre le froid, à force d'alumer par-tout des feux-de-joie.

Mais ce qu'il y a de plus rare en Vous, SIRE, c'est que Vous acordés ensemble deux choses, que l'on croioit être incompatibles, savoir, la DILIGENCE & L'INTELLIGENCE, qui, au dire de GRACIAN, font un prodige, lorsqu'elles se rencontrent toutes-deux, dans un hom- * Dans son Discret Chap. Diligente y Inteligente. me, qui gouverne *. C'est aussi par ces deux qualités, que l'on peut Vous définir tout entier. Dire EL DILIGENTE Y INTELI-

EPITRE.

INTELIGENTE, c'eſt dire tout ce que
Vous êtes, c'eſt Vous déſigner autant, que
ſi l'on Vous apeloit par vôtre propre nom.
Tout vôtre Regne verifie ce qu'il dit*,
que l'Intelligence & la Diligence viennent à bout de tout.

* Au mê-
me Chapi-
tre.

Vous avés humilié, ou plutôt anéanti
les Huguenots, non par des ſaignées vio-
lentes, comme fit autrefois CHARLES IX.
mais par une longue diéte, qui leur a ôté non
ſeulement tout leur embonpoint, mais encore
toutes leurs forces, c'eſt-à-dire, en les ex-
cluant de toutes les Charges, & de tous
les honneurs, qu'ils partageoient auparav-
vant avec les Catoliques. Par où Vous
vous êtes montré également bon & juſte.

Vous avés banni le DUEL, qui avoit
commencé de s'introduire en France, ſous
le Regne d'HENRI II. & y avoit fait

i

un ſi grand progrés, par l'eſpace de ſix-
vint ans, que ſi vous n'euſſiés pris la
maſſüe d'Hercule, pour aſſommer céte Hi-
dre-à-mille-têtes, elle nous aloit faire autant de mal, que la plus furieuſe Guerre-
Civile. Et c'eſt une obligation immortelle,
que vous a toute la Nobleſſe Françoiſe,
à qui l'épée étoit devenüe funeſte par un
déteſtable point-d'honneur. Vous vous y
étes ſi bien pris, que chaque Gentilhomme
a enfin reconnu de bonne-foi, que ce n'eſt
pas mourir en brave, que de mourir en
fou, & d'en avoir un autre pour unique
têmoin. Autrefois, les péres & les méres avoient regret aux enfans qu'ils perdoient à la guerre: Mais aujourd'hui,
ceux, qui meurent à vôtre ſervice, quelque chers qu'ils ſoient, ne ſont preſque plus
regretés, parce que les Familles illuſtres

EPITRE.

croient, qu'il eſt de leur reconnoiſſance, de
vous donner de bonne-grace une vie, de
la conſervation de laquelle chacune ſe
tient redevable à vos ſages Ordonnances.

Aprés avoir ſi heureuſement guéri une
perte-de-ſang, qui avoit été incurable
ſous ſix Rois, Vous avés arêté le cours
d'une autre maladie, qui le ſuçoit, en ſu-
primant, ſoit dans les Finances, ou dans
la Judicature, une multitude de menus
Oficiers, qui s'y étoient répandus comme
une vermine, & qui en éfet n'avoient
point d'autre éxercice, que de ronger le
peuple juſqu'aux os. Il n'a pas tenu à
Vous, SIRE, que Vous n'aiés déja éxécuté le vaſte deſſein de LOÜIS XI. de
remédier éficacement à la longueur des
procés, & d'établir une ſeule Coûtume * ^{* Com-}
dans toute l'étendüe de vôtre Empire.

* Com-
mines Mem.
lib. 6. chap.
6.

ī ij

EPITRE.

Vous avés déja réformé tant d'abus par vôtre Code, que nous efpérons voir, fous vôtre regne, la confommation de céte dificile & glorieufe entreprife, dés que Vous aurés fermé le Temple de Janus. Et c'eft encore une des raifons, qui nous obligent de redoubler nos vœux pour la longue vie de VÔTRE MAJESTÉ, n'y aiant qu'Elle feule, de qui nous puiffions jamais atendre un fi grand bien.

S'il faloit faire ici le dénombrement de tous les autres éfets de céte prodigieufe intelligence, qui Vous rend fi admirable à vos Sujets, & fi redoutable à vos Ennemis, je ferois un volume au lieu d'une Epìtre. Mais comme ce détail eft proprement de la jurifdiction de l'Hiftoire, je le laiffe à ceux, qui auront le bonheur de compofer la Vôtre. (fi tant eft, qu'on

EPITRE.

puiſſe apeler bonheur, de travailler ſur une matiére, qui ſurpaſſera toûjours infiniment l'ouvrage.) Car s'il eſt ſi dificile de faire vôtre éloge, par parties, comment fera-t-on vôtre Hiſtoire, où il faudra dépeindre un Prince DE TODAS PRENDAS, *c'eſt-à-dire, un Prince* Univerſel; *un Prince* INCOMPREHENSIBLE, & *par ſon ſecret, qui eſt impénétrable, & par ſon fonds, qui eſt ſans fond; enfin un Prince, qui, pour uſer encore des termes de* GRACIAN, *dont je ne ſuis que le truchement, eſt un* GRAND-TOUT *, & *non ſeulement renferme dans une rare ſingularité la Catégorie de toutes les perfections, mais a encore dans chacune l'excellence de Premier* *. QUI EST OMNIBUS OPTIMIS IN SUA CUJUSQUE LAUDE PRÆSTANTIOR *. *C'eſt bien de*

* Héros Chap. 3.

* Chap. 6. & 7.

* Plin. in Paneg.

EPITRE

Vous, qu'il eſt vrai de dire, que Vous étes arivé au dernier terme de la Politique, puiſque Vous avés ſû trouver un certain Art de gouverner, qui nous a fait connoitre, que la Monarchie avoit beſoin de Vous, & non Vous d'elle *. Et ſans doute, que ſi elle venoit jamais à décliner ſous quelqu'un de vos Succeſſeurs, Vous ſeriés l'unique qu'elle regreteroit, & qu'elle demanderoit, parce qu'elle n'en auroit point d'autre capable d'être ſon Reſtaurateur.

L'Hiſtoire nous préconiſe beaucoup de Princes, mais à-peine nous en marque-t-elle un, qui ait été grand en tout & toûjours grand. Les plus fameux regnes ont été mêlés de bien & de mal. Les commencemens de Salomon furent beaux, mais la fin n'y répondit pas. Auguſte com-

EPITRE.

mença mal, & finit bien. Tibére commença bien, & finit mal. Néron com-
mença en fénix, & finit en bafilic*. Se- * Ce font
les paroles
de Gracian
vére commença, & finit comme Augufte. au Chap.
16. de fon
Tant d'autres, foit anciens, ou moder- Héros.
nes, qui avoient fignalé leurs premiéres
années, ont donné les derniéres à la vo-
lupté. Mais dans vôtre regne, SIRE,
il n'y a rien que de beau & de majef-
tueux. Rien ne s'y dément, tout y eft de
même force, tout y eft plein; Et Vous pouvés dire auffi-bien que le Magnanime
Alfonfe, Roi de Naples & d'Aragon,
que, depuis que Vous gouvernés, Vous
ne favés point de jour, que Vous vous
puiffiés reprocher d'avoir mal-emploié*. * Difcours
30. de fon
Agudeza.
Vôtre Intelligence & vôtre Diligence ont
été en continuelle action, elles ont toûjours
agi de concert, l'une a délibéré, l'autre a

EPITRE.

*éxécuté ; l'une a eu pour département le
Cabinet , & l'autre la Campagne : quand
la Diligence acheve une entreprise , l'Intelligence en commence une autre. Vous
êtes , comme Vespasien , toujours debout ,
& toujours atentif à tout ce qui se passe.
Commines , pour donner une vive idée de
l'activité & de l'habileté de* L o ü i s
XI. *dit*, Qu'il étoit Maître, avec le-

★ Mémoi-
res liv. 6.
chap. 7.

quel il faloit charier droit ★. *Vous
possédés céte roiale qualité au plus éminent degré. La violence , l'opression , la
licence , ont cessé d'être en regne , dés que
Vous avés commencé de manier le timon
de l'Etat. Vous y avés ramené les beaux
jours par les* GRANS-JOURS. *Vous
avés extirpé tous ces petits Tirans , qui
insultoient la patience du peuple dans
les Provinces éloignées. Vos Ministres ,*
vos.

EPITRE.

vos Gouverneurs de Provinces, vos prin-
cipaux Oficiers, & enfin tous ceux, à qui
Vous donnés quelque part à l'Admini-
ftration Civile, montrent un échantillon
de la fageffe & de la bonté du Maître.
Il femble à les voir, que Vous avés par-
tagé vôtre efprit entre eux, comme Moïfe
partagea le fien entre les foixante-dix
Sages, qu'il choifit, pour l'aider à gou-
verner le peuple d'Ifraël *. La douceur, * Numer.
II.
la modeftie, & la piété, font devenües
les vertus familiéres de tous les Oficiers
de Vôtre Maifon, tant on eft perfuadé,
que l'on ne fauroit vous plaire, fans être
homme-de-bien.

R EGIS AD EXEMPLUM TOTUS
COMPONITUR ORBIS.

C'eft auffi pour cela, S I R E, que Dieu
a verfé tant de bénédictions fur VÔTRE

EPITRE.

MAJESTE', & *sur toute son Auguste Fa-*
mille. Il vous a fait hureux en tout ; hu-
reux en Sujets , qui vous adorent ; hu-
reux en Fils , qui vous imite ; hureux
en Petits - Fils , qui tâcheront de vous
imiter, à mesure qu'ils avanceront en âge;
hureux en Frére , qui vous respecte , &
vous admire ; hureux en Princes - du-
Sang, qui font consister toute leur félicité
à vous obéïr encore plus par amour, que
par devoir; hureux en Ministres, qui,
comme autant d'aigles de bonne race re-
gardent fixement le Soleil , & ne bron-
chent jamais ; hureux en Princes con-
temporains , dont aucun ne vous égale,
ni en puissance, ni en ce caractére d'ame,
que GRACIAN *apelle un prodige de cœur,*
& un Cœur-geant* ; enfin hureux en En-
nemis. Car Vous leur devés (mais à

* Chap. 4.
de son Hé-
ros.

EPITRE.

leur grand regret) une tres-grande partie
de vôtre gloire. Il eſt vrai, S I R E, que
toutes ces proſpérités furent entremêlées,
l'année paſſée, d'une afliction domeſtique,
qui vous fut d'autant plus ſenſible, que
Vous rempliſſés tous les devoirs de la
Nature & du naturel, avec une tendreſſe, qui ſe voit rarement dans les Princes. Mais céte afliction a ſervi à faire
honneur à vôtre conſtance, ſur qui l'A-
mour-Conjugale vouloit à toute force
l'emporter. Si nos vœux ſont éxaucés, (le
cœur nous dit, qu'ils le ſeront) Dieu, en
récompenſe de vôtre parfaite ſoumiſſion à
ſes Ordres, ajoutera à la durée de vôtre
regne le nombre des années, qui, eu égard
au cours ordinaire de la Vie, & à nos
ſouhaits, ſemblent avoir été de manque
à celle de céte Auguſte & Vertueuſe Prin-

EPITRE.

ceſſe : & *Vous* rendra , pour la qualité d'Epoux , que *Vous* avés perdüe , celle de Bis-Aieul & de Tris Aieul , que pas-un Roi n'a encore eüe de ſon vivant.

Je m'aperçois , que ce diſcours eſt plus long , que ne le doit être celui d'un HOMME-DE-COUR, qui ne ſauroit avoir un plus inſuportable défaut , que d'être importun. Je finis donc, SIRE, en ſupliant tres-humblement VÔTRE MAJESTE' de vouloir agréer ce Livre, qui eſt un Recüeil des meilleures , & des plus délicates Maximes de la Vie-Civile, & de la Vie-de-Cour. Il y en a même quelques-unes , où Elle ſe verra repreſentée au vif. Le DESPEJO*, auquel la Langue Françoiſe n'a pû encore trouver de nom aſſés expreſſif, tout énigme qu'il eſt, n'en ſera point une pour *Vous* , qui y reconnoitrés d'abord , que

* Maxime 127. & Chap. 13. du Héros.

EPITRE

GRACIAN *a fait vôtre définition, en voulant faire celle d'un Homme parfait.*

Au reste, avec toute ma mauvaise fortune, je ne laisserai pas de mourir content, quand je saurai, que ce dernier Ouvrage aura eu le bonheur de ne vous pas déplaire, & de me servir auprés de Vous d'un témoignage autentique du tres-profond respect, avec lequel je fais gloire d'être,

SIRE,

DE VôTRE MAJESTE'

Tres humble, tres-obéïssant, & tres-fidéle Serviteur & Sujet
AMELOT DE LA HOUSSAIE.

PREFACE.

E Livre, que je vous donne, porte un titre, qui vous en doit donner une haute idée : Et ſi les Préfaces ne ſont néceſſaires, que pour expliquer aux Lecteurs le ſujet & le deſſein des Livres, le mien pouroit bien s'en paſſer, puiſque ſon Titre exprime non ſeulement tout ce qu'il traite, mais encore à quel uſage, & à quelles gens il eſt propre.

Il n'eſt donc pas propre à tout le monde, me dirés-vous ? Non certes ; il ne l'eſt qu'au grand-monde, & aux perſonnes, qui ſavent le monde. C'eſt un HOMME-DE-COUR, qui n'eſt pas d'humeur à ſe familiariſer avec le Vulgaire. Il ne ſe plaît qu'avec ſes égaux. Et comme d'ordinaire il ne parle qu'à demi-mot, il ne ſauroit s'aſſujétir à converſer, ni avec les petites-gens, ni avec les petits-eſprits, qui n'entendent ce qu'on leur dit qu'à force de paroles. C'eſt un HOMME-DE-CABINET, qui ne parle jamais qu'à l'oreille: encore faut-il l'avoir bien fine, pour ne rien laiſſer échaper. C'eſt un HOMME-D'ETAT, qui (pour uſer des termes de Commines *) *fait ſon*

* Chap. 2. du Livre 3. de ſes Mem.

PREFACE.

compte, que ni bêtes, ni simples-gens ne s'amuseront point à lire ces MAXIMES; mais que les Princes, *&* les autres gens-de-Cour, y trouveront de bons avertissemens.

Cela supposé, il ne faut pas s'étonner, si GRACIAN passe pour un Auteur abstrait, inintelligible, &, par conséquent, *intraduisible*. Car c'est ainsi qu'en parlent la plusspart de ceux, qui l'ont lû: Et je sai même, qu'un Savant, à qui quelqu'un de mes amis disoit, qu'on le traduisoit, répondit, que celui-là étoit bien téméraire, qui osoit se mêler de traduire des OEuvres, que les Espagnols mêmes n'entendoïent pas. Et j'avoüe, que je le serois véritablement, si la censure de l'Auteur des *Entretiens d'Ariste & d'Eugéne*, dont je vois que beaucoup d'honnêtes gens s'autorisent, comme d'un autre αὐτὸς ἔφα, étoit aussi raisonnable, qu'elle est magistrale & décisive. GRACIAN, dit-il *, *est parmi les Espagnols un de ces génies incompréhensibles. Il a beaucoup d'élévation, de subtilité, de force, & même de bon sens: mais on ne sait le plus souvent ce qu'il veut dire, & il ne le sait pas peut-être lui-même *. Quelques-uns de ses Ouvrages ne semblent être faits, que pour n'être point entendus.* Mais j'espére, que cête prévention contre GRACIAN n'empêchera pas, que l'on ne nous fasse justice à tous deux, quand on lira ma traduction, qui sans doute montrera, que GRACIAN est intelligible, & que tout dificile qu'il est à traduire en nô-

* Dans son Entretien du Bel-Esprit pag. 203. de la première Edition.

* Avoir beaucoup de bon sens & ne s'entendre pas soi-même, c'est une chose incôpréhensible.

PREFACE.

tre Langue, qui n'eft pas fi riche en mots, ni fi amie de la métafore & de l'hiperbole, que la Langue Efpagnole, il n'a pas laiffé d'être traduit avec fuccés. Et tant s'en faut, que fon laconifme perpétuel lui puiffe être reproché comme un défaut : au contraire, il en doit être plus eftimé, atendu qu'il s'eft fait une loi de ne rien dire de fuperflu, & de ne parler qu'aux bons-efprits, à qui il faut dire plus de chofes, que de paroles. Son *langage*, il eft vrai, *eft une efpéce de chifre* *, * *Ibidem.* mais le Bon-Entendeur le peut déchifrer, fans avoir befoin d'aler aux Devins. *Dire beaucoup en peu de mots, & le dire bon,* (dit l'Aprobateur Efpagnol de ces Maximes) *a bien autant de grace dans la compofition, que de force dans le parler ordinaire. Gracian & Don Juan de Laftanofa, fon Compilateur, s'étant comme tenus par la main, eu égard à la délicateffe des penfées, & à la maniére d'écrire concife & ferrée, ils ont tous deux fi bien affaifonné leurs écrits au goût des Lecteurs, que l'entendement y trouve de quoi favourer, en aprenant l'art de s'exprimer fi finement, que, bien qu'il femble, qu'on ait laiffé beaucoup de chofes à dire, tout ce qu'il faut dire eft dit.*

Mais pour répondre plus précifément au Cenfeur, je n'ai qu'à métre ici ce que DON JUAN DE LASTANOSA même répond dans fa Préface fur le Traité de GRACIAN, intitulé le DISCRET. *J'ai oüi,* dit il, *deux fortes de Lecteurs fe plaindre des Ouvrages de cet Auteur. Les uns fe plai-*
gnent.

PREFACE.

gnent *sur la matiére, & les autres sur le stile ; ceux-là, parce qu'ils estiment infiniment ses livres ; & ceux-ci, parce qu'ils voudroient, qu'ils fussent un peu plus à leur usage. Les premiers, & entre eux le Fénix de nôtre siécle, la savante Comtesse d'Aranda*, dont le nom reste écrit de six plumes immortelles, se formalisent de ce que des matiéres si hautes, & qui ne sont propres que pour des Héros, deviennent communes par l'Impres-sion : en sorte que le moindre Bourgeois peut avoir pour un écu des choses, qui, à-cause de leur excellence, ne sauroient être bien en de telles mains. Les seconds nous objectent, que ce stile si concis & si pressé ne va qu'à la ruine de la Langue Castillane, dautant qu'il lui ôte sa clarté, &, par conséquent, sa pureté. Je veux répondre tout à la fois aux deux Parties, & païer les uns par les autres : c'est-à-dire, que la première objection servira de solution à la seconde, & la seconde à la première. Je dis donc, que comme GRACIAN n'a pas écrit pour tout le monde, il a dû user d'un stile coupé & énigma-tique, pour concilier plus de vénération à la sublimi-té de la matiére, la maniére mistérieuse de dire les choses les rendant plus augustes.* Réponse, qui donne à entendre, que GRACIAN a afecté d'être obscur, pour ne se pas populariser, ou plu-tôt, pour faire plaisir aux Grans, comme A-ristote, qui écrivit obscurément, pour con-tenter Aléxandre son Disciple, qui ne pouvoit soufrir, que personne en fût autant que lui. Ain-si, quoique les OEuvres de GRACIAN soient imprimées, elles n'en sont pas plus communes.

* Doña Luisa de Padilla.

ú

PREFACE.

Car en les achetant l'on n'achéte pas le moien de les entendre. Tout le monde voit le feftin, qu'il donne, mais tres-peu de gens en font. Peutêtre auffi a-t-il voulu métre tout le monde en apêtit. Car, à fon dire, *N'écrire que pour les habiles-gens, c'eft un hameçon général, parce qu'un chacun le croit être,* * Maxime 150. *ou, ne l'étant pas, fe fent piqué du defir de le devenir*. Quoi qu'il en foit, on peut tres-raifonablement apliquer à cet Abregé des OEuvres de GRACIAN ce qu'il dit des Epitomes de Paterculus & de Florus, que *ce n'eft pas un corps, mais un pur efprit;* & de Corneille-Tacite, *qu'il n'a pas écrit avec de l'encre, mais avec la fueur précieufe de fon vigoureux ef-* * Acude- za, Difc. 60. *prit**. Il y a prefque autant de préceptes & de miftéres, que de mots : Et c'eft affurément pour cela, que le Compilateur l'a intitulé ORACLE MANUEL. Titre, que j'ai changé en celui d'HOMME-DE-COUR, qui, outre qu'il eft moins faftueux & moins hiperbolique, explique mieux la qualité du Livre, qui eft une efpéce de Rudiment de Cour & de Code-Politique. *Il fe trouve force Livres,* dit GRACIAN, *qui font comme des Almanacs d'érudition, ou pour mieux dire, des rapfodies de fentences, d'apoftegmes, & de bons mots ; mais la lecture en devient bientôt fade & ennuieufe : au lieu que celle, qui donne les matiéres affaifonnées, arangées, & apliquées aux Afaires préfentes, tient toujours en humeur de continuer.* Ainfi, LECTEUR, vous ne pouvés pas manquer d'être fort content de cet Abregé, dont tous les enfeignemens, quoique,

PREFACE.

pour la plufpart, empruntés d'Homére, d'Ariftote, de Senéque, de Tacite, de Plutarque, d'Efo-
pe, de Lucien & d'Apulée*, font fi bien liés enfemble, &, outre cela, fi bien apropriés à l'ufage & aux mœurs de nôtre Siécle, que vous n'y
trouverés peutêtre que cet agréable défaut, qu'un
Grand-Perfonage trouvoit à un excellent Ouvrage, favoir, de n'être pas affés court, pour pouvoir être apris par cœur; ni affés long, pour fournir toujours de quoi lire*. *Vous aurés ici*, dit Don
Laftanofa, *une Raifon-d'Etat de vous même, & une
bouffole avec laquelle il vous fera aifé de furgir au port
de l'Excellence**.

* Préfaces de la 1. Par-
tie de fon Criticon & de fon Héros.

* Pref. de la 3. Partie de fon Criticon.

Au refte, bien que le titre d'HOMME-DE-
COUR, pris au pié de la létre, femble exclure
tous ceux, qui ne le font pas: fi eft-ce que pris
en fon vrai fens, il n'exclut que ceux, à qui le Poë-
te-de-Cour défend de lire fes Odes, c'eft-à-dire,
les Ignorans, les Mécaniques, & les Efprits mal-
faits*.   *Odi profanum vulgus, & arceo.*

* Préface du Héros, dont tous les Chapi-
tres font inférés dãs ce Livre.

* Hor. Carm. lib. 3. Ode 1.

Mais comme toutes les perfonnes, qui ont vû
les Œuvres de GRACIAN, ne manqueront pas
de demander, pourquoi je lui donne, dans mon
titre, le nom de BALTASAR, au lieu de celui
de LAURENT, qu'il porte dans les Editions de
Madrid, de Huefca, de Bruxelles, & d'Anvers,
je fuis obligé d'en dire ici les raifons, &, par conféquent, de parler de fa perfonne, & de fes livres.
Ce que d'ailleurs on fera bien-aife d'aprendre dans
le monde, la plufpart des Gens-de-Létres aimant

ú ij

PREFACE.

à favoir les particularités de la vie des hommes, qui ont excellé dans céte profeffion.

Je dis donc, que j'ai cru devoir en cela me conformer au fentiment du favant DON NICOLAS ANTONIO DE SEVILLA, qui nomme ainfi nôtre Auteur au commencement du fecond tome de fon Catalogue des Ecrivains Efpagnols, intitulé BIBLIOTHECA HISPANA. LAURENT, dit-il, *ou plutôt* BALTASAR GRACIAN, *de Calatayud en Aragon, Religieux de la Compagnie de Jefus, perfonage d'une érudition connüe par beaucoup de livres Efpagnols, qu'il a mis au jour, fous le nom de* LAURENT, *qui, à ce que nous croions, étoit fon frére* *, *&c. fut Recteur du Colége de Tarragon:* (en Catalogne) *Charge, qu'il exerçoit, lorfque Don Vicencio Juan de Laftanofa le loüa fous fon propre nom* (de BALTASAR) *dans fes Dialogues des Médailles.* Et le Catalogue des Ecrivains de la même Compagnie ne l'apelle que BALTASAR, & le reconnoît pour l'auteur du Traité intitulé, *Agudeza, y Arte de Ingenio*, qui fait plus de la moitié du fecond tome des OEuvres atribuées à LAURENT GRACIAN. Ce qui montre, que Don Laftanofa, qui a pris le foin de les métre au jour, n'y a laiffé le nom de LAURENT, que pour complaire à fon ami, qui, foit par modeftie, ou par un fcrupule de piété, n'avoit jamais voulu s'en déclarer l'auteur, ne croiant pas peutêtre, qu'il fût bienféant à un homme de fa profeffion d'être couché fur le Catalogue des Ecrivains profanes. Et c'eft, à mon avis,

* Gracian n'avoit point de frére de ce nom. Dans fon *Agudeza*, où il parle fouvent de fes fréres, il en nomme trois, tous trois Religieux, Pierre, Trinitaire; Filippe, Clerc Mineur; & Rémond, Carme Déchauffé.

ce qu'il veut donner à entendre dans la Préface de fon COMULGADOR, ou, de fes MEDITATIONS POUR LA COMMUNION, où il parle en ces termes : *De divers livres, dont on m'a fait le pére, je ne reconnois que celui-ci pour mon fils-légitime , aimant mieux céte fois-ci fatisfaire ma tendreſſe, que mon eſprit.* Où les mots de *fils-légitime* femblent être rélatifs à d'autres livres, qui, comme profanes, ne lui fauroient tenir lieu, que de bâtards, à-caufe de fon état religieux. Joint que par les mots, *eſta vez*, c'eft-à-dire, *céte-fois ci*, il fait comprendre que, par le paſſé ; il a donné cariére à fon eſprit, mais que maintenant il veut donner audience à fon cœur, je veux dire, à fa ferveur, & à fon amour envers Dieu. A quoi j'ajouterai pour confirmation la premiére période de l'Epitre, qu'il adreſſe à la Marquife de Valdueza. *Ce petit livre,* (de Méditations) dit-il, *eſt un grand rival, que le* HEROS, *le* DISCRET, *l'*ORACLE, *& fes autres fréres, ont auprés de Vôtre Excellence, qui leur a fait un fi bon acuëil,* &c. De tout cela, je conclus, que mon Auteur eft le Pére BALTASAR GRACIAN, Jéfuite : & je crois, que fa Compagnie, qui eft un Seminaire de rares Efprits, me faura meilleur gré de l'avoir fait connoitre pour ce qu'il étoit, qu'au Cenfeur, de l'avoir fait paſſer pour ce qu'il n'étoit pas ; c'eft-à-dire, pour un Ecrivain monté fur des échaſſes *, incompréhenfible, & qui ne fait pas lui-même ce qu'il veut dire *. Mais venons à fes livres.

* 2. Entretien page 41. de l'in 4°.
* 4. Entretien page 203.

ü iij

PREFACE.

Son premier fut EL HEROE, qui parut en 1637. & fut traduit quelques années aprés en François par un Médecin nommé *Gervaise*, &, au langage prés, affés bien. Ce Traité, au témoignage de Don Laftanofa*, fut honoré de l'aprobation du feu Roi d'Espagne, en ces propres termes: *Céte petite Piéce eft tres-agréable, & je vous affure, qu'elle contient de grandes chofes.* Cependant, ces grandes chofes ne paroiffent au Cenfeur qu'*une enflure de paroles* *.

* Préface du Diferet.

* 2. Entretien p. 41. de l'in 4°.

Le fecond fut EL POLITICO FERNANDO, qui eft un éloge exceffif de Ferdinand-le-Catolique, &, au fentiment de quelques Politiques, le meilleur Ouvrage de GRACIAN*. Vers la fin, il y raporte, qu'un grand-homme-d'Etat avoit dit, que *ft jamais la Monarchie d'Efpagne venoit à décliner, tout le reméde qu'il y pouroit avoir, feroit que Ferdinand réfufcitât, pour être fon reftaurateur.* Mais, fi cela dépendoit de lui, je ne fai s'il voudroit réfufciter, pour tenir tête à LOÜIS LE GRAND.

* Pref. du Diferet.

Le troifiéme eft l'AGUDEZA, de la beauté duquel Don Laftanofa dit, qu'un Genois fut fi épris, qu'il le traduifit incontinent en Italien; & s'en fit l'Auteur. C'eft dans ce livre, que GRACIAN fait ou raporte divers éloges de Saint Ignace, qu'il apelle *le Fénix des Patriarches*, de Saint François-Xavier, de Saint François de Borgia, & des BH. Loüis de Gonzague & Staniflas Koftka: par où il a afecté de montrer obliquement, qu'il avoit l'honneur d'être de leur Compagnie.

PREFACE.

Le quatriéme eſt EL DISCRETO, que j'ai moiſſonné, ainſi que le Héros, pour enrichir ma Traduction de tout ce qu'il y a de plus beau, & de plus moüelleux dans les écrits de mon Auteur. L'Avis au Lecteur, qui eſt à la tête de l'*Oraculo Manual* porte, que le Diſcret a été traduit en François. Mais c'eſt une erreur de quelques gens, qui ont cru que l'*Honnête-Homme* de Faret étoit une Traduction du Diſcret de GRACIAN.

Le cinquiéme eſt EL CRITICON, qui eſt une eſpéce de ſatire de tous les vices, & de toutes les extravagances des Hommes, & comme un téatre de tous les diférens états de la Vie-Civile.

Le ſixiéme eſt EL ORACULO MANUAL, Y ARTE DE PRUDENCIA, dont je vous donne ici la traduction, avec diverſes Notes Morales & Politiques, que je ſuis aſſuré, qui ſeront tres-utiles à beaucoup d'honnêtes-gens. Où vous remarquerés, en paſſant, que le titre d'HOMME-DE COUR s'acorde tres-bien avec celui d'*Arte de Prudencia*, la prudence n'étant nulle-part ſi néceſſaire qu'à la Cour.

Le ſetiéme eſt le COMULGADOR, dont j'ai déja parlé, & ſur lequel il ne me reſte rien à dire, ſinon que dans ſa Préface il promet un autre livre de dévotion, qu'il vouloit, ce ſemble, intituler DE LA MORT DU JUSTE.

Dans ſon DISCRET, il parle en deux endroits * de ſes AVISOS AL VARON ATENTO : & Don Laſtanoſa, dans ſa Préface au Diſcret, dit

* Pages 346.&368. de l'in 4°.

PREFACE.

que ce Diſcret ſera ſuivi de prés d'un ATENTO, & d'un GALANTE, qui ſeront tels, qu'ils ne pourront pas même être ſuivis de ceux, qui les ont déja devancés. Mais comme ces deux livres, non plus que celui de la *Préparation à la Mort*, n'ont point encore paru, il eſt à croire, qu'il n'a pas eu le tems de les achever: atendu que Don Laſtanoſa, ſon meilleur ami*, n'eût pas manqué de nous les donner, s'ils euſſent été complets; y aiant déja tant de tems, que l'Auteur eſt mort*, & ſon ami vivant encore. C'eſt pourquoi, je finis céte Préface en apliquant à GRACIAN ce que le Jeune-Pline dit au ſujet de la mort de Fannius, qui laiſſa ſes écrits imparfaits. Il me ſemble, dit-il, que la mort de ceux, qui préparent quelque choſe d'immortel, eſt toujours à contretems. Car au lieu que les Voluptueux, par le mauvais uſage qu'ils font de la Vie, méritent chaque jour de ceſſer de vivre: ceux, qui ont la poſtérité pour objet, & qui travaillent à perpétuer leur Mémoire, ne ſauroient jamais mourir que trop-tôt, à-cauſe que la mort leur coupe toujours le cours de quelque bel Ouvrage commencé *. Mais enfin quoique GRACIAN ne fût âgé que de 54. ans, ſi l'on meſure ſa vie par ſa réputation, l'on avoüera, qu'il a vécu tres-longtems, & qu'il eſt mort tres-hureux, puiſqu'il ne lui reſtoit plus rien à deſirer aprés avoir été ſi hautement préconiſé par ſon Roi. Adieu.

*Nueſtro mayor amigo Don Vicencio Iuan de Laſtanoſa, dit Gracian, à la fin du Diſcours 12. de ſon *Agudeza*, & dans ſon Diſcret, Chap. de la Cultura y aliño.

*1658.6. de Décembre.

*Mihi videtur acerba ſemper & immatura mors eorum, qui immortale aliquid parät. Nam qui voluptatibus dediti quaſi in die vivunt, vivendi cauſas quotidie finiunt: Qui verò poſteros cogitant, & memoriam ſui operibus extendunt, his nulla mors non repentina eſt, ut que ſemper inchoatum aliquid abrumpat. Ep. 5. libri 5.

TABLE

TABLE
DES MAXIMES.

á ä

TABLE

DES MAXIMES.

TABLE

DES MAXIMES.

TABLE

DES MAXIMES.

TABLE

DES MAXIMES.

DES MAXIMES.

ẽẽ iij

DES MAXIMES.

TABLE

DES MAXIMES.

TABLE

DES MAXIMES.

TABLE

DES MAXIMES.

DES MAXIMES.

CHAPITRES DU HEROS ET DU DISCRET DE GRACIAN

Mis en extrait & en Notes, ou tout entiers, à la fin de quelques-unes de ces Maximes.

DU
DISCRET.

L'HOMME

Realca los mismos Reales.

L'HOMME
DE COUR.

Tout eſt maintenant au point de ſa perfection, & l'habile-
homme au plus haut.

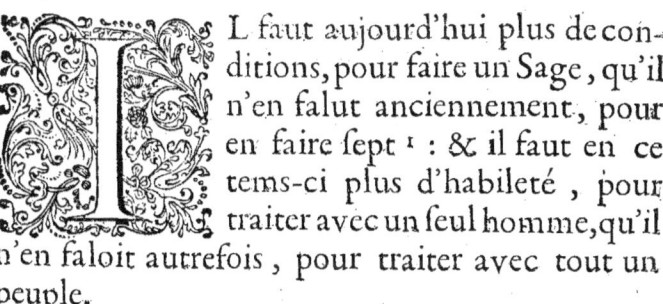L faut aujourd'hui plus de con-
ditions, pour faire un Sage, qu'il
n'en falut anciennement, pour
en faire ſept [1] : & il faut en ce
tems-ci plus d'habileté, pour
traiter avec un ſeul homme, qu'il
n'en faloit autrefois, pour traiter avec tout un
peuple.

[1] Autrefois il n'y en avoit que | ſe pique de l'être.
ſept : aujourd'hui tout le monde |

A

MAXIME II.

L'Esprit & le Génie.

CE font les deux points, où confifte la capacité de l'homme. Avoir l'un fans l'autre, ce
n'eft être hureux qu'à-demi. Ce n'eft pas affés,
que d'avoir bon entendement, il faut encore du
génie 1. C'eft le malheur ordinaire des mal-habi-
les gens de fe tromper dans le choix de leur profeffion, de leurs amis, & de leur demeure.

1 Un feul fens, qui nous manque, dit-il dans le chapitre 1. de fon
Difcret, nous prive d'une grande
portion de la vie, & fait que nôtre
ame eft comme eftropiée. Que fera-
ce donc de ceux, à qui il manque un
degré dans la conception, ou la facilité dans le raifonnement ?

MAXIME III.

Ne fe point ouvrir, ni déclarer.

L'ADMIRATION, que l'on a pour la nouveauté, eft ce qui fait eftimer les fuccés. Il
n'y a point d'utilité, ni de plaifir, à joüer à jeu
découvert. De ne fe pas déclarer incontinent,
c'eft le moien de tenir les efprits en fufpens, fur
tout dans les chofes importantes, qui font l'objet de l'atente univerfelle. Cela fait croire, qu'il
y a du miftére en tout, & le fecret excite la vé-

nération. Dans la maniére de s'expliquer on doit
éviter de parler trop clairement : & dans la converfation, il ne faut pas toujours parler à cœur-
ouvert. Le filence eft le fanctuaire de la prudence [1]. Une réfolution déclarée ne fut jamais eftimée. Celui, qui fe déclare, s'expofe à la cenfure :
&, s'il ne réüffit pas, il eft doublement malhureux. Il faut donc imiter le procédé de Dieu, qui
tient tous les hommes en fufpens.

[1] Le plus fimple des animaux en pourra tromper le plus fin, dit-il dans le ch. 1. de fon Difcret, pourvu qu'il fe taife, en fe contentant de confer-ver la peau de fon aparence. Car on a toujours excepté les taciturnes du nombre des fots. Le filence ne dé-guife pas feulement ce qui eft dé-fectueux, mais il le tourne même en miftérieux.

MAXIME IV.

Le Savoir & la Valeur font réciproquement les Grans-hommes.

CEs deux qualités rendent les hommes im-
mortels, parce qu'elles le font. L'homme
n'eft grand, qu'autant qu'il fait [1] : & quand il
fait, il peut tout. L'homme, qui ne fait rien, c'eft
le monde en ténébres [2]. La prudence & la force

[1] Le moindre jour de la vie d'un favant, dit Senéque, vaut mieux que toute la vie d'un ignorant, quelque longue qu'elle foit. *Unus dies homi-num eruditorum plus patet, quàm im-periti longiffima ætas. Ep. 78.* Nul ne vit en homme, dit Gracian dans fon Difcret, finon celui qui fait. chap. *Hombre de plaufibiles noticias.*

[2] *Otium fine literis mors eft, & vivi hominis fepultura. Ep. 83.* C'eft-à-dire, le loifir d'un ignorant eft une mort. C'eft la fépulture d'un homme vivant.

A ij

font fes yeux & fes mains. La fcience eft ftérile,
fi la valeur ne l'acompagne.

MAXIME V.

Se rendre toujours néceffaire.

CE n'eft pas le Doreur, qui fait un Dieu, c'eft
l'Adorateur. L'homme-d'efprit aime mieux
trouver des gens dépendans, que des gens reconnoiffans. Tenir les gens en efpérance, c'eft courtoifie ; fe fier à leur reconnoiffance, c'eft fimpli-
cité. Car il eft auffi ordinaire à la reconnoiffance d'oublier, qu'à l'efpérance de fe fouvenir.
Vous tirés toujours plus de celle-ci, que de l'autre. Dés que l'on a bû, l'on tourne le dos à la
fontaine : dés qu'on a preffé l'orange, on la jete
à terre. Quand la dépendance ceffe, la correfpondance ceffe auffi, & l'eftime avec elle. C'eft
donc une leçon de l'expérience, qu'il faut faire
en forte, qu'on foit toujours néceffaire, & même à fon Prince ; fans donner pourtant dans
l'excés de fe taire, pour faire manquer les autres, ni rendre le mal d'autrui incurable, pour
fon propre intéreft.

MAXIME VI.

L'Homme au comble de sa perfection.

IL ne naît pas tout fait, il se perfectionne de jour en jour dans ses mœurs, & dans son emploi, jusqu'à ce qu'il arive enfin au point de la consommation. Or l'homme consommé se reconnoît à ces marques : au goût-fin, au discernement, à la solidité du jugement, à la docilité de la volonté, à la circonspection des paroles & des actions. Quelques-uns n'arivent jamais à ce point, il leur manque toujours je ne sai quoi : & d'autres n'y arivent que tard.

MAXIME VII.

Se bien garder de vaincre son Maître.

TOUTE supériorité est odieuse, mais celle d'un Sujet sur son Prince est toujours folle, ou fatale. L'homme adroit cache des avantages vulgaires, ainsi qu'une femme modeste déguise sa beauté sous un habit négligé. Il se trouvera bien, qui voudra ceder en bonne-fortune, & en belle-humeur, mais personne, qui veüille

ceder en efprit [1], encore moins un Souverain.
L'Efprit eft le Roi des Atributs, &, par conféquent, chaque ofenfe, qu'on lui fait, eft un crime de leze-majefté. Les Souverains le veulent
être en tout ce qui eft le plus éminent. Les Princes veulent bien être aidés, mais non furpaffés [2]. Ceux, qui les confeillent, doivent parler
comme des gens, qui les font fouvenir de ce qu'ils
oublioient, & non comme leur enfeignant ce
qu'ils ne favoient pas [3]. C'eft une leçon, que nous
font les Aftres, qui bien qu'ils foient les enfans
du Soleil, & tout brillans, ne paroiffent jamais en
fa compagnie.

[1] Au ch. 9. du Héros, il dit, qu'il n'y a rien de plus difficile, que de fe défabufer de l'opinion, que l'on a de fa capacité.

[2] Un Seigneur Efpagnol, aiant joüé tres-long-tems aux Echets avec Filippe II. & gagné toutes les parties, s'aperçut au fortir du jeu, que le Roi avoit un profond chagrin. C'eft pourquoi, dés qu'il fut de retour à la maifon : *Mes enfans*, dit-il, *nous n'avons plus que faire à la Cour, il n'y fera jamais bon pour nous. Car le Roi eft ofenfé de ne m'avoir pû gagner aux Echets.* (jeu, où tout dépend de l'efprit des joüeurs, & non du fort.) Ses amis de ce qu'il affaifonnoit ses confeils et ses avis de tant de modeftie, qu'il ne paroiffoit point en donner. *Spurinna hoc tempera-mentû modeftiæ suæ indixit, ne præcipere videatur. ep. 1. l. 3.* Voilà, comme il en faut ufer avec son Prince.

[3] C'eft par céte adreffe, que le Cardinal de Granvelle gagna les bonnes-graces de Filippe II. qui, au raport de Strada, *amabat modeftiam indicantis, non coactus (id quod Principi eft grave) commende-re sapientiam docentis.* Ajoûtés à cela le confeil, qu'un Sénateur-Romain donnoit à un de fes Colégues, de ne fe point mêler de faire des leçons à un Prince d'age & d'expérience, comme Vefpafien. *Suade-re Prifco, ne fupra Principem fcan-deret, ne Vefpafianum fenem triun-phalem præceptis coërceret.* Tacit. *Hift. 4.*

MAXIME VIII.

L'Homme, qui ne se passionne jamais.

C'EST la marque de la plus grande sublimi-
té d'esprit, puisque c'est par là que l'homme se met au dessus de toutes les impressions vulgaires. Il n'y a point de plus grande seigneurie,
que celle de soi-même, & de ses passions. C'est-
là qu'est le trionfe du Franc-Arbitre. Si jamais la
passion s'empare de l'esprit, que ce soit sans faire
tort à l'emploi, sur tout si c'en est un considéra-
ble. C'est le moien de s'épargner bien des chagrins, & de se métre en haute réputation.

MAXIME IX.

Démentir les défauts de sa Nation.

L'EAU prend les bonnes ou mauvaises qualités des mines, par où elle passe, & l'homme celles du climat, où il naît. Les uns doivent plus que les autres à leur Patrie, pour y
avoir rencontré une plus favorable étoile. Il
n'y a point de Nation, si polie qu'elle soit,
qui n'ait quelque défaut originel, que censu-
rent ses Voisins, soit par précaution, ou par ému-

lation [1]. C'eſt une victoire d'habile-homme, de corriger, ou du moins de faire mentir la cenſure de ces défauts. L'on aquert par là le renom glorieux d'être unique, & céte éxemtion du défaut commun eſt d'autant plus eſtimée, que perſonne ne s'y atend. Il y a auſſi des défauts de famille [2], de profeſſion [3], d'emploi, & d'age [4], qui venant à ſe trouver tous dans un même ſujet, en font un monſtre inſuportable, ſi l'on ne les prévient de bonne-heure.

[1] L'émulation eſt ordinaire entre les peuples, qui confinent enſemble, comme le dit Tacite en divers endroits. *Uno amne diſcretis, æmulatio & invidia*, en parlant des Lionnois & des Viennois. *Hiſt.* 1. *Solito inter accolas odio infenſ Judæis Arabes. Hiſt.* 5. *Vicinis Coloniis invidia & æmulatio. Hiſt.* 1.

[2] *Vetere atque inſita Claudiæ familiæ ſuperbia. Ann.* 1.

[3] La vénalité des Avocats & des Médecins. *Nec quidquam publica mercis tam venale fuit, quàm Advocatorum perfidia,* dit Tacite. *Ann.* 11. & quelques lignes aprés, *Ut quomodo vis morborum pretia medentibus, ſic fori tabes pecuniam Advocatis fer̃t.* Le Jeune-Pline ajoûte, que ceux qui paſſent leur vie dans le Bareau, deviennent fourbes malgré qu'ils en aient. *Nos qui in foro, litibuſque, terimus ætatem, multum malitiæ, quamvis nolimus, addiſcimus. Epiſt.* 3. *l.* 2. Les menteries & les équivoques des Aſtrologues. *Genus hominum potentibus infidum, ſperantibus fallax. Hiſt.* 1. *Quædam ſecus quàm dicta ſint cadere, fallaciis ignara dicentium. Ann.* 6. *Breve confinium artis & falſi. Ann.* 4.

[4] L'imprudence & l'évaporation de la Jeuneſſe, qui donne toujours dans la bagatelle. *Iuventam improvidam, & facilem inanibus. Ann.* 2. *Mobiles adoleſcentium animos. Ann.* 4. *Imprudentia ætatis. Ann.* 16.

MAXIME

MAXIME X.

Fortune & Renommée.

L'UNE a autant d'inconstance, que l'autre a de fermeté. La premiére sert durant la vie, & la seconde aprés [1]. L'une résiste à l'envie, l'autre à l'oubli. La Fortune se desire, & se fait quelquefois avec l'aide des amis. La Renommée se gagne à force d'industrie. Le desir de la réputation naît de la vertu [2]. La Renommée a été & est la sœur des Geans : elle va toujours par les extrémités de l'aplaudissement, ou de l'éxécration .

---

1 *Famam in posteros. Ann.* 11. *Æternitatem famæ. Ibid.*

2 Tacite dit, que du mépris de la réputation naît le mépris de la vertu. *Contemptu famæ contemni virtutes. Ann.* 4. & que c'est le propre des gens-de-bien d'aspirer aux plus grandes choses. *Optumos mortalium altissima cupere. Ibid.* Gracian dans le dernier chap. de son Héros, dit, que la vertu & la grandeur courent sur des lignes paralleles. Tout cela revient à ce que disoit Caton le Censeur, que personne ne seroit vertueux, si une fois on séparoit la gloire de la vertu.

3 C'est en ce sens, que Tacite dit, qu'Oton s'est signalé par deux grandes actions, dont l'une mérite un reproche éternel, & l'autre une loüange éternelle. *Duobus facinoribus, altero flagitiosissimo, altero egregio, tantumdem apud posteros meruit bonæ famæ, quantum malæ. Hist.* 2.

MAXIME XI.

Traiter avec ceux, de qui l'on peut aprendre.

LA converfation familiére doit fervir d'école d'érudition & de politeffe. De fes amis, il en faut faire fes maitres, affaifonnant le plaifir de converfer, de l'utilité d'aprendre. Entre les gens-d'efprit la joüiffance eft réciproque. Ceux, qui parlent, font paiés de l'aplaudiffement, qu'on donne à ce qu'ils difent ; & ceux, qui écoutent, du profit, qu'ils en reçoivent. Nôtre intéreft-propre nous porte à converfer. L'homme-d'entendement fréquente les bons Courtifans, dont les maifons font plutôt les Téatres de l'Héroïfme, que les Palais de la Vanité. Il y a des hommes, qui, outre qu'ils font eux-mêmes des Oracles, qui inftruifent autrui par leur éxemple, ont encore ce bonheur, que leur cortége eft une Académie de prudence & de politeffe.

MAXIME XII.

La Nature & l'Art : La Matiére & l'Ouvrier.

IL n'y a point de beauté fans aide, ni de perfection, qui ne donne dans le barbarifme, fi l'Art n'y met la main. L'Art corrige ce qui eſt mauvais, & perfectionne ce qui eſt bon. D'ordinaire, la Nature nous épargne le meilleur, afin que nous aions recours à l'Art. Sans l'Art, le meilleur Naturel eſt en friche : & quelque grans, que ſoient les talens d'un homme, ce ne ſont que de demi-talens, s'ils ne ſont pas cultivés. Sans l'Art, l'homme ne fait rien comme il faut, & eſt groſſier en tout ce qu'il fait ¹.

1 C'eſt pour cela, que Mucien, ce qu'il diſoit & ce qu'il faiſoit. *Om-*
Premier-Miniſtre de Veſpaſien, s'é- *nium, quæ diceret, atque ageret, arte*
tudioit à donner de la grace à tout *quadam oſtentator.* Tac. *Hiſt.* 2.

MAXIME XIII.

Procéder quelquefois finement, quelquefois rondement.

LA Vie-Humaine eſt un combat contre la malice de l'homme même. L'homme adroit y emploie pour armes les ſtratagémes de l'intention. Il ne fait jamais ce qu'il montre avoir envie de faire. Il mire un but, mais c'eſt pour tromper les yeux, qui le regardent. Il jete une parole en l'air, & puis il fait une choſe, à quoi perſonne ne penſoit. S'il dit un mot, c'eſt pour amuſer l'atention de ſes rivaux : & dés qu'elle eſt ocupée à ce qu'ils penſent, il éxécute auſſi-tôt ce qu'ils ne penſoient pas. Celui donc, qui veut se garder d'être trompé, prévient la ruse de son compagnon, par de bonnes réfléxions. Il entend toujours le contraire de ce qu'on veut, qu'il entende, &, par là, il découvre incontinent la feinte. Il laisse passer le premier coup, pour atendre de pié-ferme le second, ou le troisiéme. Et puis, quand son artifice est connu, il rafine sa dissimulation, en se servant de la vérité même, pour tromper. Il change de jeu & de baterie, pour changer de ruse. Son artifice est de n'en avoir plus, & toute sa finesse est de passer de la dissimulation précédente à la candeur. Celui, qui l'observe, & qui a de la pénétration, connoissant l'adresse de son rival, se tient sur ses gardes, & découvre les ténébres revétuës de la lumiére. Il déchifre un procédé d'autant plus caché, que tout y est sincére *. Et c'est ainsi que la finesse de Piton combat contre la candeur d'Apollon,

* *ou*, d'autant plus indevinable, qu'il n'y a rien à deviner.

MAXIME XIV.

La Chose & la Maniére.

CE n'est pas assés que la substance, il y faut aussi la circonstance. Une mauvaise maniére gâte tout, elle défigure même la justice

& la raifon [1]. Au contraire, une belle-maniére
fuplée à tout, elle dore le refus, elle adoucit ce
qu'il y a d'aigre dans la vérité, elle ôte les rides
à la vieilleffe. Le COMMENT fait beaucoup
en toutes chofes. Une maniére dégagée en-
chante les efprits, & fait tout l'ornement de la
vie.

Céte Maxime eft tirée du Chapitre de fon Difcret del modo y agrado.
Et comme ce Chapitre eft tres-inftruétif, je crois, qu'un chacun fera bien-
aife d'en voir ici l'extrait.

Par ce grand précepte, dit-il, Cléobule a mérité d'être le premier des Sages. Auffi eft-ce le
premier des préceptes. Mais s'il a fufi de l'enfeigner, pour avoir le nom de Sage, & encore de
premier-Sage, que reftera-t-il pour celui qui
l'obfervera ? Car de favoir les chofes, & de ne
les pas faire, ce n'eft pas eftre Filofofe, mais
Grammérien.

En toutes chofes, la circonftance eft auffi
néceffaire, que la fubftance, & même davantage. La première chofe, que nous rencontrons,
ce n'eft pas l'effence, c'eft l'aparence. C'eft par
l'extérieur, que l'on vient à connoitre l'intérieur. Par l'écorce de la maniére, nous difcer-

1 Ce fentiment revient à celui de
Tacite, qui dit, que les meilleures
actions ont des fuites pernicieufes,
fi elles ne font pas faites avec jugement & avec difcrétion. *Sæpe ho-*
neftas rerum cauffas, ni judicium ad-
hibeas, perniciofi exitus confequuntur,
Hift. 1.

nons le fruit de la fubftance : jufque-là même, que des perfonnes que nous ne connoiffons pas , nous en jugeons par le port.

La maniére eft la partie du mérite , qui frape davantage les yeux de l'atention. Comme on la peut aquérir, l'on eft inexcufable, quand on ne l'a pas.

La vérité a de la force ; la raifon de l'autori-té ; & la juftice du pouvoir : mais elles font fans luftre , fi la belle-maniére y manque : au lieu qu'avec elle tout en vaut davantage. Elle fu-plée à tout , & même au défaut de la raifon ; elle dore les méprifes ; elle farde les laideurs ; elle cache les imperfections ; enfin elle déguife tout.

Ce n'eft pas affés que le grand zéle dans un Miniftre ; que la valeur dans un Capitaine ; que la fcience dans un Homme-de-létres ; que la puif-fance dans un Prince ; fi tout cela n'eft acom-pagné de céte importante formalité. Mais il n'y a point d'emploi , où elle foit plus néceffaire, que dans le fouverain-commandement. Dans les fupérieurs, c'eft un grand moien d'engager, que d'être plus humains, que defpotiques. Voir qu'un Prince fait ceder la fupériorité à l'huma-nité, c'eft une double obligation de l'aimer. Il faut regner premiérement fur les volontés, & puis fur le refte. Concilie-toi la bienveillance , &

même l'aplaudiſſement univerſel , ſinon par inclination, du moins par art. Car ceux , qui admirent, ne regardent pas, ſi ta maniére eſt naturelle , ou empruntée.

Il y a des choſes, qui valent peu pour ce qu'-
elles ſont, & néanmoins s'eſtiment à-cauſe de la
maniére. Par ſon aide le paſſé redevient nouveau,
& revient en mode. Si les circonſtances ſont à
l'uſage commun, elles pallient tout le déſagréa-
ble du vieux-tems. Le goût avance toujours, &
ne recule jamais. Il ne touche point ce qui eſt
paſſé, ne trouvant rien de bon , que ce qui eſt
nouveau. Mais cependant il peut être trompé
par un petit changement. Les circonſtances font
rajeunir les choſes , elles leur ôtent l'odeur du
moiſi, & le fade du TROP-SOUVENT , qui
eſt toujours inſuportable , & particuliérement
dans les imitations, qui ne ſauroient jamais monter, ni à la ſublimité , ni à la nouveauté de premier.

Cela ſe voit encore davantage dans les fonctions de l'eſprit. Car bien que les choſes ſoient
tres-connuës , elles ne laiſſent pas de métre encore en apêtit, ſi l'Orateur & l'Hiſtorien trouvent une nouvelle maniére de les dire , & de les
écrire.

Quand les choſes ſont exquiſes , elles ne laſ-
ſent pas repétées , même juſques à ſept fois. Mais

quoiqu'elles n'ennuient pas , elles ne font pas ad-
mirées. Ainfi, il eft befoin de les affaifonner autrement , afin qu'elles excitent l'atention. La nouveauté eft careffante , elle charme le goût : & les
objets fe renouvellent par le feul changement de
ragoût ; qui eft le véritable art de plaire.

   Tel dira toutes les mêmes chofes qu'un autre,
& néanmoins flatera par où l'autre ofenfoit. Tant
il importe de favoir rencontrer le COMMENT!
Tant fert une belle-maniére, & nuit une mauvaife ! Or fi le manque de maniére eft fi remarquable, que fera-ce d'une pofitivement mauvaife,
& choquante à-deffein , & fur tout en des gens
qui tiennent un pofte univerfel ? Ce n'eft qu'un
petit défaut que ton air rude, difoit un Sage, &
pourtant il fufit, pour dégoûter un chacun de
toi. Au contraire, l'agrément extérieur promet
celui de l'efprit ; & la beauté cautionne la belle-
humeur.

   La belle-maniére fe plaît à dorer fi bien le NON,
qu'il foit plus eftimé qu'un O U I mal affaifonné.
Elle fucre fi habilement les vérités, qu'elles paffent pour des careffes : & quelquefois qu'il femble
qu'elle flate, elle défabufe, en difant aux gens, non
ce qu'ils font, mais ce qu'ils doivent être.

   Voiez la Maxime 267.

Voiez la Maxime 267.

MAXIME

MAXIME XV.

Se fervir d'efprits-auxiliaires.

C'EST où confifte le bonheur des Grans, que d'avoir auprés d'eux des gens-d'efprit, qui les tirent de l'embaras de l'ignorance, en leur débroüillant les afaires. De nourir des Sages, c'eft une grandeur, qui furpaffe le fafte barbare de ce Tigranés, qui afeĉtoit de fe faire fervir par les Rois, qu'il avoit vaincus. C'eft un nouveau genre de domination, que de faire par adreffe nos ferviteurs de ceux, que la Nature a fait nos maîtres. L'homme a beaucoup à favoir, & peu à vivre ; & il ne vit pas, s'il ne fait rien. C'eft donc une finguliére adreffe d'étudier fans qu'il en coûte, & d'aprendre beaucoup, en aprenant de tous. Aprés cela, vous voiés un homme parler dans une Affemblée par l'efprit de plufieurs ; ou plutôt, ce font autant de Sages, qui parlent par fa bouche, qu'il y en a, qui l'ont inftruit auparavant. Ainfi, le travail d'autrui le fait paffer pour un Oracle, atendu que ces Sages lui dreffent fa leçon, & lui diftillent leur favoir en quint'effence. Au refte, que celui, qui ne poura avoir la fageffe pour fervante, tâche du moins de l'avoir pour compagne.

C

MAXIME XVI.

Le Savoir & la Droite-intention.

L'UN & l'autre ensemble font la source des
bons succés. Un bon entendement avec
une mauvaise volonté, c'est un mariage mon-
ftrueux. La mauvaise intention est le poison de
la Vie-Humaine, & quand elle est fecondée
du savoir, elle en fait plus de mal. C'est une
malhureuse habileté que celle, qui s'emploie à
faire mal. La science dépourvüe du bon-fens
est une double folie [1].

[1] Le Proverbe Efpagnol dit, *Ciencia es locura, fi buen fefo no la cura.*

MAXIME XVII.

Ne pas tenir toujours un même procédé.

IL eft bon de varier, pour fruftrer la Curiofité, fur tout celle de vos envieux. Car s'ils
viennent à remarquer l'uniformité de vos actions,
ils préviendront, &, par conféquent, ils feront
avorter vos entreprifes. Il eft aifé de tuer l'oi-
feau, qui vole droit, mais non celui, qui n'a
point de vol réglé. Il ne faut pas auffi toujours

ruſer. Car, au ſecond coup, la ruſe ſeroit découverte. La malice eſt aux aguets. Il faut beaucoup d'adreſſe, pour ſe défaire d'elle. Le fin-joüeur
ne joüe jamais la carte, qu'atend ſon adverſaire,
encore moins celle, qu'il deſire.

MAXIME XVIII.

L'Aplication & le Génie.

PERSONNE ne ſauroit être éminent, s'il n'a
l'un & l'autre. Lorſque ces deux parties con-
courent enſemble, elles font un grand-homme.
Un eſprit médiocre, qui s'aplique, va plus loin,
qu'un eſprit ſublime, qui ne s'aplique pas. La réputation s'aquert à force de travail. Ce qui coûte
peu, ne vaut guére. L'aplication a manqué à quelques-uns, & même dans les plus hauts emplois.
Tant il eſt rare de forcer ſon génie. Aimer mieux
être médiocre dans un emploi ſublime, qu'excellent dans un médiocre, c'eſt un deſir, que la généroſité rend excuſable. Mais celui-là ne l'eſt
point, qui ſe contente d'être médiocre dans un
petit emploi, lorſqu'il pouroit exceller dans un
grand. Il faut donc avoir l'art & le génie, & puis
l'aplication y met la derniére main.

MAXIME XIX.

N'être point trop préconisé par les bruits de la Renommée.

C'EST le malheur ordinaire de tout ce qui a été bien vanté, de n'ariver jamais au point de perfection, que l'on s'étoit imaginé. La réalité n'a jamais pû égaler l'imagination, dautant qu'il eſt auſſi dificile d'avoir toutes les perfections, qu'il eſt aiſé d'en avoir l'idée [1]. Comme l'Imagination a le deſir pour époux, elle conçoit toujours beaucoup au delà de ce que les choſes ſont en éfet [2]. Quelque grandes que ſoient les perfections, elles ne contentent jamais l'idée. Et comme un chacun ſe trouve fruſtré de ſon atente, l'on ſe déſabuſe au lieu d'admirer. L'eſpérance falſifie toujours la vérité. C'eſt

---

[1] Au chapitre 16. de ſon Héros, il dit la même choſe en ces termes : *Il faut un grand mérite, pour répondre à une grande atente. Celui, qui regarde, forme une haute idée, parce qu'il lui coûte moins de s'imaginer de grandes choſes; qu'à celui, qui eſt regardé, de les faire.*

[2] Cét Aforiſme revient à celui de Tacite, qui dit, que l'on a toujours meilleure opinion des abſens. *Majora credi de abſentibus. Hiſt.* 2. Et que la Majeſté eſt plus reſpectée de loin que de près. *Majeſtate ſal-*
va, cui major è longinquo reverentia. *Ann.* 1. Tacite dit encore, que c'eſt la coutume d'eſtimer beaucoup ce qui eſt inconnu. *Paratu magno, majore fama, uti mos eſt de ignotis. In Agricola.* Et deux pages après. *Omne ignotum pro magnifico eſt.* Et c'eſt en ce ſens, qu'il dit, que ceux, qui voioient Agricola, cherchoient en lui ce qui pouvoit lui avoir aquis tant de réputation. *Viſo aſpectoque Agricola quærerent famam. Ibidem.*

pourquoi la prudence doit la corriger, en faisant en sorte, que la joüiissance surpasse le desir.
Quelques commencemens de crédit servent à
réveiller la curiosité , & non à engager l'objet.
Quand l'éfet surpasse l'idée & l'atente, cela fait
plus d'honneur.   Céte régle est fausse pour le
mal, à qui la même éxagération sert à démentir la médisance, ou la calomnie, avec plus
d'aplaudissement, en faisant paroitre toléra-
ble ce qu'on croioit être l'extrémité même du
mal.

MAXIME XX.

L'Homme dans son siécle.

LE S gens d'éminent mérite dépendent des
tems. Il ne leur est pas venu à tous celui
qu'ils méritoient : & de ceux, qui l'ont eu, plusieurs n'ont pas eu le bonheur d'en profiter.
D'autres ont été dignes d'un meilleur siécle.
Témoignage, que tout ce qui est bon, ne trionfe pas toujours. Les choses du monde ont leurs
saisons [1], & ce qu'il y a de plus éminent, est sujet à la bizarrerie de l'Usage [2]. Mais le Sage a

---

[1] *Rebus cunctis inest quidam ve-*
lut orbis, ut quemadmodum tempo-
rum vices, ita morum vertantur, dit
Tacite *Ann. 3.*

[2] Car, au dire du même Tacite,
il faut s'acommoder au tems, & par
conséquent à l'Usage. *Morem accom-*
modari prout conducat. Ann. 12. Pra-

toujours céte confolation, qu'il eft éternel 3. Car
fi fon fiécle lui eft ingrat, les fiécles fuivans lui
font juftice 4.

fentia fequi. Hift. 4. Et ce Sénateur-
là avoit raifon, qui difoit, que quelque admiration qu'il eût pour les
anciennes Coutumes,il fe fouvenoit
toujours de la condition du tems,
dans lequel il fe rencontroit. *Se
meminiffe temporum , quibus natus
fit. Ibid.*

3 C'eft en ce fens, que Tacite
dit de fon beau-pére, que tout ce
qu'il a admiré en lui , dure enco-

re , & durera dans la mémoire de tous les fiécles. *Quicquid
ex Agricola amavimus , quicquid
mirati fumus , manet , manfuram-
que eft in animis hom num , in æter-
nitate temporum , fama rerum. In
Vita.*

4 *Suum cuique decus pofteri-
tas rependit.* La poftérité fera juftice à un chacun , dit Tacite
Ann. 4.

MAXIME XXI.

L'Art d'être hureux.

IL y a des régles de bonheur, & le bonheur
n'eft pas toujours fortuit à l'égard du Sage.
Son induftrie y peut aider. Quelques-uns fe contentent de fe tenir à la porte de la Fortune, en bonne pofture, & atendent qu'elle leur ouvre. D'autres font mieux, ils paffent plus avant, à la faveur de leur hardieffe, & de leur mérite, & tôt
ou tard ils gagnent la Fortune, à force de la ca-
joler. Mais, à bien filofofer, il n'y a point d'autre
arbitre, que celui de la vertu, & de l'aplication.
Car comme l'imprudence eft la fource de toutes
les difgraces de la vie, la prudence en fait tout le
bonheur.

MAXIME XXII.

L'Homme-de-mise.

L'ERUDITION galante eſt la proviſion des honnêtes-gens. La connoiſſance de toutes les afaires du tems, les bons-mots dits à-propos, les façons-de-faire agréables, font l'Homme à la mode: & plus il a de tout cela, moins il tient du Vulgaire. Quelquefois un ſigne, ou un geſte, fait plus d'impreſſion, que toutes les leçons d'un Maître ſevére. L'art de converſer a plus ſervi à quelques-uns, que les ſept Arts-libéraux en-ſemble ¹.

---

1 Hercules (dit-il dans ſon Diſ-cret, chap. *Hombre de plauſibles noticias*) a remporté plus de trion-fes par ſa diſcrétion, que par ſa valeur. Les brillans chainons ſor-tans de ſa bouche lui ont atiré plus d'aplaudiſſemens, que les coups-de-maſſuë de ſa redoutable main. Avec ſa maſſuë, il exterminoit les monſtres; avec ſes chaines, il en-chainoit les beaux eſprits, les te-nant agréablement ſuſpendus par la force de ſon éloquence. Il y a des hommes doüés d'une certaine ſcien-ce-de-Cour, & de je-ne-ſai-quelle érudition ſavoureuſe & familiare, qui fait, qu'ils ſont bien reçus par tout, & même recherchés avec em-preſſement. Cête ſcience eſt toute particuliére. Car elle ne s'aprend ni dans les Livres, ni dans les Ecoles, mais bien dans les Téatres du Bon-goût, & ſur tout en ce ſingulier Am-phitéatre de la Diſcrétion. La pre-miére & la plus délicieuſe partie de cête érudition plauſible eſt la con-noiſſance univerſelle de tout ce qui ſe paſſe dans le monde; une routine de tout ce qui eſt en uſage; une ob-ſervation des plus belles actions des Princes, des événemens rares, des merveilles de la Nature, & des ex-travagances de la Fortune. Elle tient regiſtre de ce qu'il y a de bien pen-ſé dans les Livres; de curieux dans les Nouvelles; de judicieux dans les

Raiſonnemens; & de piquant-au-vif dans les Satires. Le plus grand ornement de l'homme plauſible conſiſte dans une parfaite intelligence des matiéres; dans une connoiſſance-à-fond des principaux perſonages de céte actuelle Tragicomédie de l'Univers. Il marque ſur ſes tablétes ce qui ſe trouve d'hétéroclite dans un Prince, de ſingulier dans un Grand, d'afeété dans un tel, & de vulgaire dans un autre : & par le moien de céte anatomie morale il peut juger ſainement des choſes, & meſurer la réputation ſur le pié de la vérité. Mais ſur tout il fait un curieux recüeil de tous les bons-mots, & de toutes les galanteries, ſoit héroïques, ou plaiſantes ; des axiomes des Sages; des traits-malins des Critiques ; des droleries des Boufons. Agréable munition, pour conquerir le goût d'un chacun. *Et aprés avoir dit*, que l'homme plauſible enregiſtre en caractéres de prix les ſentences de Filippe II. & les apoſtegmes de Charle-quint : Les plus nouveaux, continuë-t-il, ont le plus de ſel, & donnent toujours plus d'apêtit. Les faits & les dits modernes

ajoûtant la grace de la nouveauté à l'excellence, ſe font ceder l'aplaudiſſement par les autres. Car des ſentences moiſies, & des exploits ſurannés, ne ſont plus en vogue, que parmi les Pédans & les Grammériens.

Céte ſcience-à-la-mode a été quelquefois plus utile que tous les Arts-liberaux enſemble : & quelquefois l'on a plus gagné à ſavoir faire une létre, & à dire un mot bien à propos, qu'avec toute la ſcience des Bartoles & des Baldes. *Et demi page aprés.* Ne ſois pas de ceux, qui ſe fruſtrent du plaiſir de ſavoir, pour ôter aux autres la gloire d'enſeigner. *Et quelques lignes aprés :* Quelques-uns ne ſe ſervent de la vie qu'à manger, ils n'emploient jamais les facultés ſupérieures ; leur raiſonnement eſt oiſif, leur entendement meurt ſans avoir profité de rien. C'eſt pour cela, que beaucoup de Grans ne ſurpaſſent les autres gens, qu'en la commodité de contenter leurs ſens, qui eſt la plus vile fonction de la vie ; & ſont auſſi pauvres d'entendement, que riches de pauvres biens.

MAXIME XXIII.

N'avoir point de tache.

A Toute perfeétion il y a un SI, ou un MAIS. Il y a tres-peu de gens, qui ſoient ſan défauts, ſoit dans les mœurs, ou dans le corps. Mais il y en a beaucoup, qui font vanité de ces défauts,

qu'il

qu'il leur feroit aifé de corriger. Quand on voit
le moindre défaut dans un homme acompli, l'on
dit, que c'eft dommage, parce qu'il ne faut qu'un
nuage, pour éclipfer tout le Soleil. Ces défauts
font des taches, où l'envie s'atache d'abord pour
controller. Ce feroit un grand-coup d'habileté
de les changer en perfections, comme fit Jules-
Céfar, qui étant chauve, couvrit ce défaut de
l'ombre de fes lauriers.

MAXIME XXIV.

Modérer fon imagination.

LE vrai moien de vivre hureux, & d'être toujours eftimé fage, eft, ou de la corriger, ou
de la ménager. Autrement, elle prend un empire
tirannique fur nous, & fortant des bornes de la
fpéculation, elle fe rend fi fort la maîtreffe, que la
vie eft hureufe, ou malhureufe, felon les diférentes idées, qu'elle nous imprime. Car il y en a, à
qui elle ne reprefente, que des peines, & dont
la folie la fait devenir leur boureau domeftique:
& d'autres, à qui elle ne propofe que des plaifirs & des grandeurs, fe plaifant à les divertir en
fonge. Voilà tout ce que peut l'imagination,
quand la raifon ne la tient pas en bride.

D

MAXIME XXV.

Bon-Entendeur.

SAVOIR difcourir, c'étoit autrefois la fcience des fciences : aujourd'hui cela ne fufit pas,
il faut deviner, & fur tout en matiére de fe défabufer. Qui n'eft pas bon-entendeur, ne peut
pas être bien entendu. Il y a des efpions du cœur
& des intentions. Les vérités, qui nous importent davantage, ne font jamais dites qu'à demi[1].
Que l'homme - d'efprit en prenne tout le fens,
ferrant la bride à la crédulité dans ce qui paroît avantageux, & la lâchant à la créance de ce
qui eft odieux.

[1] La vérité, ajoûte-t-il dans fon Difcret, chap. *Buen entendedor*, eft une Demoifelle auffi honteufe que belle, & pour ce fujet elle va toujours mafquée. *Voiés la note de la Maxime* 210.

MAXIME XXVI.

Trouver le foible d'un chacun.

C'EST l'art de manier les volontés, & de
faire venir les hommes à fon but. Il y va
plus d'adreffe, que de réfolution, à favoir par où
il faut entrer dans l'efprit d'un chacun. Il n'y a

point de volonté, qui n'ait fa paffion dominante; & ces paffions font diférentes felon la diverfité des efprits. Tous les hommes font idolatres : les uns de l'honneur ; les autres de l'intéreft ; & la plufpart de leur plaifir. L'habileté
eft donc de bien connoitre ces idoles, pour entrer dans le foible de ceux, qui les adorent.
C'eft comme tenir la clef de la volonté d'autrui. Il faut aler au premier-mobile. Or ce
n'eft pas toujours la partie fupérieure, le plus
fouvent c'eft l'inférieure. Car en ce monde le
nombre de ceux, qui font déréglés, eft bien
plus grand, que celui des autres. Il faut premiérement connoitre le vrai caractére de la
perfonne, & puis lui tâter le poulx, & l'ataquer par fa plus forte paffion : & l'on eft affuré par là de gagner la partie.

MAXIME XXVII.

Préférer l'intenfion à l'extenfion.

LA perfection ne confifte pas dans la quantité, mais dans la qualité. De tout ce qui
eft tres-bon, il y en a toujours tres-peu. Ce dont
il y a beaucoup, eft peu eftimé. Et parmi les
hommes même les geans y paffent d'ordinaire

D ij

pour les vrais nains [1]. Quelques-uns eſtiment les
livres par la groſſeur, comme s'ils étoient faits,
pour charger les bras, plutôt que pour éxercer
les eſprits. L'extenſion toute ſeule n'a jamais pû
outrepaſſer la médiocrité, & c'eſt le malheur des
gens univerſels, de n'exceller en rien, pour avoir
voulu exceller en tout. L'*intenſion* donne un rang
éminent, & fait un Héros, ſi la matiére eſt ſublime.

1 Cela eſt dit dans un ſens figuré, & relatif au Proverbe, *Homo longus raró ſapiens. El grande de cuerpo*, *no es muy hombre*, dit-il dans la cenſure 7. de la premiére partie de ſon Criticon.

MAXIME XXVIII.

N'avoir rien de vulgaire.

O Que celui-là avoit bon goût, qui ſe dé-
plaiſoit de plaire à pluſieurs ! Les Sages
ne ſe repaiſſent jamais des aplaudiſſemens du
Vulgaire. Il y a des Caméleons de goût ſi po-
pulaire, qu'ils prennent plus de plaiſir à humer
un air groſſier, qu'à ſentir les doux zéphirs d'A-
pollon. Ne te laiſſe point éblouïr à la vûë des
miracles du Vulgaire. Les ignorans ſont toujours
dans l'étonnement [1]. C'eſt par où la folie com-

1 Au chap. 5. de ſon Héros, il dit, que c'eſt le propre d'un goût-fin de *més-ofrir, quand il eſt queſtion de paier d'eſtime*. Que d'être avare de ſon aplaudiſſement, cela ſent ſa nobleſſe: & que de le prodiguer, c'eſt ſe rendre mépriſable. Que l'admiration eſt l'é-tiquété ordinaire de l'ignorance.

mune admire, que le difcernement du Sage fe
défabufe.

MAXIME XXIX.

L'Homme-droit.

IL faut toujours être du côté de la raifon, &
fi conftamment, que ni la paffion vulgaire,
ni aucune violence tirannique, ne fafle jamais
abandonner fon parti. Mais où trouvera-t-on ce
Fénix de l'Equité. Certes, elle n'a guére de partifans. Beaucoup de gens la préconifent, mais
fans lui donner entrée chés eux [1]. Il y en a d'autres qui la fuivent jufqu'au danger : mais quand
ils y font, les uns comme faux-amis, la renient;
& les autres, comme Politiques, font femblant
de ne la pas connoitre. Elle, au contraire, ne fe
foucie point de rompre avec les amis, avec les
Puiffances, ni même avec fon propre intérêt : &
c'eft-là qu'eft le danger de la méconnoitre. Les
gens rufés fe tiennent neutres, &, par une méta-
fifique plaufible, tâchent d'acorder la Raifon-
d'Etat & leur confcience. Mais l'Homme-de-bien
prend ce ménagement pour une efpéce de trahi-
fon, fe piquant plus d'être conftant, que d'être
habile. Il eft toujours où eft la vérité : Et s'il laiffe

---

1 *Virtus laudatur & alget*, dit Juvénal.

D iij

quelquefois les gens, ce n'eſt pas qu'il ſoit chan-
geant, mais parce qu'ils ont été les premiers à
abandonner la raiſon.

MAXIME XXX.

N'afecter point d'emplois extraordinaires, ni chimériques.

CE'TE afectation ne ſert qu'à s'atirer du mépris. Le Caprice a formé pluſieurs ſectes.
L'homme-ſage n'en doit épouſer aucune. Il y a
des goûts étranges, qui n'aiment rien de tout ce
qu'aiment les autres. Tout ce qui eſt ſingulier
leur plaît. Il eſt vrai, que cela les fait connoître,
mais c'eſt plutôt pour être moqués, que pour
être eſtimés. Ceux même, qui font profeſſion
d'être ſages, doivent bien ſe garder de l'afecter. A
plus forte raiſon, ceux, qui ſont d'une profeſſion,
qui rend ſes partiſans ridicules. On ne nomme
point ici ces emplois, dautant que le mépris,
qu'un chacun en fait, les fait aſſés connoître.

MAXIME XXXI.

*Connoitre les gens hureux, pour s'en ſervir ; & les mal-
hureux, pour s'en écarter.*

D'ORDINAIRE, le malheur eſt un éfet de
la folie : Et il n'y a point de contagion plus

dangereuſe, que celle des Malhureux. Il ne faut jamais ouvrir la porte au moindre mal : car il en vient toujours d'autres aprés, & même de plus grans, qui ſont en embuſcade. La vraie ſcience au jeu eſt de ſavoir *écarter*. La plus baſſe de la couleur qui tourne, vaut mieux que la plus haute de la partie précédente. Dans le doute, il n'y a rien de meilleur, que de s'adreſſer aux Sages: tôt ou tard on s'en trouve bien.

MAXIME XXXII.

Avoir le renom de contenter un chacun.

CELA met en réputation ceux qui gouvernent. C'eſt par où les Souverains gagnent la bienveillance publique. Le ſeul avantage, qu'ils ont, eſt de pouvoir faire plus de bien, que tout le reſte des hommes. Les vrais amis ſont ceux, qu'on ſe fait à force d'amitiés. Mais il y a des gens, qui ſont ſur le pié de ne contenter perſonne, non pas tant à-cauſe que cela leur ſeroit à charge, que parce que leur naturel répugne à faire plaiſir [1]. Contraires en tout à la Bonté Divine, qui ſe communique inceſſamment.

1 C'eſt un défaut, dont Tacite ſemble acuſer Tibére, quand il dit, qu'il laiſſoit la pluſpart des Gouverneurs & des Magiſtrats dans leurs Provinces, & dans leurs Charges, tant qu'ils vivoient, pour fruſtrer les prétendans. *Invidiâ, ne plures fruerentur. Ann.* 1.

MAXIME XXXIII.

Savoir se souftraire.

SI c'est une grande science, que de savoir refuser des graces, c'en est une plus grande de
se savoir refuser à soi-même, aux afaires, & aux
visites [1]. Il y a des ocupations importunes, qui
rongent le tems le plus précieux. Il vaut mieux
ne rien faire, que de s'ocuper mal-à-propos. Il ne
sufit pas, pour être homme prudent, de ne faire
point d'intrigues, mais il faut encore éviter d'y
être mêlé. Il ne faut pas être si fort à un chacun,
que l'on ne soit plus à soi-même. On ne doit point
abuser de ses amis, ni rien éxiger d'eux au delà
de ce qu'ils acordent volontiers. Tout ce qui est
excessif, est vicieux, sur tout dans la conversation : & l'on ne sauroit se conserver l'estime &
la bienveillance d'un chacun, sans ce tempérament, d'où dépend la bienséance. Il faut métre
toute sa liberté à choisir ce qu'il y a de plus excellent, en sorte que l'on ne péche jamais contre
le bon-goût.

1 C'est ce que fit Senéque, au | *lutantium , vitat comitantes : rarus*
raport de Tacite. *Instituta prioris* | *per urbem , &c.*
potentiæ commutat, prohibet cœtus sa- |

MAXIME XXXIV.

Connoitre son fort.

CE'TE connoiffance fert à cultiver ce que l'on a d'excellent, & à perfectionner ce que l'on a de commun. Bien des gens fuffent deve- nus de grans-perfonages, s'ils euffent connu leur vrai talent. Connoiffés donc le vôtre, & joi- gnés-y l'aplication. Dans les uns, le jugement l'emporte, & dans les autres, le courage. La plufpart font violence à leur génie : d'où il ari- ve, qu'ils n'excellent jamais en rien. L'on qui- te fort tard ce que la paffion a fait époufer de bonne-heure 1.

1 La paffion, dit-il, dans le chap. 1. de fon Difcret, trompe tres-fou- vent, & quelquefois auffi l'obliga- tion, en métant pefle-mefle les gé- nies & les emplois. Tel eft mal- hureux, pour avoir endoffé le Har- nois, qui eût été hureux, & eût paffé pour prudent, s'il eût pris la Robe. Infaillible aforifme de Chi- lon, qu'il faut fe connoitre & s'a- pliquer. Que l'homme difcret com- mence de favoir par fe favoir lui- même. Qu'il fonde fa minerve, tant celle de l'inclination, que cel- le de la raifon : & s'il la trouve propre & commode, qu'il la tien- ne toujours en action. *Voiés la Maxime* 89.

MAXIME XXXV.

Pefer les chofes felon leur jufte valeur.

LE s Fous ne périffent, que faute de ne pen- fer à rien. Comme ils ne conçoivent pas les
E

choſes, ils ne voient, ni le dommage, ni le profit, &, par conſéquent, ils ne s'en métent point
en peine. Quelques-uns font grand cas de ce
qui importe peu, & n'en font guére de ce qui
importe beaucoup, parce qu'ils prennent tout à
rebours. Pluſieurs, faute de ſentiment, ne ſentent
pas leur mal. Il y a des choſes, où l'on ne ſauroit trop penſer. Le Sage fait réfléxion à tout,
mais non pas également. Car il creuſe, où il y a
du fond, & quelquefois il penſe, qu'il y en a encore plus qu'il ne penſe : ſi-bien que ſa réfléxion
va juſqu'où eſt alée ſon apréhenſion.

MAXIME XXXVI.

*Avoir fondé ſa fortune & ſes forces, avant que de s'embarquer
dans aucune entrepriſe.*

CE'TE expérience eſt bien plus néceſſaire
que la connoiſſance de nôtre tempérament.
Si c'eſt être fou, que de commencer à quarante
ans, de conſulter Hipocrate ſur ſa ſanté : celui-
là l'eſt encore plus, qui commence, à cét âge,
d'aler à l'Ecole de Senéque, pour aprendre à vivre. C'eſt un grand point, que de ſavoir gouverner ſa fortune, ſoit en atendant ſa belle humeur. (Car elle prend plaiſir à être atenduë) ou
en la prenant telle qu'elle vient. Car elle a un

flux & un reflux, & il eft impoffible de la fixer, hetéroclite & changeante comme elle eft. Que celui, qui l'a fouvent éprouvée favorable, ne ceffe point de la preffer, dautant qu'elle eft fujéte à fe déclarer pour les gens-hardis, &, comme galante, à aimer les jeunes-gens. Que celui, qui eft malhureux, fe retire, pour ne pas recevoir l'afront d'être maltraité deux fois [1] devant un concurrent hureux.

[1] C'eft pour cela qu'Oton, aprés avoir perdu la bataille de Bédriac, ne voulut jamais en rifquer une feconde, difant aux Cohortes Prétoriennes, qui l'en conjuroient, qu'il avoit affés éprouvé fes forces contre la Fortune, & qu'il n'eftimoit pas tant fa vie, qu'il voulût hazarder une feconde fois celle de tant de braves-gens, qui faifoient l'ornement de l'Empire. *Hunc animum, hanc virtutem veftram ultrà periculis objicere, nimis grande vita mea pretium puto. Experti invicem fumus, Ego ac Fortuna. An ego tot egregios exercitus fterni rursùs, & Reip. eripi patiar?* Tac. *Hift.* 2.

MAXIME XXXVII.

Deviner où portent de petits-mots, qu'on nous jéte en paffant, & favoir en tirer du profit.

C'EST-là le plus délicat endroit du commerce du monde. C'eft la plus fine fonde des replis du Cœur-Humain. Il y a des pointes malicieufes, outrées, & trempées dans le fiel de la paffion. Ce font des coups-de-foudre imperceptibles, qui font quiter prife à ceux qu'ils

E ij

frapent. Un petit mot a souvent précipité du faîte de la faveur, des gens, qui n'avoient pas seulement été ébranlés des murmures de tout un peuple bandé contre eux [1]. Il y a d'autres mots, ou rencontres, qui font un éfet tout contraire, c'est-à-dire, qui soûtiennent, & augmentent, la réputation de ceux, dont il est parlé. Mais comme ils sont jetés avec adresse, il faut aussi les recevoir avec précaution. Car la sûreté consiste à connoitre l'intention, & le coup prévu est toujours paré [2].

1 Le Cardinal d'Espinoze, Premier-Ministre de Filippe II. Roi d'Espagne, mourut de fraieur, d'avoir entendu ce mot de son Maître : *Cardenal, yo soy el Presidente.*
2 *Prævisus antè mollior ictus venit.*

MAXIME XXXVIII.

Savoir se modérer dans la bonne-fortune.

C'EST un coup de bon-joüeur en fait de réputation [1]. Une belle retraite vaut bien une belle entreprise. Quand on a fait de grans exploits, il en faut métre la gloire à couvert, en se retirant du jeu. Une prospérité continüe a toujours été suspecte. Celle qui est entremêlée,

1 Il ne manque plus rien à ma fortune, disoit Senéque, sinon de la borner. *Nihil felicitati meæ deest, nisi moderatio ejus.* Tac. *Ann.* 14.

eſt plus ſûre. Un peu d'aigre-doux la fait trouver meilleure. Plus les proſpérités s'entaſſent les
unes ſur les autres, & plus elles ſont gliſſantes,
& ſujétes au revers 2. La briéveté de la joüiſſan-
ce eſt quelquefois récompenſée par la qualité du
plaiſir. La Fortune ſe laſſe de porter toujours un
même homme ſur ſon dos 3.

2 *Cuncta mortalium incerta,* | *ſatis fida potentia, ubi nimia eſt.*
diſoit Tibére, quantóque plus adep- | *Hiſt. 1.* //
tus foret, tanto ſe magis in lubri- | 3 *Fato potentiæ rarò ſempiterna.*
co. Tacite *Ann.* 1. *Nec unquam* | *Ann. 3.*
Nous ne trouverez jamais d'hommes, dit Paterculus, à qui la Fortune ait été plus pro-
digue de ſes faveurs, ni auſſi, à qui elle ſe ſoit plus tôt laſſée d'en faire, qu'à Brutus
et à Caßius. Regis viperitis, quas aut prior fortuna comitata ſit, aut velut fatigata
maturiùs deſtituerit, quam Brutum et Caſſium. Hiſt. 2. n. 70.

MAXIME XXXIX.

*Connoitre l'eſſence & la ſaiſon des choſes, & ſavoir
s'en ſervir.*

LES œuvres de la Nature arivent toutes au
point ordinaire de leur perfection. Elles
vont toujours en augmentant, juſqu'à ce qu'elles y parviennent ; & puis toujours en dimi-
nuant, dés qu'elles y ſont parvenües. Au contraire, celles de l'Art ne ſont preſque jamais ſi
parfaites, qu'elles ne le puiſſent pas être davantage. C'eſt une marque de goût-fin, de diſcerner ce qu'il y a d'excellent dans chaque choſe:
mais peu de gens en ſont capables, & ceux, qui
le peuvent, ne le font pas toujours. Il y a un
point de maturité juſque dans les fruits de l'en-

tendement : & il importe de connoitre ce point, pour en faire son profit.

***

MAXIME XL.

Se faire aimer de tous.

C'EST beaucoup d'être admiré, mais c'est encore plus d'être aimé. La bonne-étoile y contribuë quelque chose, mais l'industrie tout le reste. Celle-ci achéve ce que l'autre ne fait que commencer. Un éminent mérite ne sufit pas, bien que véritablement il soit aisé de gagner l'afection, dés que l'on a gagné l'estime. Pour être aimé, il faut aimer [1], il faut être bienfaisant, il faut donner de bonnes paroles, & encore de meilleurs éfets. La Courtoisie est la magie politique des grans-personages. Il faut premiérement métre la main aux grandes afaires, & puis l'étendre libéralement aux bonnes plumes : Emploier alternativement l'épée & le papier [2]. Car il faut rechercher la faveur des Ecri-

---

1 *Neque enim*, dit le Jeune-Pline dans son Panégirique, *ullus affectus est, qui magis vices exigat... Amari Princeps, nisi ipse amet, non potest.* C'est-à-dire : Rien n'éxige plus qu'on lui rende la pareille, que l'Amour. Le Prince ne sauroit se faire aimer de ses sujets, s'il ne les aime.

2 Dans la seconde Partie de son Criticon, Critique 4. il dit agréablement, qu'un Prince guerrier aiant demandé à la Ninfe Histoire la plume la mieux taillée qu'elle eût, elle lui en donna une, qui ne l'étoit point du tout, lui disant : *C'est à vous de la tailler avec vôtre propre*

vains, qui immortalifent les grans exploits.

épée ; si elle coupe bien, vôtre plume | re. Ce qui est fondé sur ces belles
en écrira mieux. Pour lui donner à | paroles de Tacite. Tout ce que nous
entendre, que, s'il se servoit glorieu- | avons aimé, ou admiré dans Agrico-
fement de son épée, sa plume ne | la, dit-il, reste encore, & restera éter-
manqueroit pas de bien écrire, n'é- | nellement dans la mémoire des siécles,
tant pas l'écriture qui rend les hom- | par le moien de l'Histoire, qui racontera
mes immortels, mais bien leurs bel- | à la Postérité toutes les grandes choses
les actions, racontées par l'Histoi- | qu'il a faites. Dans la Vie d'Agricola.

MAXIME XLI.

N'éxagérer jamais.

C'EST faire en homme fage, de ne parler jamais en fuperlatifs. Car céte maniére de
parler bleffe toujours, ou la vérité, ou la prudence. Les éxagérations font autant de proftitu-
tions de la réputation, en ce qu'elles découvrent
la petiteffe de l'entendement, & le mauvais goût
de celui qui parle. Les loüanges exceffives ré-
veillent la curiofité, & éguillonnent l'envie. De
forte que, fi le mérite ne correfpond pas au prix,
qu'on lui a donné, comme il arive d'ordinaire ; l'opinion commune fe révolte contre la tromperie, & tourne le flateur, & le flaté, en ridicules. C'eftpourquoi, l'homme-prudent va bride-en-main, & aime mieux pécher par le trop-
peu, que par le trop. L'excellence eft rare, &,
par conféquent, il faut mefurer fon eftime.

L'Exagération est une sorte de mensonge : à
éxagérer, on se fait passer pour homme de mau-
vais-goût, & qui pis est, pour homme de peu
d'entendement.

MAXIME XLII.

De l'Ascendant.

C'EST une certaine force secréte de supériorité, qui vient du naturel, & non de
l'artifice, ni de l'afectation. Un chacun s'y sou-
met, sans savoir comment, sinon que l'on céde
à une vertu insinuante de l'autorité naturelle
d'un autre. Ces génies dominans sont Rois par
mérite, & Lions par un privilége, qui est né
avec eux. Ils s'emparent du cœur & de la langue des autres, par un je-ne-sai-quoi, qui les
fait respecter. Quand de tels hommes ont les autres qualités requises, ils sont nés pour être les
premiers mobiles du Gouvernement Politique,
dautant qu'ils en font plus d'un semblant, que
ne feroient les autres avec tous leurs éforts, &
tous leurs raisonnemens.

Cét empire, dit-il dans le Chapitre de son
Discret *del señorio en el dezir*, *&c.* est ébauché
par la Nature, & achevé par l'Art. Tous ceux,
qui

qui ont cet avantage, trouvent les chofes toutes faites. La fupériorité même leur facilite tout,
en forte que rien ne les embaraffe, & qu'ils fortent de tout avec éclat. Leurs dits & leurs faits
paroiffent au double. La médiocrité même a
fouvent paffé pour une excellence, pour avoir
été fecondée de cet empire. Ceux, qui n'ont
pas céte fupériorité, entrent avec défiance dans
les ocafions. Ce qui leur ôte beaucoup d'agrément, & fur tout fi l'on s'en aperçoit. De la défiance naît incontinent la crainte, qui bannit
honteufement l'affurance : &, par conféquent,
l'action & la raifon perdent tout leur luftre. Céte
crainte s'empare fi abfolument de l'efprit, qu'-
elle le prive de toute fa liberté. Si bien que le
raifonnement ceffe, le parler fe géle, & l'activité refte interdite.

L'afcendant de celui, qui parle, lui atire d'a-
bord le refpect de celui, qui l'écoute. Il fe fait
préter atention par le plus critique, & emporte
de haute-lute le confentement de toute une compagnie. Il fournit des expreffions, & même des
fentences à la perfonne, qui parle : au lieu que la
crainte éfarouche les paroles. La timidité fufit,
pour tarir le raifonnement : Et quoique ce foit
un torrent d'éloquence, le grand froid de la
crainte l'arête tout court.

Celui, qui entre avec empire dans la conver-

F

fation, s'y faifit par avance du refpect: mais celui, qui y vient avec crainte, s'acufe lui-même
de fe fentir foible, & fe confeffe vaincu. Et céte
défiance de fon efprit fait qu'il eft méprifé, ou
du moins peu eftimé des autres. A la vérité,
l'homme-fage doit fe contenir, & particuliérement, lorfqu'il ne connoît pas les gens. Il fonde
premiérement le gué, mais fur tout, s'il pref-
fent, qu'il eft profond.

Bien qu'il foit, & de la bienféance, & du devoir, de réformer céte hardieffe impérieufe, lorfqu'on parle aux Princes, & aux Grans: fi-eft-ce
qu'il faut fe garder de tomber dans l'extrémité
de fe démonter. C'eft-là, qu'il importe de tenir
un milieu entre la hardieffe & l'air-interdit, pour
n'être ni défagréable, ni ridicule. Que ta crainte
ne foit pas fi grande, que tu en perdes l'affurance;
ni ta hardieffe, que tu en perdes le refpect.

Céte fupériorité brille en toutes fortes de gens,
mais bien davantage dans les Grans. Pour un
Orateur, c'eft plus qu'une circonftance: Pour un
Avocat, elle eft effentielle: Dans un Ambaffa-
deur, c'eft une qualité éclatante: Dans un Capitaine, c'en eft une victorieufe. Mais dans un
Prince, c'eft le comble de la perfection.···.Elle
rehauffe le prix de toutes les actions humaines;
elle s'étend même jufques au vifage, qui eft le
trône de la bienféance; & jufques au marcher:

de telle forte, que les pas d'un homme font l'empreinte du caractére de fon cœur ; & c'eft-là, que les perfonnes judicieufes craionnent ordinairement le leur par une noble maniére d'agir & de parler. Car la fublimité des actions double de prix, quand la majefté les acompagne.

Quelques-uns naiffent avec un pouvoir univerfel en tout ce qu'ils difent , & en tout ce qu'ils font. Vous diriés, que la Nature les a faits les aînés de tout le Genre-Humain. Ils font nés pour être les fupérieurs par-tout , finon en dignité , du moins en mérite. Il fe répand en eux un efprit dominant, jufque dans leurs plus communes actions. Tout leur obéït, parce qu'ils excellent en tout. Ils fe rendent d'abord les maîtres des autres , en leur dérobant le cœur. Car tout peut tenir dans leur vafte capacité. Et bien qu'il s'en trouve quelquefois d'autres, qui ont plus de fcience, de nobleffe, & même de vertu, ils ne laiffent pas de l'emporter par un afcendant, qui leur donne la fupériorité : en forte que s'ils ne font pas en droit, ils font du moins en poffeffion.

MAXIME XLIII.

Parler comme le Vulgaire, mais penfer comme les Sages.

VOULOIR aler contre le courant, c'eft une chofe où il eft aussi impossible de réüssir, qu'il eft aifé de s'expofer au danger. Il n'y a qu'un Socrate, qui le pût entreprendre. La contradiction passe pour une ofenfe, parce que c'eft condanner le jugement d'autrui. Les mécontens se multiplient, tantôt à-caufe de la chofe, que l'on cenfure ; tantôt à-caufe des partifans, qu'elle avoit. La vérité eft connüe de trespeu de gens, les fausses opinions font reçües de tout le refte du monde. Il ne faut pas juger d'un Sage par les chofes qu'il dit, atendu qu'alors il ne parle que par emprunt, c'eft-à-dire, par la voix commune, quoique fon fentiment démente céte voix. Le Sage évite autant d'être contredit, que de contredire [1]. Plus fon jugement le porte à la cenfure, & plus il fe garde de la publier. L'opinion eft libre, elle ne peut, ni ne

1 C'eft une loüange, que Tacite donne à Agricola. *Procul ab amulatione adversùs collegas, procul à contentione adversùs procuratores : & vincere inglorium, & atteri fordidum arbitrabatur.* C'eft-à-dire. Il vivoit en bonne intelligence avec fes Colégues, fuiant d'entrer en conteftation & en compétence avec eux ; aussi peu d'humeur à prendre avantage fur eux, qu'à foufrir, qu'ils en priffent fur lui.

doit être violentée. Le Sage fe retire dans le fanctuaire de fon filence : Et s'il fe communique
quelquefois, ce n'eft qu'à peu de gens, & toujours à d'autres Sages.

MAXIME XLIV.

Simpatifer avec les grans-hommes.

C'EST une qualité de Héros, que d'aimer
les Héros ; c'eft un inftinct fecret, que la
Nature donne à ceux, qu'elle veut conduire à
l'Héroïfme. Il y a une parenté de cœurs & de
génies [1], & fes éfets font ceux, que le Vulgaire
ignorant atribuë aux enchantemens. Céte fimpatie n'en demeure pas à l'eftime, elle va jufqu'à
la bienveillance, d'où elle arive enfin à l'ata-
chément : elle perfuade fans parler, elle obtient
fans recommandation. Il y en a une active, &
une paffive, & plus elles font fublimes, plus el-

[1] La fimpatie, dit-il au Chap. 15. du Héros, confifte dans une parenté de cœurs, & l'antipatie dans un divorce de volontés. La plus haute perfection eft expofée au mépris de l'antipatie, & l'humeur la plus infuportable a des charmes pour la fimpatie. Il n'y a rien, dont la fimpatie ne vienne à bout, elle perfua-de fans éloquence, & pour obtenir tout ce qu'elle defire, elle n'a qu'à prefenter le *Placet* de fa ref-semblance. Une fimpatie relevée eft l'étoile-du-Nort, qui guide à l'Héroïfme. ·.·. Il eft aifé d'a-voir du penchant pour les grans-hommes, mais tres-dificile de leur reffembler. Quelquefois le cœur fait des fouhaits, mais fans écou-rer l'Eco de la correfpondance. La fimpatie eft l'A B C de l'amour. C'eft folie de prétendre à la con-quête des cœurs, fans être muni de fimpatié.

les font hureufes. L'adreffe eft de les connoitre, de les diftinguer, & d'en favoirfaire l'ufage qu'il faut. Sans céte inclination tout le refte ne fert de rien.

Maxime XLV.

Ufer de réfléxion , fans en abufer.

LA réfléxion ne doit être ni afectée, ni connüe. Tout artifice doit fe cacher, dautant qu'il eft fufpect ; encore plus toute précaution, parce qu'elle eft odieufe. Si la tromperie eft en regne, redoublés vôtre vigilance, mais fans le faire connoitre, de peur de métre les gens en défiance. Le foupçon provoque la vangeance, & fait penfer à des moiens de nuire, aufquels on ne penfoit pas auparavant. La réfléxion, qui fe fait fur l'état des chofes, eft d'un grand fecours pour agir. Il n'y a point de meilleure preuve du bon fens, que d'être réfléxif. La plus grande perfection des actions dépend de la pleine connoiffance, avec laquelle elles font éxécutées.

MAXIME XLVI.

Corriger son antipatie.

NOUS avons coutume de haïr gratuitement, c'est-à-dire, avant même que de savoir quel est celui, que nous haïssons : & quelquefois céte aversion vulgaire ose bien ataquer
de grans personages.   La prudence la doit surmonter. Car rien ne décrédite davantage, que
de haïr ceux qui méritent le plus d'être aimés.
Comme il est glorieux de simpatiser avec les
Héros, il est honteux d'avoir de l'antipatie
pour eux.

MAXIME XLVII.

Eviter les engagemens.

C'EST une des principales maximes de la
prudence.   Dans les grandes places il y a
toujours une grande distance d'un bout à l'autre. Il en est de même des grandes afaires. Il y a
bien du chemin à faire avant que d'en voir la
fin. C'est pourquoi les Sages ne s'y engagent pas
volontiers.   Ils en viennent le plus tard qu'ils
peuvent à la rupture, atendu qu'il est plus faci-

le de fe fouftraire à l'ocafion, que d'en fortir à
fon honneur. Il y a des tentations du jugement,
il eft plus fûr de les fuïr, que de les vaincre. Un
engagement en tire aprés foi un autre plus grand,
& d'ordinaire le précipice eft à côté. Il y a des
gens, qui de leur naturel, & quelquefois auffi,
par un vice de nation, fe mêlent de tout, & s'engagent inconfidérément. Mais celui, qui a la
raifon pour guide, va toujours bride-en-main.
Il trouve plus d'avantage à ne fe point engager,
qu'à vaincre : & quoiqu'il y ait quelque étourdi tout prêt de commencer, il fe garde bien de
faire le deuxiéme.

MAXIME XLVIII.

L'Homme de grand-fond.

PLUS on a de fond, & plus on eft homme.
Le dedans doit toujours valoir une fois plus
que ce qui paroît dehors. Il y a des gens, qui
n'ont que la façade, ainfi que les maifons, que
l'on n'a pas achevé de bâtir, faute de fond. L'entrée fent le Palais, & le logement la Cabanne.
Ces gens-là n'ont rien, où l'on fe puiffe fixer, ou
plutôt tout y eft fixe. Car aprés la premiére falu-
tation, la converfation finit. Ils font leur com-
pliment-d'entrée, comme les chevaux de Sicile
font

font leurs caracols, & puis ils fe métamorfofent tout-à-coup en taciturnes. Car les paroles s'épuifent aifément, quand l'entendement eft ftérile. Il leur eft facile d'en tromper d'autres, qui n'ont auffi, comme eux, que l'aparence ; mais ils font la fable des gens-de-difcernement, qui ne tardent guére à découvrir, qu'ils font vuides au dedans.

MAXIME XLIX.

L'Homme judicieux, & pénétrant.

IL maîtrife les objets, & jamais n'en eft maîtrifé. Sa fonde va incontinent jufqu'au fond de la plus haute profondeur. Il entend parfaitement à faire l'anatomie de la capacité des gens. Il n'a qu'à voir un homme, pour le connoitre à fond, & dans toute fon effence. Il déchifre tous les fecrets du cœur le plus caché. Il eft fubtil à concevoir, févére à cenfurer, judicieux à tirer fes conféquences. Il découvre tout, il remarque tout, il comprend tout.

Céte Maxime & la précedente ont leur Commentaire dans le Difcret, ch. Hombre juiziofo y notante, où il parle ainfi.

Momus raifonnoit bien groffiérement, quand il demandoit, qu'il y eût une petite fenêtre au

G

cœur de l'homme. · . · . . Elle feroit tres-inutile
à de certaines gens, qui regardent avec des lu-
nétes-d'aproche. Un bon jugement eft la maî-
treffe-clef du cœur d'autrui. · . · . . L'Ignorance a beau fe retirer dans le fanctuaire du filence, & l'Hipocrifie dans un fépulcre blanchi,
l'homme judicieux découvre tout, devine tout,
& pénétre tout. Il difcerne d'abord l'aparence d'avec la réalité. Il regarde au dedans, fans
s'arêter à la fuperficie vulgaire. Il déchifre les
intentions & les fins. Car il porte avec foi le
contre-chifre de la critique. La Tromperie,
encore moins l'Ignorance, s'eft rarement van-
tée de l'avoir vaincu. Céte prééminence a ren-
du Tacite fi célébre dans le fingulier, & Senéque fi eftimé dans le commun. Il n'y a point
de qualité plus opofée, que celle-ci, à l'ignorance du Vulgaire : elle fufit toute feule à métre l'homme en réputation de Difcret. Quoique le Vulgaire ait toujours été malicieux, il
n'a jamais été judicieux : & bien qu'il die tout,
il n'entend pas tout. Il difcerne rarement la
vérité d'avec la vrai-femblance. Comme il ne
mord jamais que l'écorce, il avale tout fans que
le menfonge lui faffe mal au cœur. *Et prefque
deux pages aprés.* Un O U I de ces connoiffeurs
de mérite, & de capacité, vaut mieux que toutes les aclamations d'un peuple. Et ce n'étoit

pas fans caufe , que Platon apelloit Ariftote
toute fon Ecole ; & Antigonus le Filofofe Zénon, tout le capital de fa renommée. Mais il
faut remarquer , qu'il y a une grande diférence
entre la Cenfure & la médifance. Car l'une a
l'indiférence pour fondement, & l'autre la malice. Nôtre aforifme n'enjoint pas au Difcret
d'être fatirique , mais d'être intelligent : il ne
préfcrit pas de tout condanner , qui feroit un
déréglement d'efprit infuportable ; mais encore moins de tout aprouver, qui eft une pure pé-
danterie.

MAXIME L.

Ne fe perdre jamais le refpect à foi-même.

IL faut être tel , que l'on n'ait pas de quoi
rougir devant foi-même. Il ne faut point
d'autre régle de fes actions, que fa propre confcience. L'homme-de-bien eft plus redevable à
fa propre févérité, qu'à tous les préceptes. Il
s'abftient de faire ce qui eft indécent, par la
crainte qu'il a de bleffer fa propre modeftie,
plutôt que pour la rigueur de l'autorité des Su-
périeurs 1. Quand on fe craint foi-même, l'on

1 Tel étoit M. Caton, qui, au di- | me-de-bien, mais parce qu'il n'eût
re de Paterculus , faifoit toujours | jamais pû faire autrement. *Qui*
bien , non pas pour paroitre hom- | *nunquam rectè fecit, ut facere vide-*

G ij

n'a que faire du Pédagogue imaginaire de Senéque [2].

retur, *sed quia aliter facere non po-
terat. Hist.* 2. *num.* 35. Il difoit, que
l'on n'avoit point de plus terrible têmoin, que fa confcience.

2 Un chacun fe dit innocent, dit
Senéque, non pas qu'on fente fa
confcience innocente, mais parce
qu'on fait, qu'il n'y a point de têmoins. *Innocentem quifque fe dicit,
refpiciens teftem, non confcientiam.
Ep.* 43. Et le Jeune-Pline dit, que la
plufpart des hommes craignent le
mauvais renom, mais que tres-peu
craignent leur confcience. *Multi
famam, confcientiam pauci verentur.
Ep.* 20. *l.* 3.

Ariftipe difoit, que le Sage vivroit
bien, quand même il n'y auroit
point de loix: & un autre Filofofe,
qu'il n'obéïffoit pas aux loix, mais à
la raifon: pour dire, qu'il faifoit vo-
lontairement, ce que les autres faifoient par contrainte.

C'eft, dit Gracian, un confeil, que
la févérité de Caton a enfanté, qu'il
faut fe refpecter, & fe craindre foi-
même. Celui, qui fe perd le refpect,
donne aux autres la permiffion, &
même la hardieffe de le lui perdre.
(*Chap.* 14. *du Héros.*)

Un homme conftitué en dignité peut-il être méprifé, dit le
Jeune-Pline, s'il ne s'eft méprifé lui-
même, en faifant des baffeffes? *An*

*contemnitur, qui imperium, qui faf-
ces habet, nifi qui humilis & fordi-
dus, & qui fe primus ipfe contemnit?
Ep. ult. lib.* 8.

Céfar, dit Gracian *ibid.* aiant
été pris par des Pirates, le vaincu commandoit, & les vain-
queurs obéïffoient: comme s'il eût
été leur prifonnier par cérémonie,
mais leur maître en éfet. Ces paroles de Gracian étant tirées de l'Hiftoire de Paterculus, je trouve à
propos d'en métre ici le paffage &
la traduction. *Admodum juvenis,
cùm à piratis captus effet, ita fe, per
omne fpatium, quo ab iis retentus eft,
apud eos geffit, ut pariter iis terrori
venerationique effet: neque unquam
aut nocte, aut die, (cur enim quod
vel maximum eft, fi narrari verbis
fpeciofis non poteft, omittatur?) aut
excalcearetur, aut difcingeretur.* C'eft-
à-dire: Céfar aiant été pris tout
jeune par des Corfaires, il fe gou-
verna fi bien tout le tems qu'il fut
entre leurs mains, qu'ils le crai-
gnirent & l'admirérent également:
n'aiant jamais voulu, ni le jour, ni
la nuit (car dois-je paffer fous filence une chofe fi extraordinaire,
à-caufe qu'on ne la fauroit dire en
des termes magnifiques?) quiter fa
robe, ni fes fouliers.

MAXIME LI.

L'Homme-de-bon-choix.

LE bon-choix fupofe le bon-goût & le bon-fens. L'efprit & l'étude ne fufifent pas, pour paffer hureufement la vie. Il n'y a point de perfection, où il n'y a rien à choifir. Pouvoir choifir, & choifir le meilleur, ce font deux avantages qu'a le bon-goût. Plufieurs ont un efprit fertile & fubtil, un jugement fort, & beaucoup de connoiffances aquifes par l'étude, qui fe perdent, quand il eft queftion de faire un choix. Il leur eft fatal de s'atacher au pire, & l'on diroit, qu'ils afectent de fe tromper. C'eft donc un des plus grans dons du Ciel d'être né homme de bon-choix [1].

1 La paffion, dit-il dans fon *Difcret ch. Hombre de buena election*, eft l'ennemie jurée de la prudence, & par conféquent de l'élection. *Et une page aprés.* Il n'y a point de perfection, où il n'y a point de choix. Pouvoir choifir, & choifir bien, c'eft un double avantage. Ne pas choifir, c'eft prendre à aveuglétes ce qui eft ofert par le hazard, ou par la néceffité. Que celui donc, à qui manquera l'art de choifir, le cherche dans le confeil, ou dans l'éxemple. Car, pour procéder furement, il faut ou favoir, ou ouïr ceux, qui favent.

MAXIME LII.

Ne se démonter jamais.

C'EST un grand point, que d'être toujours maître de soi-même. C'est être homme par excellence, c'est avoir un cœur-de-Roi, atendu qu'il est tres-dificile d'ébranler une grande ame. Les passions sont les humeurs élémentaires de l'esprit : dés que ces humeurs excédent, l'esprit devient malade [1] ; & si le mal va jusqu'à la bouche, la réputation est fort en danger [2]. Il faut donc se maîtriser si bien, que l'on ne puisse être acusé d'emportement, ni au fort de la prospérité, ni au fort de l'adversité ; qu'au contraire on se fasse admirer, comme invincible [3].

[1] *Æger & flagrans libidinibus animus*, dit Tacite *Ann.* 3.

[2] Et c'étoit pour conserver la sienne, que Tibére se tenoit *sine miseratione, sine irâ, obstinatum clausumque, ne quo adfectu perrumperetur. Ann.* 3.

[3] Comme ce fils-adoptif de Galba, qui *nullum turbati aut exultantis animi motum prodidit : nihil in vultu habitúque mutatum, quasi imperare posset magis, quàm vellet. Hist.* 1. Et comme Vespasien, qui, se voiant salüer Empereur, ne laissa rien voir de nouveau dans l'acceptation de sa nouvelle dignité. *In ipso nihil tumidum, arrogans, aut in rebus novis novum fuit. Hist.* 2.

MAXIME LIII.

Diligent & Intelligent.

LA Diligence éxécute promtement ce que l'Intelligence pense à loisir. La précipitation est la passion des fous [1], qui, faute de pouvoir découvrir le danger, agissent à la boulvûë. Au contraire, les Sages péchent en lenteur, éfet ordinaire de la réfléxion. Quelquefois le delai fait échoüer une entreprise bien concertée [2]. La pronte éxécution est la mére de la bonne-fortune [3]. Celui-là a beaucoup fait, qui n'a rien laissé à faire pour le lendemain *. Ce mot est digne d'Auguste : *Hâtez-vous lentement.*

* *Mot d'Aléxandre.*

[1] *Barbaris*, dit Tacite, *cunctatio servilis : statim exequi regium videtur. Ann. 6.* Parmi les Barbares, c'est lâcheté de temporiser, & générosité d'éxécuter incontinent. Les Fous & les Barbares peuvent bien être mis en même rang, les uns & les autres agissant plus par impétuosité, que par raison. *Velocitas, juxta formidinem ; cunctatio propior constantiæ est. In Germania.* La précipitation aproche fort de la peur, & la lenteur de la constance.

[2] *Prolatio inimica victoriæ*, dit Tacite *Hist. 3.* Tout retardement empêche de vaincre. Temporiser, c'est laisser échaper la victoire. *De-bellatum eo die foret, si Romana classis sequi maturasset. Hist. 5.* Si la flote se fût hâtée de suivre, ce jour-là eût mis fin à la guerre. *Antonius festinato prælio victoriam præcepit. Hist. 3.*

[3] Têmoin Cerialis, qui, au dire de Tacite, donnoit tres-peu de tems, pour exécuter ses ordres. Ce qui lui réüssissoit toujours, la fortune supléant souvent au défaut de sa conduite. *Cerialis parum temporis ad exequenda imperia dabat, subitus consiliis, sed eventu clarus. Aderat fortuna, etiam ubi artes defuissent. Hist. 5.*

MAXIME LIV.

Avoir du sang aux ongles.

QUAND le Lion est mort, les Liévres ne craignent pas de l'insulter. Les braves-gens n'entendent point raillerie[1]. Quand on ne résiste pas la premiére fois, on résiste encore moins la seconde, & c'est toujours de pis en pis. Car la même dificulté, qui se pouvoit surmonter au commencement, est plus grande à la fin. La vigueur de l'esprit surpasse celle du corps, il la faut toujours tenir prête, ainsi que l'épée, pour s'en servir dans l'ocasion. C'est par où l'on se fait respecter. Plusieurs ont eu d'éminentes qualités, qui, faute d'avoir eu du cœur, ont passé pour morts, aiant toujours vécu ensevelis dans l'obscurité de leur abandonnement. Ce n'est pas sans raison, que la Nature a joint dans les Abeilles le miel & l'éguillon, & pareillement les nerfs & les os dans le Corps-Humain. Il faut donc, que l'esprit ait aussi quelque mélange de douceur & de fermeté[2].

---

1 *Non tulit ludibrium insolens contumeliæ animus.* (militum) *Hist.* 2.

2 Il faut être presque comme ce Regulus, qui étoit d'un naturel doux & facile, mais furieux & vindicatif, quand on l'ofensoit. *Nisi lacessetur, modestia retinens, non modò retudit Collegam, sed ut noxium conjurationis ad disquisitionem trahebat. Ann.* 5.

MAXIME

MAXIME LV.

L'Homme, qui fait atendre.

NE s'empreſſer, ni ne ſe paſſionner jamais, c'eſt la marque d'un cœur, qui eſt toujours au large. Celui, qui ſera le maître de ſoi-même, le fera bien-tôt des autres. Il faut traverſer la vaſte cariére du Tems, pour ariver au centre de l'Ocaſion. Un temporiſement raiſonable meurit les ſecrets & les réſolutions. La béquille du Tems fait plus de beſogne, que la maſſuë-de-fer d'Hercule. Dieu même, quand il nous punit, ne ſe ſert pas du bâton, mais de la ſaiſon. Ce mot eſt beau : *Le Tems & moi nous en valons deux autres* [1]. La Fortune même récompenſe avec uſure ceux qui ont la patience de l'atendre.

Au chapitre 3. de ſon Diſcret, aprés avoir fait une deſcription alégorique du Char trionfant de l'ATENTE, tiré par des remores, & de ſon Trône fait d'écailles de tortuë; & avoir dit, que ce Char fut un jour ataqué par un eſcadron de monſtres, qui étoient la Paſſion-aveugle, l'Engagement-indiſcret, la Hâte-imprudente,

1 C'eſt un mot de Filippe II. Roi d'Eſpagne.

H

la Facilité-à-hazarder, l'Inconfidération, la Précipitation, & la Confufion : l'ATENTE, dit-il, connoiffant la grandeur du danger, commanda à la RETENUE de faire alte ; & à la DISSIMULATION d'amufer les ennemis, pendant qu'elle confulteroit ce qu'elle avoit à faire.

Le fage Bias, grand ferviteur de céte grand'-Maîtreffe de foi-même, lui confeilla d'imiter Jupiter, qui n'auroit déja plus de foudres, s'il n'eût pas pris patience. Loüis XI. Roi de France, fut d'avis, qu'elle diffimulât comme lui, qui n'avoit jamais enfeigné d'autre Grammaire, ni d'autre Politique à fon fils. Don Jean II. Roi d'Aragon lui remontra, que jufqu'à céte heure le temporifement Efpagnol avoit plus opéré, que l'emportement François. Le Grand Augufte, pour toute conclufion, recommanda le FESTINA LENTE'. Le Roi Catolique Don Ferdinand, comme Prince de la Politique, (où l'ATENTE eft bien verfée) parla plus au long. Il faut, dit-il, être maître de foi-même, & puis on le fera bientôt des autres. Le temporifement affaifonne les réfolutions, & meurit les fecrets: au lieu que la précipitation engendre toujours des avortons, qui n'arivent jamais à la vie de l'immortalité. Il faut penfer à loifir, & éxécuter promptement. Toute diligence, qui n'eft pas dirigée par la lenteur, rifque beaucoup. Les chofes lui échapent des mains avec la même facilité, qu'elles y font venües : & quelquefois le retentiffement de la chûte a été le premier fignal de la prife. L'Atente eft le fruit des grans cœurs. Elle eft féconde en bons fuccés. Dans les hommes de petit-courage, ni le tems, ni le fecret, n'y fauroient tenir. Puis il conclut par cet Oracle Catalan : *Dieu ne fe fert point du bâton, mais de la faifon.*

MAXIME LVI.

Trouver de bons expédiens.

C'EST l'éfet d'une vivacité hureufe, qui ne s'embaraffe de rien, non plus que s'il n'arivoit jamais rien de fortuit. Quelques-uns penfent longtems, & aprés cela, ne laiffent pas de fe tromper en tout ; & d'autres trouvent des expédiens à tout, fans y penfer auparavant. Il y a des caractéres d'antipériftafe, qui ne réüffiffent jamais mieux, que dans l'embaras. Ce font des prodiges, qui font bien tout ce qu'ils font fur le champ, & font mal tout ce qu'ils ont prémédité. Tout ce qui ne leur vient pas d'abord ne leur vient jamais. Ces gens-là ont toujours beaucoup de réputation, parce que la fub-

H ij

tilité de leurs penfées , & la réüffite de leurs entreprifes, font juger, qu'ils ont une capacité prodigieufe.

La prontitude, dit-il dans fon Difcret, chap.
tener buenos repentes , eft la mére du bonheur.
Les traits de l'IN-PROMPTU partent toujours
d'un efprit, qui prend, effor. *Et quelques lignes
aprés.* Si l'eftime eft une chofe düe à tout ce qui
fe fait, ou fe dit à-propos , un bon expédient
pris fur l'heure eft digne d'aplaudiffement.   Le
pront & l'hureux font valoir les chofes au double. Quelques-uns penfent beaucoup, & manquent toujours aprés ; & d'autres réüffiffent à
tout , fans y penfer auparavant. La vivacité-
d'efprit fuplée au défaut du profond jugement.
Ce qui s'ofre d'abord, prévient la confultation.
Il n'y a rien de fortuit pour ces gens-là, dautant
que la préfence-d'efprit leur fert de prévoiance.
Les in-promptu font les gentilleffes du bon-
goût, & l'atrait de l'admiration.   Des actions
médiocres non méditées paroiffent bien plus
que les hauts deffeins, qui ont été concertés.
Et une page aprés. Un feul in-promptu fufit à
Salomon, pour avoir le renom d'être le plus fage de tous les hommes. Par un mot, il fe rendit plus redoutable, que par toute fa puiffance.
Aléxandre & Céfar méritérent d'être les fils-

aînés de la Renommée, l'un en s'avifant de cou-
per le Nœud-Gordien 1; l'autre par un mot qu'il
dit en tombant 2. Deux in-promptu leur va-
lurent à tous deux la conquête de deux parties du Monde. Ce fut à cét éxamen, qu'il
fut jugé, s'ils étoient capables de dominer l'U-
nivers.

Si la pronte repartie a toujours été plaufible,
la pronte réfolution mérite bien d'être aplau-
die. L'hureufe prontitude dans les faits montre, qu'il y a une éminente activité dans la Caufe. La prontitude à concevoir marque la fubtilité, & la prontitude à trouver de bons expédiens eft la preuve d'une fageffe d'autant plus
eftimable, qu'il y a bien de la diftance de la
vivacité à la prudence, & de l'efprit au jugement.

Dans les Généraux-d'armée, & dans les braves, c'eft une perfection auffi néceffaire, que fublime, dautant que leurs actions, & leurs éxé-
cutions, font prefque toutes fubites & paffagé-
res, vu divers cas fortuits, qui n'ont pû être pré-
vus, ni confultés; & qu'ainfi il faut fe fervir de

---

1 Les Gordiens lui aiant dit,
que celui, qui pouroit détacher le
char, qu'il voioit, devoit être le
Maître de l'Univers, il tira fon épée,
& en coupa par la moitié le nœud,
qui lioit ce char.

2 *C'eft bon figne*, dit-il, *que l'A-
frique eft fous moi*. Ou, comme l'explique Gracian dans le Difcours 17.
de fon *Agudeza*, *Ce n'eft pas*, dit-
il, *une chûte, mais une prife-de-pof-
feffion*.

H iij

l'ocafion : où confifte le trionfe de leur préfence-
d'efprit, &, par conféquent, toute l'affurance de
leurs victoires.

Mais pour les Rois, il leur fied mieux de penfer, à-caufe que toutes leurs actions font éternel-
les. Ils ont à penfer pour plufieurs, & confé-
quemment befoin de beaucoup de prudence au-
xiliaire, pour affurer le repos univerfel. Ils ont
le tems, & le lit, où ils laiffent meurir leurs réfolutions. Ils paffent les nuits entiéres à penfer,
pour paffer les jours en fureté. Enfin, ils travaillent plus de la tête, que des mains.

Et dans le Chap. 3. du Héros, il parle en ces termes.

Les dits d'Aléxandre font les flambeaux de
fes faits. Céfar fut également pront à penfer &
à faire. Les prontitudes de l'efprit font auffi hureufes, que celles de la volonté font périlleu-
fes. Ce font des ailes, pour voler au faîte de
la grandeur. Avec ces ailes, plufieurs fe font
élevés du centre de l'obfcurité à celui du Soleil.

Si la fubtilité ne regne pas, du moins elle mérite d'être la compagne de ceux, qui regnent.
Les dits ordinaires d'un Roi font des pointes-
d'efprit couronnées. Les trefors des Princes
viennent fouvent à manquer ; mais leurs beaux-
mots fe confervent éternellement dans la garde-

robe de la Renommée. De braves-gens ont quelquefois plus avancé par un bon-mot, que par
la force de leurs armes, la victoire étant le prix
ordinaire d'un trait-d'esprit. Le Roi des Sages,
& le plus sage des Rois, aquit ce renom par le
pront expédient, qu'il trouva au plus grand de
tous les diférends, qui étoit de plaider pour un
enfant. Ce qui montre, que l'esprit sert aussi à
métre la justice en crédit.

MAXIME LVII.

Les gens-de-réfléxion font plus sûrs.

CE qui est bien, est toujours à tems. Ce qui
est fait incontinent, se défait aussi-tôt. Ce
qui doit durer une éternité, doit être une éternité à faire. L'on ne regarde qu'à la perfection,
& rien ne dure, que ce qui est parfait. D'un entendement profond tout en demeure à perpétui-
té. Ce qui vaut beaucoup, coûte beaucoup. Le
plus précieux des métaux est le plus tardif, & le
plus lourd.

Assés tôt, si assés bien, dit un Sage [1]. Nous
n'éxaminons jamais combien l'on a été à faire

1 Auguste disoit, qu'une cho- | le étoit bien faite.
se étoit assés tôt faite, quand el- |

un ouvrage, mais bien, s'il eſt parfait. L'eſtime
ne va que là. Le TOST, & le TARD, ſont des
accidens, qui s'ignorent, ou qui s'oublient : au
lieu que le BIEN eſt permanent. Ce qui s'eſt
fait incontinent, ſe défera tout-à-coup. Il finit
bien-tôt, parce qu'on l'a achevé bien-tôt. Plus
les enfans de Saturne ſont avant terme, plus il
les dévore aiſément. Ce qui doit durer une éternité, doit en être une à venir. Gracian, dans ſon
Diſcret, ch. *tener buenos repentes.*

Apellés dit à un Peintre, qui ſe vantoit de n'être guére à fai-re ſes tableaux : *L'on n'a pas de peine à le croire, car on le voit.* Le fameux Michel-Ange, qui étoit tres-longtems aprés ſes ou-vrages, diſoit, que dans les Arts la hâte ne valoit rien; & que comme la Nature eſt longtems à former les animaux, qui doivent durer longtems : de même l'Art, qui ſe pique d'imiter la Nature, doit opérer à loiſir, étant impoſ-ſible à l'homme de rien faire de fort excellent à la hâte.

MAXIME LVIII.

Se meſurer ſelon les gens.

IL ne faut pas ſe piquer également d'habileté
avec tous, ni employer plus de forces, que
l'ocaſion n'en demande. Point de profuſion, ni
de ſcience, ni de puiſſance. Le bon-fauconnier
ne jete de manger au gibier que ce qui eſt néceſſaire pour le prendre. Gardés-vous bien de
faire oſtentation de tout, car vous manqueriés
bien-

bien-tôt d'admirateurs. Il faut toujours garder
quelque chofe de nouveau, pour paroitre le lendemain. Chaque jour, chaque échantillon : c'eft
le moien d'entretenir toujours fon crédit, & d'ê-
tre d'autant plus admiré, qu'on ne laiffe jamais
voir les bornes de fa capacité.

MAXIME LIX.

L'Homme, qui fe fait defirer & regreter.

SI l'on entre par la porte du Plaifir, dans la
maifon de la Fortune, l'on en fort d'ordinaire par la porte du Chagrin : ainfi du contraire. L'habileté eft plus à en fortir hureufement, qu'à y entrer avec l'aplaudiffement po-
pulaire. C'eft le fort commun des gens fortu-
nés d'avoir les commencemens tres-favorables,
& puis une fin tragique. La félicité ne confifte
pas à avoir l'aplaudiffement du peuple à fon entrée. Car c'eft un avantage, qu'ont tous ceux,
qui entrent. La dificulté eft d'avoir le même
aplaudiffement à la fortie. Vous en voiés tres-
peu qui foient regretés. Il arive rarement, que
ceux, qui fortent, foient acompagnés de la
bonne fortune. Car fon plaifir eft de fe montrer auffi revêche à ceux, qui s'en vont, qu'el-

I

le eſt civile & careſſante envers ceux, qui viennent.

Le même aplaudiſſement , dit-il dans ſon Diſcret, ch. *Hombre de buen dexo ,* que l'on a eu au
commencement , fait , que le murmure en eſt
plus grand à la fin. Toutes les façades des Charges ſont magnifiques , mais jamais les épaules.
Les entrées aux dignités ſont couronnées comme des victoires , mais les ſorties ſont ácompa-
gnées de malédictions. Que d'aplaudiſſemens à
une autorité , qui commence , ſoit à-cauſe du
plaiſir, que le peuple trouve à changer ; ou de
l'eſpérance, qu'un chacun a de recevoir des graces en ſon particulier ! Mais quand elle finit , ah
quel ſilence ! Encore le ſilence lui tiendroit-il
lieu d'une aclamation favorable.

La Prudence met toute ſon aplication à bien
achever. Elle eſt bien plus atentive aux moiens
de la ſortie, qu'aux aplaudiſſemens de l'entrée.
Le vigilant Palinure ne gouverne pas ſon vaiſ-
ſeau par la prouë , mais par la poupe. C'eſt là
qu'il ſe tient , pour le conduire dans le voiage
de la vie. Toute la diſgrace (& comme il dit
au commencement de ce Chap. toute la race du
malheur) reſte pour la fin, ainſi que toute l'a-
mertume eſt au fond de la médecine. Excellent
précepte , pour commencer , & pour achever,

que celui de ce Romain, qui difoit [1], qu'il avoit
obtenu toutes les dignités, avant que de les defirer, & les avoit toutes laiffées, avant qu'elles
fuffent defirées des autres. Le malheur eft quelquefois la punition de l'intempérance. La confolation des Sages eft de s'être retirés, avant que
la Fortune fe retirât. Le Ciel même a emploié ce
reméde en faveur de quelques Héros. Moïfe dif-
parut, & Elie fut enlevé, afin qu'ils finîffent par
un trionfe.

1 Dans le Difcours 28. de fon
Agudeza il atribüe ce mot à Pom-
pée. Paterculus au contraire, dit,
qu'il briguoit les Magiftratures
avec une ardeur extrême : mais
qu'après les avoir obtenües, il les
exerçoit avec beaucoup de modeftie ; & qu'il en fortoit auffi volontiers, qu'il y étoit entré. Jufqu'à-là qu'il rendoit, quand on vouloit, ce qu'il avoit pris, quand on
ne vouloit pas. *In appetendis hono-*
noribus immodicus, in gerendis ve-
recundiffimus, ut qui eos, ut liben-
tiffimè iniret, ita finiret æquo animo :
&, quod cupiffet arbitrio fuo fumere,
aliena deponeret. Hift. 2.

MAXIME LX.

Le Bon-Sens.

QUELQUES-UNS naiffent prudens. Ils entrent, par un penchant naturel, dans le
chemin de la Sageffe, & d'abord ils font prefque à mi-chemin. La raifon leur meurit avec l'â-
ge, & l'expérience, & ils arivent enfin au plus
haut degré de jugement. Ils ont horreur du ca-

I ij

price, comme d'une tentation de leur prudence, mais sur tout dans les matiéres-d'Etat, qui,
à-cause de leur extrême importance, exigent
qu'on prenne toutes ses sûretés. De tels hommes
méritent d'être au timon de l'Etat, ou du moins
d'être du conseil de ceux, qui le tiennent.

MAXIME LXI.

Exceller dans l'Excellent.

C'EST une grande singularité parmi la pluralité des perfections. Il n'y peut avoir de
Héros, qu'il n'y ait en lui quelque extrémité sublime. La médiocrité n'est pas un objet assés
grand pour l'aplaudissement. L'éminence dans
un haut emploi distingue du Vulgaire, & éleve à
la catégorie d'Homme-rare. Etre éminent dans
une profession basse, c'est être grand dans le petit, & quelque chose dans le rien. Ce qui tient
davantage du délectable, en tient moins du sublime. L'éminence en des choses hautes est comme un caractére de souveraineté, qui excite l'admiration, & concilie la bienveillance.

MAXIME LXII.

Se servir de bons Instrumens.

QUELQUES-UNS font consister la délicatesse de leur esprit à en emploier de mauvais. Point d'honneur dangereux, & digne d'u-
ne malhureuse issuë. L'excellence du Ministre
n'a jamais diminué la gloire du Maître : au contraire, tout l'honneur du succés retourne aprés
à la Cause principale : & pareillement tout le
blâme. La Renommée préconise toujours les
premiers auteurs. Elle ne dit jamais : *Cét
homme a eu de bons ou de mauvais Ministres ;*
mais : *Il a été bon, ou mauvais ouvrier.* Il faut
donc tâcher de bien choisir ses Ministres, puisque c'est d'eux, que dépend l'immortalité de la
réputation.

MAXIME LXIII.

L'Excellence de la primauté.

SI la primauté est secondée de l'éminence,
elle est doublement excellente. C'est un
grand avantage au jeu d'être le premier en
main, car on gagne à cartes égales. Plusieurs

euffent été les Fénix de leur profeffion, fi d'autres ne les euffent pas précédés. Les premiers
ont le droit-d'aîneffe dans le partage de la réputation, & il ne refte qu'une maigre portion
aux feconds, encore leur eft-elle conteftée. Ceux-
ci ont beau fe tourmenter, ils ne fauroient détruire l'opinion, que le monde a, qu'ils n'ont
fait qu'imiter. Les grans-génies ont toujours
afecté de prendre une nouvelle route, pour ariver à l'excellence : mais de telle forte, que
la Prudence leur a toujours fervi de guide.
Par la nouveauté des entreprifes, les Sages
fe font fait écrire au catalogue des Héros.
Quelques-uns aiment mieux être les premiers
de la feconde claffe, que les feconds de la premiére ¹.

1 Têmoin ce Pèintre, qui voiant, que Titien, Rafaël, & quelques autres avoient pris le devant, & que leur réputation revivoit & croiffoit par leur mort, s'avifa de peindre d'une maniére crotefque, pour être, difoit-il, le premier en céte forte de peinture, & n'être le copifte de perfonne. *Gracian ch. 7. du Héros.*

MAXIME LXIV.

Savoir s'épargner du chagrin.

C'EST une fcience tres-utile. C'eft comme
la fage-femme de tout le bonheur de la
vie. Mauvaifes nouvelles ne valent rien, ni à

donner, ni à recevoir. Il ne faut ouvrir la porte qu'à celles du reméde. Il y a des gens, qui
n'emploient leurs oreilles, qu'à oüir des flate-
ries ; d'autres, qui se plaisent à écouter de faux
raports ; & quelques-uns, qui ne sauroient
vivre un seul jour sans quelque ennui, non plus
que Mitridate sans poison. C'est encore un grand
abus de vouloir bien se chagriner toute sa vie,
pour donner une fois du plaisir à un autre,
quelque étroite liaison, qu'on ait avec lui. Il
ne faut jamais pécher contre soi-même, pour
complaire à celui, qui conseille, & se tient à
l'écart. C'est donc une leçon d'usage & de
justice, que toutes les fois, que tu auras à choisir de faire plaisir à autrui, ou déplaisir à toi-
même, tu feras mieux de laisser autrui mécontent, que de le devenir toi-même, & sans reméde.

MAXIME LXV.

Le Goût fin.

LE goût se cultive aussi-bien que l'esprit.
L'excellence de l'entendement rafine le
desir, & puis le plaisir de la joüissance. L'on
juge de l'étenduë de la capacité par la délicatesse du goût. Une grande capacité a besoin

d'un grand objet, pour se contenter. Comme un grand estomac demande une grande nouriture, il faut des matiéres relevées à des génies sublimes. Les plus nobles objets craignent un goût délicat, les perfections universellement estimées n'osent espérer de lui plaire. Comme il y en a tres-peu, où il ne manque rien, il faut être tres-avare de son estime. Les goûts se forment dans la conversation, & l'on hérite le goût d'autrui à force de le fréquenter. C'est donc un grand bonheur, d'avoir commerce avec des gens d'excellent goût. Il ne faut pas néanmoins faire profession de ne rien estimer. Car c'est une des extrémités de la folie, & une afectation encore plus odieuse, que le goût-dépravé. Quelques-uns voudroient, que Dieu fît un autre Monde, & d'autres beautés, pour contenter leur extravagante fantaisie.

MAXIME LXVI.

Prendre bien ses mesures, avant que d'entreprendre.

QUELQUES-UNS regardent de plus prés à la direction, qu'à l'événement: & néanmoins la direction n'est pas une assés bonne caution, pour garantir du déshonneur, qui
suit

fuit un fuccés malhureux. Le vainqueur n'a point de compte à rendre [1]. Il y a peu de gens capables d'éxaminer les raifons, & les circonftances, mais un chacun juge par l'événement. C'eft-pourquoi, l'on ne perd jamais fa réputation, quand on réüffit [2]. Une hureufe fin couronne tout, quoiqu'on fe foit fervi de fauxmoiens pour y ariver. Car c'eft un art, que d'aler contre l'art, quand on ne peut pas autrement parvenir à ce qu'on prétend.

1 *Victoriæ rationem non reddi*, dit Tacite *Hift. 4*. Ceux, qui gagnent, ont toujours l'honneur, dit Commines *Liv. 5. de fes Mem. chap. 9*.

2 Têmoin ce Cerialis, qui, tout téméraire qu'il étoit, paffoit pour un grand-homme, parce que fon bonheur fupléoit à fon manque de conduite. *Aderat fortuna, etiam ubi artes defuiffent. Hift. 5. Cerialis, intecto corpore, promptus inter tela, fœlici temeritate. Hift. 4.*

MAXIME LXVII.

Préférer les emplois plaufibles.

LA plufpart des chofes dépendent de la fatisfaction d'autrui. L'eftime eft aux perfections ce que les zéfirs font aux fleurs ; c'eftà-dire, nouriture & vie. Il y a des emplois univerfellement aplaudis, & d'autres, qui, bienqu'ils foient relevés, ne font point recherchés. Les premiers gagnent la bienveillance commune, parce qu'on les éxerce à la vüe de tout le

K

monde. Les autres tiennent davantage du ma-
jeftueux, &, comme tels, atirent plus de vénération : mais parce qu'ils font imperceptibles,
ils en font moins aplaudis. Entre les Princes,
les victorieux font les plus célébres : & c'eft par
là que les Rois d'Aragon ont été fi fameux, par
leurs titres de Guerriers, de Conquérans, de
Magnanimes [1]. Que l'homme-de-mérite choi-
fiffe donc les emplois, où chacun fe connoît,
& où chacun a part, s'il veut s'immortalifer à
toutes voix.

Quelques-uns, dit-il dans le chap. 8. du Héros, préférent les emplois dificiles à d'autres
plus plaufibles, l'admiration de peu de gens-
d'élite aiant plus de charmes pour eux, que l'a-
plaudiffement de beaucoup d'autres, qui font
d'entre le Vulgaire. Ils apellent les entreprifes
plaufibles les miracles des ignorans. Véritablement, peu d'hommes connoiffent la dificulté &
l'excellence d'une haute entreprife ; mais comme ce font des efprits fublimes, ils ne laiffent
pas, fi peu qu'ils font, de métre les autres en
vogue. Le plaufible eft facile à connoitre, il fe
familiarife avec les fens ; mais auffi l'aplaudiffe-

---

1 *Virorum armorumque*, dit Tacite, *faciendum certamen : de alienis*
certare regiam laudem effe. Ann. 15.
C'eft-à-dire, que les Princes doi- vent éprouver leurs forces à combatre, & que leur vertu confifte à
conquérir.

ment qu'il a eſt d'autant plus vulgaire, qu'il
eſt univerſel. La délicateſſe du petit nombre
l'emporte ſur la multitude du Vulgaire. Cependant, c'eſt un caractére d'eſprit-fin, de ſubor-
ner l'atention commune par l'agrément du plauſible : atendu que l'éminence venant à fraper
les yeux d'un chacun, la réputation s'établit à
toutes voix. Il faut eſtimer ce que la pluſpart
eſtiment. Dans les actions plauſibles l'excellence eſt palpable : au lieu que celles, qui ſont au
deſſus de la portée ordinaire, ne ſont jamais ſi
évidentes, qu'elles ne tiennent toujours beaucoup du métafiſique, n'étant célébres que par
les idées, qu'on s'en forme. J'apelle plauſible ce
qui s'éxécute à la vüe & au gré de tout le monde, & a toujours la réputation pour fondement.
Par où j'exclus de certains emplois, qui ſont
auſſi vuides de crédit, qu'ils ſont pleins d'oſtentation. Un Comédien eſt riche en aplaudiſſemens, mais pauvre en eſtime. Dans les fonctions de l'eſprit le plauſible a toujours trionfé,
Un diſcours poli & coulant chatoüille les oreilles, & charme l'entendement : au contraire la
ſeichereſſe d'une expreſſion métafiſique choque
ou laſſe les auditeurs. Et dans ſon Diſcret, chap.
Hombre de buena eleccion: Il y a, dit-il, des emplois, dont le principal éxercice conſiſte à choiſir, & où la dépendance eſt plus grande, que la

direction : comme font tous ceux , qui ont pour
but d'enfeigner & de plaire. Que l'Orateur pré-
fére donc les argumens les plus plaufibles. Que
l'Hiftorien entremêle l'utile & l'agréable : & le
Filofofe le fpécieux & le fentencieux. Qu'ils
s'étudient tous à rencontrer le goût univerfel
d'autrui : qui eft la vraie métode de choifir. Car
il en eft comme d'un feftin , où les viandes ne
s'aprêtent pas au goût des cuifiniers , mais à celui des conviés. Qu'importe , que les chofes
foient fort au goût de l'Orateur , fi elles ne font
pas à celui des auditeurs , pour qui elles font
aprêtées ?

—————*Nam cœnæ fercula noſtræ* , dit Martial,
Malim convivis , quàm placuiſſe cocis.

Tacite dit, qu'Augufte avoit une
grande facilité de parler , & l'en
loüe comme d'une qualité bien-
féante à un Prince. *Augufto prom-
pta ac profluens , quæ deceret Principem , eloquentia fuit. Annal. 13.* Par
où il femble , que Tacite tient pour
le plaufible. Oton faifoit compofer fes harangues par l'Orateur Tra-
calus , parce qu'il avoit un ftile ma-
gnifique & nombreux , comme il le
faut , pour remplir les oreilles du
peuple. *Trachali ingenio uti crede-
batur, cujus genus orandi , ad implen-
das populi aures , latum & fonans.
Hiſt. 1.*

Tacite dit auffi , que Senéce
acommodoit fon difcours , &
fon efprit , au goût de fon fiécle :
& que Corbulon même , qui avoit
toutes les parties d'un grand Capitaine , afectoit dans fes paroles,&
dans fes actions un je-ne-fai-quoi,
par où il donnoit de l'admiration
au peuple , & aux foldats. *Fuit illi
viro ingenium amœnum , & temporis
illius auribus accommodatum. (De
Seneca.) Ann. 13. Corbulo corpore
ingens , verbis magnificus , & , fuper
experientiam fapientiamque , etiam
fpecie inanium validus. Ibid.*

MAXIME LXVIII.

Faire comprendre , est bien meilleur , que faire souvenir.

QUELQUEFOIS, il faut remémorer, quelquefois aviser. Quelques-uns manquent de faire des choses , qui seroient excellentes, parce qu'ils n'y pensent pas. C'est alors qu'un bon avis est de saison, pour leur faire concevoir ce qui importe. Un des plus grans talens de l'homme est, d'avoir la présence-d'esprit, pour penser à ce qu'il faut , faute de quoi plusieurs afaires viennent à manquer. C'est donc à celui, qui cómprend , de porter la lumiére ; & à celui, qui a besoin d'être éclairé, de rechercher l'autre. Le premier doit se ménager , & le second s'empresser. Il sufit au premier, de fraïer le chemin au second. Céte maxime est tres-importante, & tourne au profit de celui, qui instruit : & en cas que sa premiére leçon ne sufise pas, il doit, avec plaisir, passer un peu plus avant. Aprés être venu à bout du NON, il faut atraper adroitement un OUI. Car il arive souvent, de ne rien obtenir, parce que l'on ne tente rien.

MAXIME LXIX.

Ne point donner dans l'humeur-vulgaire.

C'EST un grand homme , que celui , qui ne donne point d'entrée aux impreſſions populaires. C'eſt une leçon de prudence de refléchir ſur ſoi-même , de connoitre ſon propre penchant, & de le prévenir, & d'aler même à l'autre extrémité , pour trouver l'équilibre de la raiſon entre la Nature & l'Art. La connoiſſance de ſoi-même eſt le commencement de l'amandement. Il y a des monſtres d'impertinence, qui ſont tantôt d'une humeur, tantôt d'une autre , & changent de ſentimens comme d'humeur. Ils s'engagent à des choſes toutes contraires , ſe laiſſant toujours entrainer à l'impétuoſité de ce débordement-civil , qui ne corrompt pas ſeulement la volonté, mais encore la connoiſſance & le jugement.

Une grande capacité (dit-il dans le chap. de ſon Diſcret *No rendirſe al humor*) ne ſe laiſſe jamais aler au flux & reflux ni des humeurs, ni des paſſions. Elle ſe tient toujours au deſſus de cête groſſiére intempérance.···. Pluſieurs ſe laiſſent tirannifer honteuſement à l'humeur, qui

regne. Ils foutiennent aujourd'hui ce qu'ils con-
tredifoient hier. Quelquefois ils apuient la raifon, & puis ils la foulent aux piés. Il n'y a
point d'arrêt à leurs jugemens : qui eft la plus
haute extravagance. Vous ne les fauriés prendre en bon-fens, parce qu'ils n'en ont point.
Outre que d'aujourd'hui à demain ils s'engagent contradictoirement : & puis, aprés qu'ils
fe font contredits eux-mêmes les premiers, ils
contredifent tous les autres. Quand on connoît
leur goût dépravé, il vaut mieux les laiffer
dans leur confufion. Car plus ils font, plus ils
défont.

C'eft la marque d'un riche fonds, de favoir
prévenir & corriger fon humeur, dautant que
c'eft une maladie-d'efprit, où le Sage doit fe
gouverner, comme dans celle du corps.

Il y a des impertinens fi outrés, qu'ils font
toujours de quelque humeur; toujours eftropiés
de quelque paffion; infuportables à ceux, qui
ont afaire à eux; ennemis perpétuels de la converfation & de l'honnêteté ; qui ne prennent
nul goût aux meilleures chofes; plus incurables, que les vrais fous. Car on aprivoife ceux-
ci avec un peu de complaifance, & ceux-là en
deviennent pires. On ne gagne rien fur eux par
la raifon, parce que n'en aiant point, ils n'en
reçoivent aucune.

Mais s'il arive, qu'un homme s'emporte quelquefois, néanmoins rarement, & encore pour
quelque grand fujet, ce n'en fera pas un de l'a-
cufer d'humeur-vulgaire.   Car de ne fe fâcher
jamais, c'eft vouloir être toujours bête.   Mais
une mauvaife humeur continuelle, & contre
tout le monde, c'eft une rufticité infuportable.
La fâcherie, que caufe l'efclave, ne doit pas
ôter l'affaifonnement à la condition-libre. Mais
celui, qui n'eft pas capable de fe connoitre, le
fera encore moins de fe corriger.

MAXIME LXX.

Savoir refufer.

TOUT ne fe doit pas acorder, ni à tous.
Savoir refufer eft d'auffi grande importance, que favoir octroïer; & c'eft un point tres-
néceffaire à ceux, qui commandent. Il y va de
la maniére.   Un NON de quelques-uns eft
mieux reçu, qu'un OUI de quelques autres, parce qu'un NON affaifonné de civilité contente
plus qu'un OUI de mauvaife-grace.   Il y a des
gens, qui ont toujours un NON à la bouche.
Le NON eft toujours leur premiére réponfe,
& quoiqu'il leur arive aprés de tout acorder,
on ne leur en fait point de gré, à-caufe du NON
mal-

mal-affaifonné, qui a précédé. Il ne faut pas
refufer tout-à-plat: mais faire goûter fon refus,
à petites gorgées, pour ainfi dire. Il ne faut
pas non-plus tout refufer, de peur de défefpérer
les gens: mais au contraire laiffer toujours un
refte d'efpérance, pour adoucir l'amertume du
refus. Que la courtoifie rempliffe le vuide de
la faveur, & que les bonnes paroles fupléent au
défaut des bons éfets. OUI, & NON font bien
courts à dire, mais, avant que de les dire, il y
faut penfer longtems.

MAXIME LXXI.

N'être point inégal, & irrégulier dans fon procédé.

L'HOMME-prudent ne tombe jamais dans
ce défaut, ni par humeur, ni par afectation.
Il eft toujours le même à l'égard de ce qui eft
parfait; qui eft la marque du bon jugement. S'il
change quelquefois, c'eft parce que les ocafions
& les afaires changent de face. Toute inéga-
lité meffied à la prudence. Il y a des gens, qui
chaque jour font diférens d'eux-mêmes. Ils ont
même l'entendement journalier, encore plus la
volonté & la conduite. Ce qui étoit hier leur
agréable OUI, eft aujourd'hui leur défagréable
NON. Ils démentent toujours leur procédé,

L

& l'opinion qu'on a d'eux, parce qu'ils ne font jamais eux-mêmes.

MAXIME LXXII.

L'Homme de réfolution.

L'IRRESOLUTION eft pire que la mauvaife exécution [1]. Les eaux ne fe corrompent pas tant, quand elles courent, que lors qu'elles croupiffent. Il y a des hommes fi irréfolus, qu'ils ne font jamais rien, fans être pouffés par autrui : & quelquefois cela ne vient pas tant de la perpléxité de leur jugement, qui fouvent eft vif & fubtil, que d'une lenteur naturelle [2]. C'eft une marque de grand efprit, que de fe former des dificultés, mais encore plus de favoir fe déterminer. Il fe trouve auffi des gens, qui ne s'embaraffent de rien, & ceux-là

---

1 Tacite dit, qu'il y a des afaires, qui ne foufrent point de remife, & où la témérité même vaut mieux, que tous les confeils. *Opportunos magnis conatibus tranfitus rerum : nec cunctatione opus, ubi perniciofior fit quies, quàm temeritas. Hift. 1.* Et dans un autre endroit du même livre. *Nihil in difcordiis civilibus feftinatione tutius, ubi facto magis quàm confulto opus effet.* Et encore dans un autre. *Nullus cunctationi locus eft in eo confilio, quod non poteft laudari, nifi peractum. Cofa fatta capo hà,* dit le Proverbe Florentin. Chofe faite vaut mieux que chofe à faire. Machiavel dit un joli mot. *Niuna cofa nuoce tanto al tempo, quanto il tempo.* Rien ne nuit tant au tems, que le tems.

2 Têmoin Tibére, *cujus,* dit Tacite *Ann. 1. ut callidum ingenium, ita anxium judicium.*

font nés pour les hauts emplois, dautant que la
vivacité de leur conception, & la fermeté de
leur jugement, leur facilitent l'intelligence &
l'expédition des afaires. Tout ce qui tombe
en leurs mains eſt choſe faite. Un de céte
trempe, aprés avoir donné la loi à tout un
Monde, eut du tems de reſte pour penſer à un
autre. De tels hommes entreprennent tout à
coup-ſûr, ſous la caution de leur bonne-fortune.

MAXIME LXXIII.

Trouver ſes défaites.

C'EST une adreſſe des gens-d'eſprit. Avec
un mot de galanterie, ils ſortent du plus
dificile labirinthe ¹. Un ſouris de bonne-grace
leur fait eſquiver la queréle la plus dangereuſe.
Le plus grand de tous les Capitaines fondoit
toute ſa réputation là-deſſus. Une parole à deux-
ententes palie agréablement une négative. Il
n'y a rien de meilleur, que de ne ſe faire jamais
trop entendre.

1 C'eſt ainſi ; que le Comte de Cantagnede, de la Maiſon de Meneſes en Portugal, répara par un bon-mot une liberté exceſſive, qu'il prit un jour avec le Roi Dom Jean I V. Ce Roi, qui le tenoit ſur le pié de Favori, lui donnant un coup ſur la feſſe, il lui peta dans la main : Et le Roi reſtant confus & piqué de ce manque de reſpect, *Sire*, lui dit le Comte, *Vôtre Majeſté peut-elle jamais fraper à une porte, qu'on ne lui ouvre incontinent ?* Mot, qui plut autant au Roi, que l'action luy avoit déplu.

MAXIME LXXIV.

N'être point inacceſſible.

LES vraies bêtes-ſauvages ſont où il y a le plus de monde. Le dificile abord eſt le vice des gens, dont les honneurs ont changé les mœurs. Ce n'eſt pas le moien de ſe métre en crédit, que de commencer par rebuter autrui. Qu'il fait beau voir un de ces monſtres intraitables prendre ſon air impertinent de fierté! Ceux, qui ont le malheur d'avoir afaire à eux, vont à leur audience, comme s'ils aloient combatre contre des tigres, c'eſt-à-dire, armés d'autant de crainte, que de précaution. Pour monter à ce poſte, ils faiſoient la cour à tout le monde; mais depuis qu'ils le tiennent, il ſemble, qu'ils veulent prendre leur revanche à force de braver un chacun. Leur emploi demanderoit qu'ils fuſſent à tout le monde: mais leur ſuperbe & leur mauvaiſe humeur font, qu'ils ne ſont à perſonne. Ainſi, le vrai moien de ſe vanger d'eux, c'eſt de les laiſſer avec eux-mêmes, afin que, tout commerce leur manquant, ils ne puiſſent jamais devenir ſages.

MAXIME LXXV.

Se proposer quelque Héros, non pas tant à imiter,
qu'à surpasser.

IL y a des modéles de grandeur, & des livres-
vivans de réputation. Qu'un chacun se pro-
pose ceux, qui ont excellé dans sa profession,
non pas tant pour les suivre, que pour les de-
vancer. Aléxandre pleura, non pas de voir
Achilles dans le tombeau, mais de se voir lui-
même si peu connu dans le monde, en comparaison d'Achilles. Rien n'inspire plus d'ambition, que le bruit de la renommée d'autrui.
Ce qui étoufe l'envie, fait respirer le courage.

MAXIME LXXVI.

N'être pas toujours sur le plaisant.

LA prudence paroît dans le sérieux. Joint
que le sérieux est plus estimé que le plaisant. Celui, qui plaisante toujours, n'est jamais
homme tout-à-bon. Nous traitons ces gens-là
comme les Menteurs, en ne croiant jamais ni
les uns, ni les autres, la gausserie n'étant pas
moins suspecte, que le mensonge. L'on ne sait
L iij

jamais, quand ils parlent par jugement, qui eft autant que s'ils n'en avoient point. Il n'y a rien de plus déplaifant, qu'une continuelle plaifan- terie [1]. En voulant s'aquérir la réputation de galant, on perd la réputation d'être cru fage. Il faut donner quelques momens à l'enjoüement, & tout le refte au férieux [2].

[1] Un Lacédémonien dit à un Orateur, qui faifoit toujours le plai- fant, qu'il deviendroit bientôt ri- dicule à force de le contrefaire. Le nom même de, *Sales*, dit Gracian dans fon Difcret, chap. *No eftar fiempre de burlas*, enfeigne comme il en faut ufer. (c'eft-à-dire, ainfi que du fel dans le manger).

[2] Caton difoit, que c'étoit un défaut égal, d'être toujours férieux, ou toujours boufon. Le Poëte- de-Cour dit, qu'il eft de la galan- terie de mêler un petit grain de fo- lie parmi le férieux.
Mifce ftultitiam confiliis brevem:
Dulce eft defipere in loco.
Hor. *Ode 12. lib. 4.*

MAXIME LXXVII.

S'acommoder à toutes fortes de gens.

SAGE eft le Protée, qui eft faint avec les faints, docte avec les doctes, férieux avec les férieux, & jovial avec les enjoüés. C'eft là le moien de gagner tous les cœurs, la reffem- blance étant le lien de la bienveillance [1]. Dif- cerner les efprits, &, par une transformation po- litique, entrer dans l'humeur & dans le carac-

[1] *Ad connectendas amicitias te- naciffimum vinculum morum fimili-* tudo. Plin. *Ep. 15. lib. 4.*

tére d'un chacun, c'eſt un ſecret abſolument néceſſaire à ceux, qui dépendent d'autrui. Mais il faut pour cela un grand-fonds. L'homme uni-verſel en connoiſſance & en expérience a moins de peine à s'y faire.

Maxime LXXVIII.

L'Art d'entreprendre à-propos.

LA Folie entre toujours de volée. Car tous les fous ſont hardis. La même ignorance, qui les empêche premiérement de prendre gar-de à ce qui eſt néceſſaire, leur ôte enſuite la connoiſſance des fautes qu'ils font. Mais la Sa-geſſe entre avec beaucoup de précaution. Ses Coureurs ſont la Réfléxion & le Diſcernement, qui font le guet pour elle, afin qu'elle avance ſans rien riſquer. La diſcrétion condanne toute ſorte de témérités au précipice, quoique le bon-heur les juſtifie quelquefois. Il faut aler à pas-contés, là où l'on ſe doute qu'il y a de la pro-fondeur. C'eſt au jugement à eſſaier, & à la prudence à pourſuivre. Il y a aujourd'hui de grans écüeils dans le commerce du monde. Il faut donc prendre garde à bien jeter ſon plomb.

MAXIME LXXIX.

L'Humeur joviale.

C'EST une perfection plutôt qu'un défaut, quand il n'y a point d'excés. Un grain de plaisanterie assaisonne tout. Les plus grans hommes joüent d'enjoüement comme les autres, pour se concilier la bienveillance d'un chacun : mais avec céte diférence, qu'ils gardent toujours la préférence à la sagesse, & le respect à la bienséance. D'autres se tirent d'afaire par un trait de belle-humeur. Car il y a des choses, qu'il faut prendre en riant, & quelquefois celles même qu'un autre prend tout-de-bon. Une telle humeur est l'Aimant des cœurs.

MAXIME LXXX.

Etre soigneux de s'informer.

LA Vie se passe presque toute à s'informer. Ce que nous voions, est le moins essentiel. Nous vivons sur la foi d'autrui[1]. L'Oüie

1. *Spectamus quæ coram habentur*, dit Tacite *Ann.* 6.

est

eſt la ſeconde porte de la Vérité, & la premiére du Menſonge. D'ordinaire la Vérité ſe voit,
mais c'eſt un extraordinaire de l'entendre. Elle arive rarement toute pure à nos oreilles, ſur
tout lors qu'elle vient de loin ². Car alors elle prend quelque teinture des paſſions, qu'elle
rencontre ſur ſa route. Elle plaît, ou déplaît,
ſelon les couleurs, que lui préte la paſſion, ou
l'intéreſt, qui viſe toujours à prévenir. Prens
bien garde à celui, qui loüe ; encore plus, à celui qui blâme. C'eſt-là qu'on a beſoin de toute
ſa pénétration, pour découvrir l'intention de
celui, qui tierce, & de connoitre avant-coup à
quel but il veut fraper. Sers-toi de ta réfléxion
à diſcerner les piéces fauſſes, ou legéres, d'ayec
les bonnes.

2 *Cuncta, ut ex longinquo ancta,* | *Quæ ex longinquo, in majus audie-*
in deterius adferebantur. Ann. 2. | *bantur. Ann. 4.*

MAXIME LXXXI.

Renouveler ſa réputation de tems en tems.

C'EST un privilége de Fénix. L'excellence
eſt ſujéte à s'envieillir, & pareillement la
renommée avec elle. La coutume diminuë l'admiration ¹. Une nouveauté médiocre l'empor-

1 C'eſt comme Tacite l'entend, | quand il dit, que tout ce qui eſt in-

M

te d'ordinaire sur la plus haute excellence, qui commence à vieillir. Il est donc besoin de renaître en valeur, en esprit, en fortune, en toutes choses, & de montrer toujours de nouvelles beautés, comme fait le Soleil, qui change si souvent d'orizon & de Téatres, afin que la privation le fasse desirer, quand il se couche; & que la nouveauté le fasse admirer, quand il se leve.

connu, est fort estimé. *Omne igno-* | respectée de loin. *Majestati major* *tum pro magnifico est. In Agricola.* | *è longinquo reverentia. Ann. 1.* & que la Majesté du Prince est plus |

MAXIME LXXXII.

Ne pas trop aprofondir le bien, ni le mal.

UN Sage a compris toute la sagesse en ce précepte, RIEN DE TROP. Une Justice trop éxacte dégénére en injustice. L'orange, qui est trop pressurée, donne un jus amer. Dans la jouïssance même, il ne faut jamais aler à pas-une des extrémités. L'esprit même s'épuise, à force de se rafiner. A vouloir tirer trop de lait, on fait venir le sang.

MAXIME LXXXIII.

Faire de petites fautes à deſſein.

UNE petite négligence ſert quelquefois de luſtre aux bonnes qualités. L'Envie a ſon Oſtraciſme, & cet Oſtraciſme eſt d'autant plus à la mode, qu'il eſt injuſte. Elle acuſe ce qui eſt parfait du défaut d'être ſans défaut : & plus la choſe eſt parfaite, plus elle en condanne tout. C'eſt un Argus à découvrir des fautes dans ce qu'il y a de plus excellent, & peutêtre en dépit de ne l'être pas. Il en eſt de la Cenſure, comme du foudre, qui d'ordinaire tombe ſur les plus hautes montagnes [1]. Il eſt donc à propos de, s'endormir quelquefois, comme le bon-homme

[1] *Feriuntque ſummos fulmina montes*, dit Horace *Carm. lib. 2. Ode 10.*

Dans le Chap. 19. de ſon Héros il commente ce precepte-ci. C'eſt, dit-il, un trait d'habile-homme de faillir legérement en de certaines choſes, pour éxercer l'Envie en lui donnant quelque choſe à ronger. Il y a des humeurs pétries de fiel, qui ſavent transformer les meilleures choſes, défigurer les beautés, & interpréter ſiniſtrement les plus raiſonnables actions. Il eſt donc de la fine politique d'afecter quelque petit défaut, qui donnant à mordre

à l'Envie, atire à ſoi tout ſon venin, & par céte diſtraction l'empêche de gagner juſqu'au cœur. Quelquefois un trait irrégulier donne plus d'éclat à la beauté d'un viſage. Où eſt le diamant ſans paille, & la roſe ſans épines ?

Le Jeune-Pline diſoit d'un habile Orateur de ſon tems, *Nihil peccat, niſi quòd nihil peccat. Ep. 16. lib. 9.* Il ne manque en rien, ſinon en ce point, qu'il ne manque jamais. Et Quintilien a dit, qu'il y avoit des gens, dont les défauts même plaiſoient à tout le monde. *In quibuſdam vitia ipſa delectant.* Et ce que

M ij

Homére, & d'afecter de certains manquemens, soit dans l'esprit, ou dans le courage, (mais sans blesser jamais la raison) pour apaiser la Malveillance, & empêcher, que l'aposture de la mauvaise-humeur ne créve. C'est là jeter sa cape aux yeux de l'Envie, pour sauver sa réputation à jamais.

dit Ovide au 3. livre de son Art-d'aimer, qu'il y a un certain défaut de langue, qui donne de la grace au langage, par éxemple, de parler gras : *In vitio decor est quædam malè reddere verba* ; est vrai de mille autres choses, où la négligence & l'irrégularité font un agrément.

MAXIME LXXXIV.

Savoir tirer profit de ses ennemis.

TOUTES les choses se doivent prendre, non par le trenchant, ce qui blesseroit ; mais par la poignée, qui est le moien de se défendre. A plus forte raison l'Envie. Le Sage tire plus de profit de ses ennemis, que le Fou n'en tire de ses amis 1. Les Envieux servent d'éguillon au Sage à surmonter mille dificultés : au lieu que les Flateurs en détournent souvent 2. Plusieurs sont redevables de leur fortu-

1 Pitagore disoit, Que ceux, qui nous reprennent, nous sont plus utiles, que ceux qui nous flatent. Et un autre Filosofe, Que pour de-venir homme-de-bien, il faut avoir, ou de fidéles amis, ou de rudes ennemis.

2 Lors que la Fortune, dit Ma-

ne à leurs Envieux. La flaterie eſt plus cruelle
que la haine, dautant qu'elle palie des défauts,
où celle-ci fait remédier. Le Sage ſe fait de la
haine de ſes Envieux un miroir, où il ſe voit
bien mieux, que dans celui de la bienveillance.
Ce miroir lui ſert à corriger ſes défauts, & par
conſéquent à prévenir la médiſance. Car on ſe
tient fort ſur ſes gardes, quand on a des rivaux,
ou des ennemis, pour voiſins.

chiavel, veut agrandir un Prince, le, le faire monter à un plus haut
elle lui ſuſcite des ennemis & des degré de puiſſance. *Chap. 20. de ſon*
ligues, pour éxercer ſon courage, *Prince.*
& ſon induſtrie, &, par céte échel-

MAXIME LXXXV.

Ne ſe point prodiguer.

C'EST le malheur de tout ce qui eſt excellent, de dégénérer en abus, quand on en
fait un fréquent uſage. Ce que tout le monde
recherchoit avec paſſion, vient enfin à déplaire
à tout le monde. Grand malheur de n'être bon
à rien ; comme auſſi, de vouloir être bon à tout !
Ces gens-là perdent toujours, pour avoir voulu trop gagner ; & à la fin ils ſont auſſi haïs,
qu'ils ont été chéris auparavant. Toutes les perfections ſont ſujétes à ce ſort : dés qu'elles perdent le renom d'être rares, elles ont celui d'être

M iij

vulgaires. L'unique reméde de tout ce qui excelle est de garder un milieu dans son éclat. L'excés doit être dans la perfection, & le tempérament dans la maniére de la montrer 1. Plus une torche éclaire, & moins elle dure. Ce qu'on retranche à l'aparence, & à l'ostentation, est récompensé avec usure en estime 2.

1 Tacite loüe son beau-pére d'avoir été sage avec mesure, & de n'avoir jamais rien fait, ni rien dit par ostentation. *Retinuit, quod est difficillimum, ex sapientiâ modum. ... Nihil appetere jactatione. ... nec unquam, in suam famam gestis exultavit. In Agricola.*

2 Têmoin Agricola, qui aiant remporté une grande victoire sur les Anglois, bien loin de tirer vanité de la prospérité de ses armes, ne voulut pas seulement métre une feüille-de-laurier dans la rélation qu'il en envoïa à l'Empereur, comme c'étoit la coutume : ni même apeller ce succés du nom de victoire. Sur quoi Tacite dit, qu'il augmenta sa gloire en la suprimant, n'y aiant personne, qui ne dît, qu'un homme, qui ne faisoit pas valoir de si grandes choses, en rouloit sans doute d'extraordinaires dans son esprit. *Nec Agricola prosperitate rerum in vanitatem usus, expeditionem aut victoriam vocabat : ne laureatis quidem gesta prosecutus est. Sed ipsa dissimulatio-*

ne fama famam auxit, æstimantibus quanta futuri spe tam magna tacuisset. Et plusieurs pages aprés. *Hunc rerum cursum nullâ verborum jactantiâ epistolis Agricola auctum. In Vita.* Ainsi Tacite a bien raison de dire, que sa modestie le métoit à couvert de l'envie, mais sans lui dérober sa gloire. *Verecundiâ in prædicando, extra invidiam, nec extra gloriam erat. Ibid.* Au contraire, Tacite tourne en ridicule ce Césennius Pætus, qui ravaloit la gloire de Corbulon, pour relever la sienne ; & qui, pour avoir pris quelques Châteaux, écrivit des létres fastueuses à Néron, comme s'il eût été le maître de toute l'Arménie, & qu'il eût mis fin à céte guerre, où peu de jours aprés il fût péri, s'il n'eût été secouru à-propos par Corbulon. *Despiciebat gesta, usurpatas nomine tenùs urbium expugnationes dictitans. ... Composuitque ad Cæsarem literas, quasi confecto bello, verbis magnificis, rerum vacuas. Ann.* 15.

MAXIME LXXXVI.

Se munir contre la Médisance.

LE Vulgaire a beaucoup de têtes, & de langues, &, par conséquent, encore plus
d'yeux. Qu'il coure un mauvais bruit parmi ces
langues, il ne faut que cela, pour ternir la plus
haute réputation : & si ce bruit vient à se tourner en sobriquet, c'en est fait pour jamais de
tout ce qu'un homme avoit aquis d'estime.
Ces railleries tombent d'ordinaire sur de certains défauts, qui sautent aux yeux ; & qui,
pour être singuliers, donnent ample matiére aux
lardons. Et comme il y a des imperfections,
que l'Envie-particuliére étale aux yeux de la
Malice-commune : il y a aussi des langues afi-
lées, qui détruisent plus promptement une grande réputation avec un mot jeté en l'air, que
ne font d'autres avec toute leur impudence. Il
est tres-facile d'avoir mauvais renom, parce
que le mal se croit aisément, & que les sinistres
impressions sont tres-dificiles à éfacer. C'est
donc au Sage à se tenir sur ses gardes. Car il est
plus aisé de prévenir la Médisance, que d'y remédier.

MAXIME LXXXVII.

Cultiver & embellir.

L'HOMME naît barbare. Il ne se rachéte de la condition des Bêtes, que par être cultivé. Plus il est cultivé, plus il devient Homme [1]. C'est à l'égard de l'éducation, que la Gréce a eu droit d'apeller barbare tout le reste du Monde. Il n'y a rien de si grossier, que l'ignorance; ni rien, qui rende si poli, que le savoir. Mais la science même est grossiére, si elle est sans art. Ce n'est pas assés, que l'Entendement soit éclairé, il faut aussi, que la Volonté soit reglée, & encore plus la maniére de converser. Il y a des hommes naturellement polis, soit pour la conception, ou pour le parler; pour les avantages du corps, qui sont comme l'écorce; ou pour ceux de l'esprit, qui sont comme les fruits. Il y en a d'autres au contraire si grossiers, que toutes leurs actions, & quelquefois même de riches talens qu'ils ont, sont défigurés par la rusticité de leur humeur.

[1]   C'est en ce sens, que Socrate disoit, que le savoir & l'ignorance étoient les principes du bien & du mal.

MAXIME

MAXIME LXXXVIII.

S'étudier à avoir les maniéres sublimes.

UN grand-homme ne doit jamais être vetil-leux en son procédé. Il ne faut jamais trop éplucher les choses, sur tout celles, qui ne sont guére agréables. Car bien qu'il soit utile de tout remarquer en passant, il n'en est pas de même de vouloir expressément tout aprofondir. Pour l'ordinaire, il faut procéder avec un dégagement cavalier; ce qui fait partie de la galanterie. Dis-simuler est le principal moien de gouverner. Il est bon de laisser passer quantité de choses, qui surviennent dans le commerce de la Vie, mais particuliérement parmi ses ennemis. Le TROP est toujours ennuieux, & dans l'humeur il est in-suportable. C'est une espéce de fureur, que d'a-ler chercher le chagrin. Et d'ordinaire, la ma-niére d'agir est telle, qu'est l'humeur dans la-quelle on agit. Nos actions prennent le cara-ctére de l'humeur où nous sommes, quand nous les faisons.

MAXIME LXXXIX.

Connoitre parfaitement son génie, son esprit, son cœur,
& ses passions. *

L'ON ne sauroit être maître de soi-même,
que l'on ne se connoisse à-fond. Il y a
des miroirs pour le visage, mais il n'y en a
point pour l'esprit [1]. Il y faut donc supléer par
une sérieuse réflexion sur soi-même. Quand
l'image extérieure s'échapera, que l'intérieure
la retienne, & la corrige. Mesure tes forces
& ton adresse, avant que de rien entreprendre.
Connois ton activité pour t'engager, sonde ton
fonds, & sache où peut aler ta capacité pour
toutes choses.

* *Voiés la Maxime 34.*

1 A raison de quoi Lucien a dit par la bouche de son boufon, qu'il manquoit à l'homme une petite fenêtre à l'estomac, pour découvrir ce qu'il a dans le cœur. *Disc. 23. de son Agudeza.*

MAXIME XC.

Le moien de vivre longtems.

C'EST de vivre bien [1]. Il y a deux choses, qui abrégent la vie : la folie & la

1 Un Filosofe disoit, qu'il étoit arivé à la vieillesse, en vivant sagement.

méchanceté. Les uns l'ont perdüe, pour n'a-
voir pas fû la conferver ; les autres, pour ne
l'avoir pas voulu. Comme la vertu eft elle-
même fa récompenfe, le vice eft lui-même fon
boureau. Quiconque vit à la hâte dans le vice,
meurt bientôt, & en deux maniéres : au lieu
que ceux, qui vivent à la hâte dans la vertu,
ne meurent jamais [2]. L'intégrité de l'efprit fe
communique au corps : & la bonne vie eft toujours longue, non feulement dans *l'intenfion*,
mais même dans l'extenfion [3].

---

[2] Antiftene difoit, que le chemin de l'immortalité étoit de bien
vivre.

[3] Cela eft dit dans le fens, que
Tacite dit, qu'Agricola avoit vécu tres-longtems, quoiqu'il ne
fût âgé que de 56. ans : puifqu'il

avoit joüi de tous les véritables
biens, qui confiftent en la vertu.
*Quanquam medio in fpatio integræ
ætatis ereptus, quantum ad gloriam
longiffimum ævum peregit. Quippe
vera bona, quæ in virtutibus fita
funt, impleverat. In Vita.*

MAXIME XCI.

Agir fans crainte de manquer.

L A crainte de ne pas réüffir découvre le
foible de celui, qui éxécute, à fon rival.
Si, dans la chaleur même de la paffion, l'efprit eft en fufpens, dés que ce premier feu fera paffé, il fe reprochera fon imprudence. Toutes les actions, qui fe font avec doute, font

dangereuſes, il vaudroit mieux s'en abſtenir.
La prudence ne ſe contente point de proba-
bilités, elle marche toujours en plein-jour.
Comment réüſſiroit une entrepriſe, que la
crainte condanne, dés que l'eſprit l'a conçüe ?
Et ſi la réſolution, qui a paſſé à toutes voix
dans le Conſeil de la Raiſon, a ſouvent une
mauvaiſe iſſüe, qu'atendre de celle, qui a chan-
celé dés le commencement, dans la raiſon, &
dans le preſſentiment ?

MAXIME XCII.

L'Eſprit tranſcendant en toutes choſes.

C'EST la principale régle, ſoit pour agir,
ou pour parler. Plus les emplois ſont ſu-
blimes, & plus cet eſprit eſt néceſſaire. Un
grain de prudence vaut mieux qu'un maga-
ſin de ſubtilité. C'eſt un chemin, qui méne
à l'infaillible, quoiqu'il n'aille pas tant au
plauſible. Quoique le renom de ſageſſe ſoit
le trionfe de la Renommée, il ſufira de contenter les Sages, dont l'aprobation ſert de pierre-de-touche aux entrepriſes.

MAXIME XCIII.

L'Homme-univerfel.

L'HOMME, qui poſſéde toutes ſortes de perfections, en vaut lui ſeul beaucoup d'autres. Il rend la vie hureuſe en ſe communiquant à ſes amis. La variété jointe à la perfection eſt le paſſetems de la Vie. C'eſt une grande adreſſe, que de ſavoir ſe fournir de tout ce qui eſt bon. Et puiſque la Nature a fait en l'homme, comme en ſon plus excellent ouvrage, un abregé de tout l'Univers, l'Art doit faire auſſi de l'eſprit de l'homme un Univers de connoiſſance & de vertu.

MAXIME XCIV.

Capacité inépuiſable.

QUE l'habile-homme ſe garde bien de laiſſer ſonder le fond de ſon ſavoir & de ſon adreſſe, s'il veut être révéré d'un chacun. Qu'il ſe laiſſe connoitre, mais non comprendre. Que perſonne n'ait ſur lui l'avantage de trouver les bornes de ſa capacité, de peur que l'on ne vienne à ſe détromper. Qu'il ſe ménage ſi

N iij

bien, que perſonne ne le voie tout entier. L'o-
pinion & le doute atirent plus de vénération à
celui, de qui l'on ne ſait juſques où va ſon eſprit,
que ne fait la connoiſſance entiére de ce qu'il
eſt, ſi grand & ſi habile qu'il puiſſe être.

*L'Auteur commente excellemment cet Aforiſme dans le Chap. premier de
ſon Héros.*

Comme, dit-il, perſonne n'oſe paſſer une
riviére à pié, juſqu'à ce qu'il ait trouvé ſon gué :
de même un homme eſt révéré, tant que l'on
ne voit point le fond de ſa capacité, dautant
que la profondeur inconnüe, & par conſéquent
préſumée grande, ſe fait reſpecter par la crainte. Si celui, qui découvre, devient le maître
de celui, qui eſt découvert, ainſi que dit le Proverbe; celui, qui ſe tient ſur ſes gardes, n'eſt
jamais ſurpris. Que l'adreſſe de l'homme-
d'eſprit contrepointe la curioſité de celui, qui
s'aplique à le connoitre. Car c'eſt dans les
commencemens d'une tentative, que la Curioſité met toutes ſes ruſes en œuvre. · · · · · Si
l'on ne peut pas être infini, il faut du moins
tâcher de le paroitre. Le Sage de Mitilene *
avoit raiſon de dire, que la moitié eſt plus que
le tout, atendu qu'une moitié en montre, &
l'autre en reſerve, vaut mieux qu'un tout dé-

* *Pittacus.*

claré. . . . . Toi donc, qui afpires à la grandeur,
& qui es un des Candidats de la Renommée,
garde bien ce précepte. Que tout le monde te
connoiffe, mais que perfonne ne te connoiffe à-
fond. Par céte induftrie, ton peu paroitra beaucoup ; ton beaucoup, davantage ; & ton davantage, infini.

MAXIME XCV.

Savoir entretenir l'atente d'autrui [1].

LE moien de l'entretenir eft de lui fournir
toujours de nouvelle nourriture [2]. Le beaucoup doit prométre davantage ; une grande action doit fervir d'éguillon à d'autres encore plus
grandes [3]. Il ne faut pas tout montrer dés la premiére fois. C'eft un coup-d'adreffe de favoir
mefurer fes forces au befoin, & au tems, & de

[1] L'habile-homme, dit-il, au Chap. premier de fon Héros, qui veut venir à bout d'une chofe difi-le, ne s'en tient pas au premier coup-d'effai, du premier il paffe au fecond, & toujours il avance.

Le Jeune-Pline dit, que Trajan étoit tous les jours & meilleur, & plus admirable. *Tu quotidie admirabilior & melior.* Dans fon Panégirique.

[2] Machiavel dit, que Ferdi-nand, Roi d'Aragon, ourdiffoit toujours de nouveaux deffeins, qui tenoient les efprits dans l'atente de l'événement, & leur ôtoient l'envie de raifonner d'autre chofe. *Chapitre 21. de fon Prince.*

[3] Ce précepte s'adreffe particu-liérement aux Princes. Un Roi, dit-il dans fon Ferdinand, ne doit jamais être oifif, parce qu'il a une grande charge à faire. Quand il a achevé une chofe, il en doit com-

s'aquiter de jour en jour de ce que l'on doit à
l'atente publique.

mencer une autre. César, le plus grand-homme, qui fut jamais, pratiqua bien céte Maxime. Quand il n'eut plus de Provinces à conquérir, il entreprit d'aplanir les montagnes. Aprés avoir fait la loi aux hommes, il la voulut faire aux mers & aux riviéres. Sur quoi le judicieux Paterculus a bonne grace de dire, que la Mort, qui lui avoit pardonné tant de fois dans les batailles, le prit dés les premiers mois, qu'il commençoit à se reposer. *Neque illi tanto viro plus quinque mensium principalis quies contigit.* Hist. 2. num. 56. Le Jeune-Pline loüe Trajan de ce qu'aprés avoir expédié les Afaires, qui pressoient, toute sa recréation étoit de changer de travail. *Quòd si quando cum influentibus negotiis paria fecisti, instar refectionis existimas mutationem laboris.*

MAXIME XCVI.

La Sindérese.

C'EST le trône de la raison, & la base de la prudence. Quand on la consulté, il est aisé de ne point faillir. C'est un don du Ciel, & qui, de l'importance qu'il est, ne sauroit être trop desiré. C'est la premiére piéce du harnois de l'homme, & elle lui est si nécessaire, qu'elle lui sufiroit, quand même tout le reste lui manqueroit. Toutes les actions de la Vie dépendent de son influence, & sont estimées bonnes, ou mauvaises, selon qu'elle en juge, atendu que tout doit être fait par raison. Elle consiste dans une inclination naturelle, qui porte à l'équité, & prend toujours le parti le plus sûr.

MAXIME

MAXIME XCVII.

Aquérir & conserver la réputation.

C'EST l'ufufruit de la renommée. La réputation coûte beaucoup à aquérir, parce
qu'il faut pour cela des qualités éminentes, qui
font auffi rares, que les médiocres font communes. Une fois aquife, il eft aifé de la conferver. Elle engage beaucoup, & fait encore davantage. C'eft une efpéce de majefté, lors qu'elle
s'empare de la vénération, en vertu de la fublimité de fa caufe & de fa fére. Mais la réputation fubftantielle eft celle, qui a toujours été
bien foutenüe.

MAXIME XCVIII.

Diffimuler.

LES paffions font les bréches de l'efprit. La
fcience du plus grand ufage eft l'art de diffimuler. Celui, qui montre fon jeu, rifque de
perdre. Que la circonfpection combate contre
la curiofité. A ces gens, qui épluchent de fi
prés les paroles, couvre ton cœur d'une haie
de défiance & de réferve. Qu'ils ne connoif-

O

fent jamais ton goût, de peur qu'ils ne te pré-
viennent, ou par la contradiction, ou par la flaterie.

Celui, qui fe rend à fes paffions , dit-il au
Chap. 2. de fon Héros, defcend de la condition
de l'homme à celle de la bête : au lieu que celui , qui les déguife , conferve fon crédit, du
moins en aparence. Nos paffions font les éva-
noüiffemens de nôtre réputation. Qui de fa
volonté en fait faire un facrement , eft fouverain de foi-même. Pénétrer la volonté d'autrui,
c'eft la marque d'un efprit fublime : favoir cacher
la fienne, c'eft prendre la fupériorité fur autrui.
Découvrir fa penfée, c'eft ouvrir la porte de la for-
tereffe de fon efprit. C'eft par cét endroit, que
les ennemis politiques donnent l'affaut, & tres-
fouvent avec fuccés. Les paffions une fois connües, on connoît toutes les entrées & toutes les
forties de la Volonté, & par conféquent on lui
peut commander à toutes heures. Il faut donc
qu'un habile-homme s'aplique premiérement à
domter fes paffions, & puis à les diffimuler, avec
tant d'adreffe , que nul efpion ne puiffe jamais
déchifrer fa penfée. Céte maxime enfeigne à
devenir habile, quand on ne l'eft pas ; & à cacher fi finement tous fes défauts, que tous ces
linxs & ces efpions de la route d'autrui , s'éga-

rent à force de chercher. Céte Amazone Catolique d'Efpagne (*Il parle de la Reine Ifabelle,
femme de Ferdinand*) peut fervir de modéle en
céte fcience. Pour acoucher, elle s'enfermoit
dans le lieu le plus obfcur & le plus fecret du
Palais, pour couvrir d'un voile de ténébres les
grimaces & les contorfions, qu'elle pouvoit faire dans le fort du mal, & fouftraire aux oreilles les cris, ou les plaintes, qui lui pouvoient
échaper. Si elle gardoit tant de mefures de bienféance & de majefté en des ocafions, où tout eft
excufable, combien fe fût-elle ménagée dans
celles, où il eût falu foutenir fa réputation ?

MAXIME XCIX.

La Réalité & l'Aparence.

LES chofes ne paffent point pour ce qu'elles
font, mais pour ce dont elles ont l'aparence. Il n'y a guére de gens, qui voient jufqu'au
dedans, prefque tout le monde fe contente des
aparences [1]. Il ne fufit pas d'avoir bonne intention, fi l'action a mauvaife aparence.

1 La plufpart des hommes, dit Machiavel au chap. 18. de fon Prin-ce, jugent plus par les yeux, que par les mains, un chacun aiant la liberté de voir, mais tres-peu aiant celle de toucher. Un chacun voit ce que tu parois être, mais prefque perfonne ne connoît ce que tu es.... Le Vulgaire ne s'arête qu'aux apa-rences : & il n'y a prefque dans le monde que le Vulgaire.

MAXIME C.

L'Homme défabufé. Le Chrêtien fage. Le Courtifan Filofofe.

IL faut l'être, mais ne le pas paroitre, encore moins afecter de paffer pour tel. Quoique le plus digne éxercice des Sages foit de filofofer, il n'eft plus aujourd'hui en crédit. La fcience des habiles-gens eft méprifée. Senéque l'aiant introduite à Rome, elle fut quelque tems en eftime à la Cour, & maintenant elle y paffe pour folie. Mais la prudence & le bon-efprit ne fe repaiffent pas de prévention.

MAXIME CI.

Une partie du monde fe moque de l'autre, & l'une & l'autre rient de leur folie commune.

TOut eft bon, ou mauvais, felon le caprice des gens. Ce qui plaît à l'un, déplaît à l'autre. C'eft un infuportable fou, que celui, qui veut que tout aille à fa fantaifie. Les perfections ne dépendent pas d'une feule aprobation. Il y a autant de goûts, que de vifages, & autant de diférence entre les uns qu'entre les autres. Nul défaut n'eft fans partifan, & il ne faut point te décourager, fi ce que tu fais, ne plaît pas à quelques-uns, atendu qu'il y en aura toujours d'autres, qui en feront cas. Mais ne t'enorgüeillis point de l'aprobation de ceux-ci, dautant que les autres ne laifferont pas de te cenfurer. La régle pour connoitre ce qui eft digne d'eftime, c'eft l'aprobation des gens-de-mérite, & des perfonnes reconnües capables d'être bons juges de la chofe. La Vie-Civile ne roule pas fur un feul avis, ni fur un feul ufage.

MAXIME CII.

Eftomac bon à recevoir les groffes bouchées de la Fortune.

UN grand eftomac n'eft pas la moindre partie du corps de la Prudence. Une grande capacité a befoin de grandes parties. Les profpéritez n'embaraffent point celui, qui en mérite de plus grandes. Ce qui eft indigeftion dans les uns, eft apêtit dans les autres. Il y en a beaucoup, à qui toute nouriture fuculente fait mal, à-caufe qu'ils font de petite compléxion, & qu'ils ne font pas nés, ni élevés pour de fi hauts emplois. Le commerce du monde eft amer à leur goût, & les fumées de leur vaine-gloire, qui leur montent au cerveau, leur caufent des étour-

O iij

diſſemens dangereux : les lieux hauts leur ſont contraires, ils ne tiennent pas en eux-mêmes, parce que leur fortune n'y peut tenir. Que l'homme-de-tête montre donc, qu'il lui reſte encore du lieu, pour loger une plus grande fortune ; & méte toute ſon induſtrie à éviter tout ce qui peut donner quelque indice d'un petit courage.

MAXIME CIII.

Qu'un chacun conſerve la majeſté propre à ſon état.

QUE toutes tes actions ſoient, ſinon d'un Roi, du moins dignes d'un Roi, à proportion de ton état. C'eſt-à-dire, procéde roialement, autant que ta fortune te le peut permétre. De la grandeur à tes actions, de l'élévation à tes penſées, afin que, ſi tu n'es pas Roi en éfet, tu le ſois en mérite. Car la vraie Roiauté conſiſte en la vertu. Celui-là n'aura pas lieu d'envier la grandeur, qui poura en être le modéle. Mais il importe principalement à ceux, qui ſont ſur le Trône, ou qui en aprochent, de faire quelque proviſion de la vraie ſupériorité, c'eſt-à-dire, des perfections de la Majeſté, plutôt que de ſe repaître des cérémonies, que la vanité & le luxe ont introduites. Ils doivent

préférer le folide de la fubftance au vuide de
l'oftentation [1].

[1] *Apud quos vis (ou jus) impe-rii valet, inania tranfmittuntur*, dit Tacite *Ann.* 15. C'eft-à-dire, que les Princes, qui ont le pouvoir en main, ne fe foucient guére de faire une vaine parade de leur grandeur : qu'il leur fufit de commander, & d'être obéïs, tout le refte n'étant que des devoirs, qui leur font plus d'incommodité, que d'honneur. Et c'eft ce que vouloit dire Pifon, qui voiant aporter des couronnes-d'or à Germanicus & à fa femme, au milieu d'un feftin, dit (*Ann. 2.*) que Germanicus n'étoit pas le fils d'un Roi des Partes, mais d'un Empereur Romain : pour donner à entendre, que céte cérémonie étoit bonne pour les Rois Barbares, qui faifoient confifter leur grandeur dans le fafte, & dans une vaine afecta-tion d'honneurs fuperflus ; mais non pour un Prince Romain, à qui il n'étoit pas bienféant de s'accom-der aux coutumes étrangéres. Ta-cite, en parlant de Vononés, Roi d'Arménie, dit, que ce Prince s'é-tant retiré en Sirie, le Gouverneur de la Province lui donnoit le titre de Roi, & le faifoit fervir en Roi : mais que Vononés prenoit ce trai-tement, & ces cérémonies, pour une dérifion, pendant qu'il étoit gardé comme un prifonnier. *Rector Syriæ Silanus cuftodia circumdat, ma-nente luxu, & regio nomine ; quod ludibrium effugere agitavit Vonones. Ann. 2.* Ce qui montre, que la Roiauté confifte en des chofes plus effentielles, que le titre & les céré-monies. Et Machiavel dit, que ce n'eft pas même affés pour être Prin-ce, que d'avoir un Etat : & qu'Hié-ron de Siracufe étoit plus eftimé dans fa fortune privée, que le Roi Perfés, parce que celui-ci n'avoit rien de Roi, que fon Roiaume ; & que l'autre, qui n'en avoit point alors, en méritoit un. *Dans l'E-pitre dédicatoire de fes Difcours fur Tite-Live.*

MAXIME CIV.

Tâter le poulx aux Afaires.

CHAQUE emploi a fa maniére, il faut être paffé-maître pour en faire la diférence. A quelques emplois, il faut de la valeur ; à d'autres, de la fubtilité [1] : quelques-uns requérent feulement de la probité, & quelques autres de l'artifice. Les premiers font plus faciles à éxercer, & les autres plus dificiles. Pour s'aquiter des premiers, un bon-naturel fufit, au lieu que pour les autres, toute l'aplication, toute la vigilance, ne fufit pas. C'eft une ocupation bien pénible d'avoir à gouverner les hommes, mais encore plus à conduire des fous & des bêtes. Il faut un double-fens, pour régler ceux, qui n'en ont point. C'eft un emploi infuportable, que celui, qui demande un homme tout entier, & qui ait fes heures comptées [2], & toujours à travailler à même chofe. Bien meilleurs font ceux, où la variété eft jointe à l'importance, d'autant que l'alternative récrée l'efprit. Mais ceux, qui valent le mieux de tous, font ceux, qui font le moins dépendans, ou dont la dépendance eft le plus éloignée : & celui-là eft le pire, qui,

---

1. Les gens-de-guerre n'ont pas befoin de tant d'efprit, parce qu'au dire de Tacite, ils fe fervent plus de leurs mains, que de leur tête. *Quia caftrenfis jurifdictio plura manu agens. (In Agricola.)* Joint que l'autorité leur tient lieu d'éloquence. *Multa auctoritate, que viro militari pro facund a erat. Ann. 15.* Au contraire, il faut beaucoup de fubtilité aux Gens-de-Robe, à-caufe des fupercheries & des détours, qui regnent dans le Bareau. *Ob calliditatem fori. In Agricola. Ut quomodo vis morborum pretia medentibus, fic fori tabes pecuniam Advocatis ferat. Ann. 11.* Et de l'humeur intéressée des Avocats, qui font durer les procés, comme les Médecins font les maladies.

2. Comme les Princes, & leurs Miniftres. *Quàm arduum, quàm fubjectum fortunæ, regendi cuncta onus! Ann. 1.*

lors

lors qu'on en fort, oblige de rendre compte à des Juges rigoureux , & fur tout quand c'eſt à Dieu.

MAXIME CV.

N'être point laſſant.

L'HOMME, qui n'a qu'une afaire , ou celui , qui a toujours la même choſe à dire, eſt d'ordinaire fatigant. La briéveté eſt plus propre à négotier , elle gagne par ſon agrément ce qu'elle perd par ſon épargne. Ce qui eſt bon, eſt deux fois bon, s'il eſt court: & pareillement ce qui eſt mauvais , l'eſt moins , ſi le peu y eſt. Les quint'eſſences opérent mieux que les bruvages compoſez. C'eſt une vérité reconnüe, que le grand-parleur eſt rarement habile [1]. Il y a des hommes, qui font plus d'embaras, que d'honneur à l'Univers. Ce font des haillons jetés dans la rüe, qu'un chacun pouſſe hors du paſſage. L'homme-diſcret doit bien ſe garder d'être importun , ſur tout aux gens, qui ont de grandes ocupations. Car il vaudroit mieux être incommode à tout le reſte du monde , que de l'être à un ſeul de ceux-là. Ce qui eſt bien dit , ſe dit en peu.

---

[1] *In multiloquio non deerit peccatum : qui autem moderatur labia ſua,* | *prudentiſſimus eſt.* *Proverb. 10. v. 20.*

P

MAXIME CVI.

Ne point faire parade de sa fortune.

L'OSTENTATION de la dignité choque plus que l'oftentation de la perfonne. Trancher du grand., c'eft fe rendre odieux ; il fufit bien d'être envié. Plus on cherche la réputation , & moins on la trouve [1]. Comme elle dépend du jugement d'autrui , perfonne ne fe la fauroit donner : & , par conféquent, il faut la mériter [2], & l'atendre. Les grans emplois demandent une autorité proportionnée à leur éxercice , & , fans cela., l'on ne peut pas les éxercer dignement. Il faut conferver toute celle , qui eft néceffaire , pour remplir l'effentiel de fes obligations : ne la point faire trop valoir , mais la feconder [3]. Tous ceux, qui font les acablés-

---

[1] Tacite dit , qu'Agricola augmentoit la fienne en la diffimulant. *Ipfa diffimulatione famæ famam auxit.*

[2] A quoi fervent les Statuës & les Temples, difoit Tibére, fi l'on n'a pas l'aprobation de la poftérité? *Quæ faxo ftruuntur , fi judicium pofterorum in odium vertit, pro fepulcris fpernuntur. Ann. 4.*

[3] Lors qu'Agricola étoit dans fon Tribunal , il n'y montroit que de la gravité, de la févérité, & de l'aplication à tout entendre : Mais quand il en fortoit, il dépôfoit & fa gravité, & fa févérité, comme s'il eût ceffé d'être revétu de l'autorité publique. Il ne cherchoit point à aquérir de la réputation, ni par une vaine oftentation de fa grandeur , à quoi les plus gens-de-bien font fujets; ni par aucun autre artifice. Point de difpute, ni de quérèle avec fes Colégues , fur qui il étoit auffi

d'afaires, se montrent indignes de leur emploi, comme chargés d'un faix, qu'ils ne sauroient porter. Si l'on a à se faire honneur, que ce soit plutôt d'un grand mérite personel, que d'une chose-d'emprunt. Un Roi même doit s'atirer plus de vénération par sa propre personne, que par sa souveraineté, qui n'est qu'une chose extérieure 4.

éloigné d'entreprendre, que de souf-frir, qu'ils lui fissent la loi, tenant l'un pour injuste, & l'autre pour honteux. *Ubi conventus ac judicia poscerent, gravis, intentus, severus: Ubi officio satisfactum, nulla ultra potestatis persona, tristitiam & arro-gantiam exuebat.... Ne famam qui-dem, cui etiam sæpe boni indulgent, ostentanda virtute, aut per artem quæ-sivit: procul ab æmulatione adversùs Collegas, procul à contentione adver-sùs Procuratores: & vincere inglo-rium, & atteri sordidum arbitraba-tur.* Tac. *in Agric.* Le Jeune-Pline dit, qu'étant Tribun du peuple, il s'abstint de plaider tout le tems, qu'il le fut, lui paroissant indigne de son rang, de se tenir-debout, pendant que les autres seroient assis: au lieu qu'un chacun devoit non seulement se lever, pour saliier le Tribun, mais même lui céder. Joint qu'il trouvoit étrange, que celui,

qui avoit droit de faire taire les au-tres, dût se taire lui-même, dés que l'heure seroit passée: & que celui, qu'il étoit sacrilége d'interrompre, quand il parloit, s'exposât à enten--dre les injures de sa partie adverse; en danger, de paroitre lâche, s'il le soufroit; ou violent, s'il s'en van-geoit. *Ep. 23. lib. 1.* Ce qui mon-tre, combien un Magistrat doit être jaloux de l'honneur & de l'autorité de sa Charge, qui, sans cela, est une pure ombre, & un nom sans honneur, dit le même Pline. *Ina-nem umbram, & sine honore nomen.* *Ibid.*

4 Galba disoit, que les sújets parloient bien plus à la fortune du Prince, qu'à sa personne. *Cæteri li-bentiùs cum fortuna nostra, quàm no-biscum.* (Tac. *Hist. 1.*) Parce qu'il y a quelquefois des Princes, qui n'ont rien de recommandable, que leur fortune.

MAXIME CVII.
Ne point montrer, qu'on soit content de soi-même.

D'ETRE mécontent de soi-même, c'est foiblesse; d'en être content, c'est folie. Dans
la pluspart des hommes, ce contentement vient
d'ignorance, & aboutit à une félicité aveugle,
qui véritablement entretient le plaisir, mais ne
conserve pas la réputation. Comme il est rare
de bien connoitre les perfections éminentes des
autres, l'on s'aplaudit de celles, que l'on a, quelque médiocres & vulgaires qu'elles soient. La
défiance a toujours été utile aux plus sages, soit
pour prendre de si bonnes mesures, que les afaires pussent réüssir; ou pour se consoler, quand
elles ne réüssissoient pas. Car celui, qui a prévu
le mal, en est moins afligé, quand il arive.
Quelquefois Homére même s'endort, & Aléxandre descend du trône de sa majesté, & reconnoît sa foiblesse. Les afaires dépendent de
beaucoup de circonstances, & telle chose, qui a
réüssi dans une ocasion, est malhureuse dans une
autre. Mais l'incorrigibilité des fous est en ce
qu'ils convertissent en fleurs leurs plus vaines
pensées, & que leur graine pousse toujours [1].

---

[1] Leur félicité, dit le Jeune-Pline, ne leur sert, qu'à les rendre ridicules. *Huc felicitate perveniunt, ut rideantur. Ep. 29. lib. 7.*

MAXIME CVIII.

*Le plus court chemin , pour devenir grand-perſonage , eſt de
ſavoir choiſir ſon monde.*

LA eonverſation eſt d'un grand poids. Les
mœurs, les humeurs, les goûts, & l'eſprit
même, ſe communiquent inſenſiblement. Ainſi
l'homme pront en doit fréquenter un paiſible,
& chacun ſon contraire. Par où l'on arivera
ſans peine au tempérament requis. C'eſt beaucoup , que de ſavoir ſe modérer. La diverſité
alternative des ſaiſons fait la beauté & la durée
de l'Univers. Si l'harmonie des choſes naturelles vient de leur propre contrariété, l'harmonie
de la Société-Civile devient plus belle par la diférence des mœurs. La prudence doit uſer de
céte politique dans le choix des amis & des
domeſtiques , & de céte communication des
contraires il en naîtra un tempérament tres-
agréable.

MAXIME CIX.

N'être point repréhenfif.

IL y a des hommes rudes, qui font des crimes de tout, non par paffion, mais par naturel. Ils condannent tout, dans les uns, ce qu'ils ont fait ; dans les autres, ce qu'ils veulent faire : ils éxagérent tout fi fort, que des atomes ils en font des poutres à crever les yeux. Leur humeur, pire que cruelle, feroit capable de convertir les Champs-Elifiens en galére. Mais fi la paffion s'en mêle, c'eft alors qu'ils jugent à toute rigueur. Au contraire, l'ingénuité interpréte tout favorablement, finon l'intention, du moins l'inadvertence.

1. *Quid enim honeftius culpâ bé-* | honnête, que de faire des fautes de
nignitatis ? dit le Jeune - Pline, | bonté ?
Ep. 28. lib. 7. Qu'y a-t-il de plus |

MAXIME CX.

N'atendre pas, qu'on foit Soleil couchant.

C'EST une Maxime de prudence, qu'il faut laiffer les chofes, avant qu'elles nous laiffent. Il eft d'un homme fage de favoir fe faire

un trionfe de fa propre défaite, à l'imitation du
Soleil, qui, pendant qu'il eft encore tout lumi-
neux, a coutume de fe retirer dans une nuée,
pour n'être point vû baiffer, &, par ce moien,
laiffer en doute, s'il eft couché, ou non. C'eft
à lui de fe fouftraire aux accidens, pour ne pas
crever de fâcherie. Qu'il n'atende pas, que la
Fortune lui tourne le dos, de peur qu'elle ne
l'enfeveliffe tout-en-vie, à l'égard de l'afliction
qu'il en reffentiroit ; & mort, à l'égard de fa
réputation. Le bon Cavalier lâche quelquefois la bride à fon cheval, pour ne le pas cabrer,
& ne pas fervir de rifée, s'il venoit à tomber au
milieu de la cariére. Une beauté doit adroitement prévenir fon miroir, en le rompant avant
qu'il lui ait montré, que fes atraits s'en vont.
Voiés la Maxime 38.

MAXIME CXI.

Faire des amis.

AVOIR des amis, c'eft un fecond être. Tout
ami eft bon à fon ami. Entre amis tout
eft agréable. Un homme ne peut valoir que
ce qu'il plaît aux autres de le faire valoir. Pour
leur en donner donc la volonté, il faut s'empa-
rer de leur bouche par leur cœur. Il n'y a

point de meilleur enchantement, que les bons services. Le meilleur moien d'avoir des amis est d'en faire. Tout ce que nous avons de bon dans la vie, dépend d'autrui. L'on a à vivre avec ses amis, ou avec ses ennemis. Chaque jour, il en faut gagner un, &, si l'on n'en fait pas son confident, se le rendre du moins bien afectionné. Car quelques-uns de ceux-là deviendront intimes, à force de les bien connoitre.

MAXIME CXII.

Gagner le cœur.

LA premiére & souveraine Cause ne dédaigne pas de le prévenir, & de le disposer, lors qu'elle veut opérer les plus grandes choses. C'est par l'afection, que l'on entre dans l'estime. Quelques-uns se fient tant sur leur mérite, qu'ils ne prennent aucun soin de se faire aimer. Mais le Sage sait bien, que le mérite a un grand tour à faire, quand il n'est pas aidé de la faveur. La bienveillance facilite tout, suplée à tout. Elle ne supose pas toujours, qu'il y ait de la sagesse, de la discrétion, de la bonté, & de la capacité ; mais elle en donne [1]. Elle ne voit

1 *Si non dignos invenit, facit.*

jamais

jamais les défauts, parce qu'elle fuit de les voir [2].
D'ordinaire, elle naît de la corefpondance matérielle, comme d'être de même nation, de même patrie, de même profeffion, de même famille. Il y a une autre forte d'afection formelle, qui eft plus relevée. Car elle eft fondée fur
les obligations, fur la réputation, fur le mérite.
Toute la dificulté eft à la gagner : car il eft aifé
de la conferver. On peut l'aquérir par fes foins,
& puis en faire bon ufage.

[2] Tacite dit, que Vefpafien favoit mieux diffimuler les vices de
fes amis, que leurs vertus. *Vitia ma-*
gis amicorum, quàm virtutes diffimu-
lans. Hift. 2. Tous les devoirs de
l'amitié font compris là-dedans. Il
dit auffi, que Galba vouloit ignorer
tous les défauts & toutes les fautes
de fes amis. *Si mali forent, ufque ad*
culpam ignarus. Hift. 1. Excellente
qualité pour un Particulier : mais
tres-mauvaife pour un Prince, qui
doit s'étudier à connoitre le vrai
caractére de ceux, qui l'aprochent,
& fur tout de ceux, qu'il emploie.
Il eft même néceffaire, que les Particuliers connoiffent les défauts de
leurs amis. *Mores amici noveris,*
dit le Proverbe, *non oderis* : mais
pour les tolérer, plutôt que pour
les cenfurer. Le Jeune-Pline dit,
que c'eft une hureufe erreur, que de
croire fes amis plus parfaits qu'ils
ne font. *Quid invident mihi feli-*
ciffimum errorem ? Ut enim non fint
tales, quales à me prædicantur :
ego tamen beatus, quòd mihi vi-
dentur. Epift. 28. lib. 7. Et parlant d'un Artémidore, il dit, que
bien que ce foit un homme tres-
prudent, il lui arive quelquefois
d'être dans l'erreur agréable, &
honnête d'eftimer fes amis plus
qu'ils ne valent. *In hoc uno in-*
terdum, vir alioqui prudentiffimus,
honefto quidem, fed tamen erro-
re verfatur, quòd pluris amicos
fuos, quàm funt, arbitratur. Ep.
11. lib. 3.

Q

MAXIME CXIII.

Dans la bonne fortune se préparer à la mauvaise.

EN Esté, l'on a le tems de faire sa provision pour l'Hiver, & plus commodément. Dans la prospérité, l'on a quantité d'amis [1], & tout à bon marché. Il est bon de garder quelque chose pour le mauvais tems. Car il y a diséte de tout dans l'adversité [2]. Tu feras bien de ne pas négliger tes amis : un jour viendra, que tu te tiendras hureux d'en avoir quelques-uns, de qui tu ne te soucies pas maintenant. Les gens rustiques n'ont jamais d'amis, ni dans la prospérité, parce qu'ils ne connoissent personne ; ni dans l'adversité, parce que personne ne les connoît alors.

[1] *Donec eris felix, multos numerabis amicos*, dit Ovide.
[2] *Tempora si fuerint nubila, solus eris.* Le même. *Infelicium nulli sunt affines*, dit le Proverbe.

MAXIME CXIV.

Ne compéter jamais.

TOUTE prétention, qui est contestée, ruine le crédit. La compétence ne manque

jamais de noircir pour obscurcir [1]. Il est rare de
faire bonne-guerre. L'émulation découvre les
défauts, que la courtoisie cachoit auparavant.
Plusieurs ont vécu tres-estimés, tant qu'ils n'ont
point eu de concurrens. La chaleur de la contradiction anime, ou résuscite des infamies, qui
étoient mortes : elle déterre des ordures, que le
tems avoit presque consumées. La compétence
commence par un Manifeste d'invectives, s'aidant de tout ce qu'elle peut, & ne doit pas [2]. Et
bien que quelquefois, & même le plus souvent,
les injures ne soient pas des armes de grand secours, si-est-ce qu'elle s'en sert, pour se donner
le plaisir d'une vile vangeance : & elle y va avec
tant d'impétuosité, qu'elle fait voler la poussié-
re de l'oubli sur les défauts du concurrent. La
bienveillance a toujours été pacifique, & la réputation toujours indulgente.

1 Ce n'est plus un exemple
imitable, que celui de la modestie
de ce Lacédémonien, qui n'aiant
pas été compris dans l'élection
des trois cens braves, que sa Patrie envoioit au détroit des Ter-
mopiles, s'en retourna en sa maison tout joieux de ce qu'il y avoit
à Sparte 300. Citoiens, qui valoient
encore mieux que lui.

2 Tacite dit, que Pétus, Colégue & Concurrent de Corbulon, qui
ne le vouloit point avoir pour Compagnon, méprisoit ses exploits, disant, que c'étoient des conquêtes
imaginaires : au lieu que, pour lui,
il aloit imposer des loix, & des tri-
buts aux vaincus. *Neque Corbulo
æmuli patiens, & Pætus, cui satis ad
gloriam erat, si proximus haberetur,
despiciebat gesta, usurpatas nomine tenus urbium expugnationes dictitans :
se tributa ac leges, & Romanum jus
victis impositurum. Ann. 15.*

MAXIME CXV.

Se faire aux humeurs de ceux, avec qui l'on a à vivre.

L'ON s'acoutume bien à voir de laids vifa-ges : on peut donc s'acoutumer auffi à de méchantes humeurs. Il y a des efprits revêches, avec qui, ni fans qui l'on ne fauroit vivre. C'eft donc prudence de s'y acoutumer, comme l'on fait à la laideur, pour n'en être pas furpris, ni épouventé dans l'ocafion. La premiére fois, ils font peur, mais l'on s'y fait peu-à-peu : la réfléxion prévenant ce qu'il y a de rude en eux, ou du moins aidant à le tolérer.

MAXIME CXVI.

Traiter toujours avec des gens foigneux de leur devoir.

ON peut s'engager avec eux, & les enga-ger. Leur devoir eft leur meilleure caution, lors même qu'on eft en diférend avec eux. Car ils agiffent toujours felon ce qu'ils font. Et d'ail-leurs, il vaut mieux combatre contre des gens-de-bien, que de trionfer de mal-honnêtes-gens. Il n'y a point de fûreté à traiter avec les mé-chans, parce qu'ils ne fe trouvent jamais obligés à ce qui eſt juſte & raiſonnable. C'eſt pourquoi il n'y a jamais de vraie amitié entre eux. Et quelque grande que ſemble être leur afection, elle eſt toujours de bas-aloi, parce qu'elle n'a aucun principe d'honneur. Fui toujours l'homme, qui n'en a point ; car l'honneur eſt le trône de la bonne-foi. Quiconque n'eſtime point l'honneur, n'eſtime point la vertu [1].

[1] *Contemptu famæ contemni virtutes*, dit Tacite. *Ann. 4.*

MAXIME CXVII.

Ne parler jamais de ſoi-même.

SE loüer, c'eſt vanité ; ſe blâmer, c'eſt baſſeſſe [1]. Et ce qui eſt un défaut de ſageſſe dans celui qui parle, eſt une peine pour ceux, qui l'écoutent. Si cela eſt à éviter dans les entretiens

[1] C'eſt une maxime d'Ariſtote, qui a dit, qu'il ne ſe faloit ni loüer, ni blâmer, parce que c'eſt être fou, ou préſomptueux. La vanité ouverte eſt inſuportable, & l'exceſſive humilité eſt toujours ſuſpecte d'une vanité cachée.

Nec te laudaris, nec te culpaveris ipſe, diſoit Caton.

Si alienæ quoque laudes, dit le Jeune-Pline *ep. 8. lib. 1. parum æquis auribus accipi ſolent, quàm difficile eſt obtinere, ne moleſta videatur oratio de ſe, aut de ſuis, differentis.* C'eſt-à-dire. Si d'ordinaire l'on ne ſe plaît guére à entendre les loüanges d'autrui, il eſt comme impoſſible, qu'un homme, qui parle de ſoi-même, ne choque pas les oreilles de ceux, qui l'écoutent. Puis il ajoute : *Quod magnificum referente alio fuiſſet, ipſo, qui geſſerat, recenſente, vaneſcit.* Ce qui eût été reçu avec aplaudiſſement, venant de la bouche d'un autre, devient ridicule par le récit qu'en fait celui même, qui a fait la choſe.

Q iij

familiers, ou domeſtiques ; cela eſt encore moins
à faire, lors qu'on parle en public, & que l'on
ocupe quelque grand poſte. Car alors la moindre aparence de folie paſſe pour une foibleſſe
toute pure. C'eſt faire la même faute contre la
prudence, que de parler de ceux, qui ſont préſens. Car il y a danger, que l'on ne tombe
dans l'un de ces deux écüeils, la flaterie, ou la
cenſure.

MAXIME CXVIII.

Afecter le renom d'être civil.

IL ne faut que cela, pour être plauſible. La
courtoiſie eſt la partie principale du ſavoir-
vivre : c'eſt une eſpéce de charme, par où l'on
ſe fait aimer de tout le monde [1] ; au lieu que l'on
s'en fait haïr & mépriſer par la ruſticité. Car ſi

1 Le Jeune-Pline dit, que c'é-
toit par la civilité, & par la familiarité, que Trajan ſe concilioit l'a-
mour de tous ſes ſujets. *Ut excipis
omnes ! ut expeĉtas ! ut magnam par-
tem dierum, inter tot Imperii curas,
quaſi per otium tranſigis !* Et dans un
autre endroit du même Panégirique. *Superior factus deſcendis in
omnia familiaritatis officia, & in
amicum ex Imperatore ſubmitteris :
immo tunc maximè Imperator, quum
amicum ex Imperatore agis.* · · · · ·

*Jucundiſſimum eſt amari, ſed non
minùs amare : quorum utroque ita
frueris, ut quum ipſe ardentiſſimè di-
ligas, adhuc tamen ardentiùs diliga-
ris.* C'eſt-à-dire. Comme tu reçois
tous ceux, qui t'abordent ! comme
tu les atens ! comme tu paſſes une
bonne partie du jour à leur donner
audience, auſſi patiemment, que ſi
tu avois un grand loiſir ! Tout
grand, que tu es, tu t'aſſujétis à
tous les devoirs de l'amitié ; tu t'a-
baiſſes du plus haut degré de la ma-

L'HOMME DE COUR. 127

l'incivilité vient de fuperbe, elle eft digne de haine; fi c'eft de bêtife, elle eft méprifable. Le trop fied mieux à la courtoifie, que le trop-peu. Mais elle ne doit pas être égale envers tous [2]; car elle dégénéreroit en injuftice. Elle eft même d'obligation & d'ufage entre les en-nemis : ce qui montre fon pouvoir. Elle coûte peu, & vaut beaucoup. Quiconque honore, eft honoré [3]. La galanterie & la civilité ont cet avantage, que toute la gloire en refte à leurs auteurs [4].

jefté à la condition d'ami. Tu crois même ne faire jamais mieux le per-fonnage d'Empereur, que lorfque tu fais celui d'ami. C'eft un tres-grand plaifir, que d'être aimé, mais celui d'aimer n'eft pas moin-dre. Tu joüis fi hureufement de l'un & de l'autre, que tout ardent que tu es à aimer, tu es encore plus ardemment aimé. Bel éxem-ple pour les Grans.

S'il fied bien à un Empereur d'ê-tre civil, il leur fiéroit encore mieux de l'être, puifqu'au dire de Tacite, le renom de modeftie n'eft jamais à méprifer, de quelque rang qu'on foit. *Modeftiæ fama, quæ neque fum-mis mortalium fpernenda eft. Ann. 15.*

2 Traiter tout le monde de mê-me, dit *Juan Rufo*, c'eft boire & manger dans un même pot, & cou-per du pain & de l'oignon avec le même couteau. *Apoftegme 122.*

3 Le vrai ftile de la Vie-Civile eft, que celui, qui veut être ref-pecté, doit refpecter les autres, fans s'imaginer, qu'ils foient d'hu-meur à avoir de la déférence pour lui, s'il n'en a pas pour eux. C'eft le précepte d'un habile Cardinal du fiécle paffé. (*Jean Batifte Cicala.*)

4 C'eft pour cela, qu'un Fi-lofofe répondit à un de fes amis, qui lui difoit : *Quoi tu faliies un homme, qui ne te le rend pas ? Ce n'eft pas un déshonneur à moi d'être plus civil qu'un autre.*

MAXIME CXIX.

Ne pas faire le revêche.

IL ne faut jamais provoquer l'averſion, elle
vient aſſés ſans qu'on la cherche. Il y a beaucoup de gens, qui haïſſent gratuitement, ſans
ſavoir ni comment, ni pourquoi. La haine eſt
plus pronte, que la bienveillance. L'humeur
eſt plus portée à nuire, qu'à ſervir. Quelques-
uns afectent d'être mal avec un chacun, ſoit
par eſprit de contradiction, ou par dégoût. Dés
que la haine s'empare de leur cœur, il eſt auſſi
dificile de l'en ôter, que de les déſabuſer. Les
gens-d'eſprit ſont craints ; les médiſans ſont
haïs ; les préſomptueux ſont mépriſés ; les rail-
leurs ſont en horreur ; & les ſinguliers ſont
abandonnés de tout le monde. Il faut donc
eſtimer, pour être eſtimé. Celui, qui veut faire
ſa fortune, fait cas de tout.

MAXIME CXX.

S'acommoder au tems.

LE ſavoir même doit être à la mode, & c'eſt
être bien habile, que de faire l'ignorant, où
il

il n'y a point de favoir. Le goût & le langage changent de tems en tems. Il ne faut point parler à la vieille mode, le goût doit fe faire à la nouvelle. Le goût des bonnes-têtes fert de régle aux autres, dans chaque profeffion; &, par conféquent, il faut s'y conformer, & tâcher de fe perfectionner. Que l'homme prudent s'acommode au préfent, foit pour le corps, ou pour l'efprit, quand même le paffé lui fembleroit meilleur [1]. Il n'y a que pour les mœurs, que cète régle n'eft pas à garder, atendu que la vertu doit fe pratiquer en tout tems. On ne fait déja plus ce que c'eft, que de dire la vérité, que de tenir fa parole. Si quelques-uns le font, ils paffent pour des gens du vieux-tems. De forte que per-

---

1 Ce précepte eft donné par Tacite, *Hift.* 4. où il fait dire à un Sénateur, qu'il admire le paffé, mais qu'il s'acommode au préfent. *Se ulteriora mirari, præfentia fequi.* Un autre Sénateur difoit, que l'on avoit changé tres-à-propos plufieurs coutumes anciennes, qui étoient trop rigoureufes. Que les loix Oppiennes avoient paru bonnes autrefois, parce qu'elles étoient proportionnées au befoin des Afaires : & que, les Afaires aiant changé, il avoit falu changer auffi, dans ces loix, ce qui n'étoit plus de faifon. *Multa duricia veterum meliùs & latiùs mutata . . . . Placuiffe quondam Oppias leges, fic temporibus Reip. poftu-* lantibus; remiffum aliquid poftea & mitigatum, quia expedierit. Ann. 3. Et Tibére loüoit Augufte, d'avoir fû tempérer la rigueur des anciennes loix felon l'éxigence de fon fiécle. *Medendum Senatus decreto, ficut Auguftus quædam ex horrida illa antiquitate ad præfentem ufum flexiffet. Ann. 4.* Au refte, il ne faut pas croire, dit Tacite, que les Anciens nous aient furpaffés en tout, il fe fait encore en ce tems-ci beaucoup de chofes, qui méritent d'être loüées & imitées par la poftérité. *Nec omnia apud priores meliora, fed noftra quoque ætas multa laudis & artium imitanda pofteris tulit. Ann. 3.*

R

sonne ne les imite, bien qu'un chacun les aime.
Malhureux siécle, où la Vertu passe pour étran-
gére, & la Malice pour une mode courante! Que
le Sage vive donc comme il poura, s'il ne le peut
pas comme il voudroit. Qu'il se tienne content
de ce que le Sort lui a donné, comme s'il valoit
mieux, que ce qu'il lui a refusé.

MAXIME CXXI.

Ne point faire une afaire de ce qui n'en est pas une.

COMME il y a des gens, qui ne s'embarassent de rien, d'autres s'embarassent de tout.
Ils parlent toujours en Ministres-d'Etat. Ils prennent tout au pié-de-la-létre, ou au mistérieux.
Des choses, qui donnent du chagrin, il y en a
peu, dont il faille faire cas : autrement, on se
tourmente bien en vain. C'est faire à contresens,
que de prendre à cœur ce qu'il faut jeter derriére le dos.   Beaucoup de choses, qui étoient de
quelque conséquence, n'ont rien été, parce que
l'on ne s'en est pas mis en peine ; & d'autres, qui
n'étoient rien, sont devenües choses d'importance, pour en avoir fait grand cas. Du commencement, il est aisé de venir à bout de tout ; aprés
cela, non. Tres-souvent le mal vient du reméde

même. Ce n'eſt donc pas la pire régle de la Vie,
que de laiſſer aller les choſes.

MAXIME CXXII.

L'Autorité dans les paroles, & dans les actions.

CE'TE qualité trouve place par-tout, tout-
d'abord elle s'empare du reſpect. Elle ſe répand par-tout, dans la converſation , dans les
harangues, dans le port, dans le regard, dans le
vouloir [1]. C'eſt une grande victoire, de prendre
les cœurs. Cela ne vient pas d'une folle bravou-

---

1 Ce caractére eſt tres-néceſſai-
re aux Princes , & aux perſonnes
conſtituées dans les hautes dignités:
mais ſur tout aux Généraux-d'armée. Tacite dit, que Druſus , fils de
Tibére , n'avoit pas l'art-de-bien-
dire , mais qu'il ne laiſſoit pas de
parler d'un air , qui ſentoit l'homme de grande naiſſance. *Quanquam
rudis dicendi, nobilitate ingenita , in-
cuſat priora , probat praſentia , &c.
Ann.* 1. Céte autorité tient lieu d'é-
loquence aux grans-Capitaines.
*Multa auctoritate , quæ viro milita-
ri pro facundia erat. Ann.* 15. Et c'eſt
pour cela, que Galba parloit toujours en peu de mots aux ſoldats,
Imperatoria brevitate , dit Tacite ,
Hiſt. 1. & même ſans donner aucun
tour d'éloquence à ſon diſcours.
Apud Senatum non comptior Galbæ,
*non longior quàm apud milites ſermo.
Ibidem.* Le diſcours des Capitaines,
& même des Princes , doit avoir
plus de force, que de politeſſe. *Mi-
litaris viri ſenſus incomptos , ſed va-
lidos. Ann.* 15. De l'autorité dans les
actions, Tacite en donne l'éxemple
de Cécinna , qui, dans une fauſſe
alarme, ne pouvant empêcher la fuite de ſes ſoldats, ni par priéres, ni
par menaces, ſe jeta à travers la
porte principale du Camp , pour les
arêter au moins par la compaſſion,
& par la honte de paſſer ſur le ventre de leur Général. *Cùm neque auctoritate , neque precibus , ne manu
quidem obſiſtere , aut retinere mili-
tem quiret, projectus in limine portæ,
miſeratione demum , quia per corpus
Legati eundum erat , clauſit viam.
Ann.* 1.

R ij

re, ni d'un parler impérieux, mais d'un certain ascendant, qui naît de la grandeur du génie, & est soutenu d'un grand mérite.

MAXIME CXXIII.

L'Homme sans afectation.

PLUS il y a de perfections, & moins il y a d'afectation. Car c'est d'ordinaire ce qui gâte les plus belles choses. L'afectation est aussi insuportable aux autres, qu'elle est pénible à celui, qui s'en sert, dautant qu'il vit dans un continuel martire de contrainte, pour se montrer ponctuel en tout. Les plus éminentes qualités perdent leur prix, si l'on y découvre de l'afectation, parce qu'on les atribüe plutôt à une contrainte artificieuse, qu'au vrai caractére de la personne. Joint que tout ce qui est naturel, a toujours été plus agréable, que l'artificiel. L'on passe pour étranger en tout ce que l'on afecte. Mieux on fait une chose, & plus il faut cacher le soin que l'on aporte à la faire, afin qu'un chacun croie, que tout y est naturel. Mais en fuiant l'afectation, prens bien garde d'y tomber, en afectant de ne pas afecter. L'homme-adroit ne doit jamais montrer, qu'il soit persuadé de son mérite : moins il paroitra se soucier de le faire connoitre, plus un chacun s'y apliquera. Celui-là est deux fois excellent, qui renferme toutes les perfections en foi, fans en vanter aucune; il arive au terme de la plaufibilité par un chemin peu fréquenté.

L'Afectation, dit-il dans le Chap. 17. du Héros, est le contre-poids de la grandeur. La perfection doit être en toi, & la loüange en la bouche d'autrui. Celui, qui a l'impertinence de fe préconifer lui-même, mérite bien d'être puni du filence de tous les autres. L'eftime eft toute libre, elle ne complaît jamais à l'artifice, encore moins à la violence. Elle fe laiffe perfuader à l'éloquence muéte des qualités perfonnelles, & non à une ridicule oftentation. Un peu de bonne opinion de nous-mêmes nous fait perdre toute l'eftime des autres. Tous les Narciffes font fous, mais les Narciffes-d'efprit font incurables, parce que le mal eft dans le reméde même. Mais fi l'afectation des perfections eft une folie au huitiéme degré, quel degré affignera-t-on à l'afectation des imperfections. Il y a des gens, qui, pour fuir l'afectation, y donnent jufques au centre, dautant qu'ils afectent de ne point afecter. Tibére afecta de diffimuler, mais il ne fût pas diffimuler qu'il diffimuloit. Le plus haut point de l'adreffe eft de la cacher, & de couvrir un grand artifice par un autre plus grand. Deux fois grand eft celui, qui a toutes les perfections, & n'a point de langue pour en parler. Par une indiférence généreufe, il réveille l'atention commune : & comme il n'a point d'yeux pour lui-même, un chacun en a cent pour le regarder de tous côtés. Voilà ce qu'il faut apeller le miracle de l'adreffe. Et s'il y a d'autres voies, qui ménent à la grandeur, celle-ci, quoique toute contraire, conduit de bonne-heure au trône de la Renommée, au dais de l'Immortalité.

MAXIME CXXIV.

Se faire regreter.

PEu de gens ont ce bonheur, & c'en eft un tout extraordinaire de l'être des gens-de-bien. D'ordinaire, l'on a de l'indiférence pour ceux, qui achévent leur tems. Il y a divers moiens de mériter l'honneur d'être regreté. L'éminence des qualités reconnües dans l'éxercice de l'emploi en est un bien sûr; de contenter tout le monde, en est un éficace 1. L'éminence fait naître la dépendance, dés qu'on connoît, que l'emploi avoit besoin de l'homme, qui l'éxerce; & non l'homme, de l'emploi. Quelques-uns honorent leurs Charges, & d'autres en sont honorés. Ce n'est pas un avantage, que de paroitre bon, à-cause que l'on a un mauvais successeur 2. Car ce n'est pas là être vraiment regreté, mais seulement être moins haï.

---

1 Car, comme dit le Jeune-Pline, si l'on s'est fait aimer, l'amour dure encore aprés le départ : mais si l'on s'est fait craindre, la crainte s'en va avec la personne : Et la haine prend la place de la crainte ; au lieu que la révérence succéde à l'amour. *Malè terrore veneratio acquiritur.* ... *Nam timor abit ; si recedas, manet amor : ac sic, ut ille in odium, hic in reverentiam vertatur.* Ep. ultima lib. 8. A quoi revient cet axiome de Tacite: *Qui timere de-* *sierint, odisse incipient.* C'est-à-dire: Dés qu'ils cesseront de craindre, ils commenceront de haïr. *In Agricola.*

2 C'est en ce sens, que Mucien disoit, qu'Oton étoit regreté, & sembloit même avoir été un grand Prince, seulement à-cause des vices & des débauches infames de son successeur. *Vitellium, qui Othonem jam desiderabilem, & magnum Principem fecit.* Tac. Hist. 2.

MAXIME CXXV.

N'être point livre-de-compte.

C'EST une marque de mauvaise réputation, que de prendre plaisir à flétrir celle d'autrui. Quelques-uns voudroient laver, ou du moins cacher leurs taches, en faisant remarquer celles des autres [1]. Ils se consolent de leurs défauts sur ce que les autres en ont aussi : qui est la consolation des fous. Ces gens-là ont toujours la bouche puante, leur bouche étant l'égoût des immondices Civiles. Plus on creuse en ces matiéres, & plus on s'embourbe. Il n'y a guéres de gens, qui n'aient un défaut originel, soit à droit, ou à gauche. Les fautes ne sont pas

---

[1] Le Jeune-Pline dit, qu'il y a des gens, qui étant esclaves de toutes leurs passions, s'emportent contre les vices des autres, comme s'ils leur portoient envie ; & punissent tres-rigoureusement ceux qu'ils imitent davantage : Que, pour lui, il tient pour le plus grand homme-de-bien celui, qui pardonne aux autres, comme s'il manquoit tous les jours : & qui s'abstient de manquer, comme s'il ne pardonnoit à personne. Que nous devons être implacables envers nous-mêmes, & indulgens, jusqu'à ceux, qui ne le font jamais qu'envers eux-mêmes. *Qui omnium libidinum servi, sic aliorum vitiis irascuntur, quasi invideant, & gravissimè puniunt, quos maximè imitantur. Atque ego optimum, & emendatissimum existimo, qui cæteris ita ignoscit, tanquam ipse quotidie peccet ; ita peccatis abstinet, tanquam nemini ignoscat. Proinde hoc domi, hoc foris, hoc in omni vita genere teneamus, ut nobis implacabiles simus ; exorabiles istis etiam, qui dare veniam, nisi sibi, nesciunt. Epist. 22. lib. 8.*

connües en ceux, qui font peu connus 2. Que l'homme-prudent fe garde bien d'être le regî-tre des médifances. C'eft là s'ériger en modéle tres-défagréable, & être fans ame, bien que l'on foit en vie.

2 C'eft par céte raifon, que les fautes des Princes font connües de tout le monde. D'ordinaire, dit-il dans fon Ferdinand, elles naiffent dans le lieu le plus fecret de leur Pa-lais, & incontinent elles fe répan-dent dans les places-publiques. *Ha-* *bet hoc*, dit le Jeune-Pline dans fon Panégirique, *magna fortuna. quòd nihil tectum, nihil occultum effe pati-tur. Principum verò cubicula ipfa, intimofque feceffus recludit, omniáque arcana nofcenda famâ proponit.*

MAXIME CXXVI.

Ce n'eft pas être fou, que de faire une folie, mais bien de ne la favoir pas cacher [1].

SI l'on doit cacher fes paffions, l'on doit en-core plus cacher fes défauts. Tous les hom-mes manquent, mais avec céte diférence, que les gens-d'efprit pallient les fautes faites, & que les fous montrent celles, qu'ils vont faire. La réputation confifte dans la maniére de faire, plu-tôt que dans ce qui fe fait. Si tu n'es pas chafte, dit le Proverbe, fai femblant de l'être. Les fau-tes des grans-hommes font d'autant plus remar-quables, que ce font des éclipfes de grandes lu-miéres. Quelque grande que foit l'amitié, ne lui

1 Il atribüe ce mot au Cardinal Madruce, dans le chap. 2. du Héros.

fais

fais jamais confidence de tes défauts. Cache-les
même à toi-même, si cela se peut. Du moins, on
poura se servir de céte autre régle de vivre, qui
est de savoir oublier.

MAXIME CXXVII.

Le JE-NE-SAI-QUOI.

C'EST la vie des grandes qualités, le soufle
des paroles, l'ame des actions, le lustre de
toutes les beautés. Les autres perfections sont
l'ornement de la Nature, le JE-NE-SAI-QUOI
est celui des perfections. Il se fait remarquer
jusque dans la maniére de raisonner. Il tient
beaucoup plus du privilége, que de l'étude. Car
il est même au dessus de toute discipline. Il ne
s'en tient pas à la facilité, il passe jusqu'à la plus
fine galanterie. Il supose un esprit libre & dé-
gagé, & à ce dégagement il ajoute le dernier
trait de la perfection. Sans lui toute beauté est
morte, toute grace est sans grace. Il l'emporte sur la valeur, sur la discrétion, sur la prudence, sur la majesté même. C'est une route politique, par où l'on expédie bien-tôt les Afaires;
& enfin l'art de se retirer galamment de tout
embaras.

S

Il eſt bon d'aporter ici pour commentaire la traduction de tout le Chapi-
tre 13. du Héros, où il donne une idée un peu plus diſtincte de ce que c'eſt
que le DESPEJO.

Le JE-NE-SAI-QUOI, dit-il, eſt l'ame de
toutes les qualités, la vie de toutes les perfections, la vigueur des actions, la bonne-grace du
langage, & le charme de tout ce qu'il y a de
bon-goût. Il amuſe agréablement l'idée & l'i-
magination, mais il eſt inexplicable. C'eſt quel-
que-choſe, qui rehauſſe l'éclat de toutes les beautés, c'eſt une beauté formelle. Les autres perfections ornent la Nature, mais le JE-NE-SAI-
QUOI orne les ornemens mêmes. De ſorte que
c'eſt la perfection de la perfection même, acom-
pagnée d'une beauté tranſcendante, & d'une
grace univerſelle. Il conſiſte dans un certain air-
du-monde, dans un agrément, qui n'a point de
nom, mais qui ſe voit dans le parler, dans les
façons-de-faire, & dans le raiſonnement. Son
plus beau lui vient de la Nature, & le reſte il le
tient de la réfléxion. Car il ne s'eſt jamais aſſu-
jéti à aucun precepte impérieux, mais toujours
au meilleur en chaque eſpéce. On l'a apellé
Charme, à-cauſe qu'il dérobe les cœurs ; Air-
fin, parce qu'il eſt imperceptible ; Air-vif, à-
cauſe de ſon activité ; Air-du-monde, pour ſa
politeſſe ; Enjoüement & belle-humeur, pour ſa
facilité, & pour ſa complaiſance. Car l'envie &

l'impoſſibilité de le définir lui ont fait donner
tous ces noms.   C'eſt lui faire tort, que de le
confondre avec la facilité.   Car elle ne le ſuit
que de tres-loin. Il va juſqu'à la plus fine galanterie. Bien qu'il ſupoſe un entier dégagement,
il met encore la perfection par-deſſus.   Les actions ont leur ſage-femme, & c'eſt à ce JE-N E-
SAI-QUOI, qu'elles ſont redevables d'acoucher
hureuſement. Sans lui elles naiſſent mortes, ſans
lui les meilleures choſes ſont fades. Joint qu'il
n'eſt pas tant l'acceſſoire, qu'il ne ſoit auſſi quelquefois le principal.   Il ne ſert pas ſeulement
d'ornement, mais auſſi d'apui & de direction dans
les Afaires. Car comme il eſt l'ame de la beauté, il eſt l'eſprit de la prudence; comme il eſt le
principe de la bonne-grace, il eſt la vie de la valeur.   Dans un Capitaine, il va du pair avec la
bravoure ; & dans un Roi , avec la prudence.
Dans le choc d'une bataille, l'on ne le reconnoît
pas moins à cet air aſſuré & intrépide, qu'à l'a-
dreſſe de manier les armes , & à la vaillance. Il
rend un Général maître de ſoi-même, & puis de
tout le reſte. Il eſt auſſi impétueux à cheval, qu'il
eſt majeſtueux ſous le dais. C'eſt lui, qui, dans
la Chaire, donne la grace aux paroles. C'eſt avec
ſon filet-d'or, qu'HENRI IV. le Téſée de la
France , ſût ſortir adroitement du labirinte de
tant d'obſtacles, & de tant d'afaires.

S ij

A côte description du Despejo, *qui est tres-métafisique, peut servir de glose, ce que dit le Pére Bouhours dans le cinquiéme Entretien d'Ariste & d'Eugéne.*

Il est bien plus aisé de le sentir, que de le connoitre, dit Ariste. Ce ne seroit plus un je-ne-sai-quoi, si l'on savoit ce que c'est ; sa nature est d'être incompréhensible & inexplicable. *Et une page aprés.* Ce n'est précisément ni la beauté, ni la bonne-mine, ni la bonne-grace, ni l'enjoüement de l'humeur, ni le brillant de l'esprit, puisque l'on voit tous les jours des personnes, qui ont toutes ces qualités, sans avoir ce qui plaît ; & que l'on en voit d'autres au contraire, qui plaisent beaucoup, sans avoir rien d'agréable, que le Je-ne-sai-quoi. Ainsi, ce qu'on en peut dire de plus certain, c'est que le plus grand mérite ne peut rien sans lui, & qu'il n'a besoin que de lui-même, pour faire un fort grand éfet. On a beau être bien-fait, spirituel, enjoüé, &c. si le Je-ne-sai-quoi manque, toutes ces belles qualités sont comme mortes : mais aussi, quelques défauts qu'on ait au corps & en l'esprit, avec ce seul avantage on plaît infailliblement. Le Je-ne-sai-quoi racommode tout. Il s'ensuit de là, dit Eugéne, que c'est un agrément, qui anime la beauté, & les autres perfections naturelles ; qui corige la laideur, & les autres défauts naturels : que c'est un charme & un air, qui se mêle à toutes les actions, & à toutes les paroles ; qui entre dans le marcher, dans le rire, dans le ton de la voix, & jusque dans le moindre geste de la personne, qui plaît. *Et quatre ou cinq pages aprés,* il dit, que les Espagnols ont aussi leur *No sè que,* qu'ils mêlent à tout, outre leur *Donayre,* leur *Brio,* & leur *Despejo,* que Gracian apelle, *alma de toda prenda, realce de los mismos realces, perfeccion de la misma perfeccion,* & qui est selon le même Auteur, au dessus de nos pensées, & de nos paroles. *Lisongea la inteligencia, y estraña la explicacion.* Ce que je raporte ici, pour montrer, que le *Despejo* est un Je-ne-sai-quoi, qui n'a point de nom : & que tous ceux qu'on lui donne, sont de beaux mots, que les Savans ont inventés pour flater leur ignorance. *Ce sont les termes du Pére Bouhours.*

MAXIME CXXVIII.

Le Haut-courage.

C'EST une des principales conditions re-quifes à un Héros, dautant qu'un tel cou-rage l'éguillonne à tout ce qu'il y a de grand, lui rafine le goût, lui enfle le cœur, reléve fes penfées & fes maniéres, & le difpofe à la ma-jefté. Par-tout où il fe trouve, il fe fait paffa-ge : & lorfque l'iniquité du Sort s'opiniâtre con-tre lui, il tente tout pour en fortir à fon hon-neur. Plus il eft refferré dans les bornes de la poffibilité, & plus il veut fe métre au large. La magnanimité, la générofité, & toutes les qualités héroïques, le reconnoiffent pour leur fource.

La forte-tête, dit Gracian chap. 4. du Hé-ros, eft pour les Filofofes ; la bonne-langue pour les Orateurs ; la poitrine pour les Atlétes; les bras pour les Soldats ; les piés pour les Cou-reurs ; les épaules pour les Portefaix ; le grand-cœur pour les Rois. Le cœur d'Aléxandre fut un archicœur, puifque tout un monde y tenoit à l'aife dans un coin, & qu'il y en pouvoit te-

nir fix autres [1]. Celui de Jules-Céfar fut tres-
grand , puifqu'il ne trouvoit point de milieu
entre TOUT & RIEN. Le cœur eft l'eftomac de
la Fortune. Il digére également fes faveurs & fes
difgraces. Un grand eftomac n'eft point chargé
d'une grande nouriture. Un Géant refte afamé
de ce dont un Nain eft foûl.

Ce prodige de valeur, CHARLES, Daufin
de France, & depuis Roi VII. du nom, aprenant, que fon Pére & le Roi d'Angleterre, fon
Concurrent , l'avoient fait déclarer au Parlement incapable de fuccéder à la Couronne, répondit fiérement , qu'il en apelloit. Et comme
on lui demanda par admiration, A qui ? A mon
courage, & à la pointe de mon épée, repartit-
il. L'éfet s'en enfuivit. Charles-Emanuel, l'A-
chilles de Savoie, défit quatre-cens cuiraffiers,
n'aiant que quatre hommes à fes côtés : &
voiant qu'un chacun en étoit furpris , il dit,
que, dans les plus grans dangers , il n'y avoit
point de compagnie, qui valût celle d'un grand-
cœur. La furabondance de cœur fuplée à tout
ce qui manque d'ailleurs. Le Roi d'Arabie mon-
trant à fes Courtifans un coutelas de Damas,
dont on lui avoit fait prefent, ils dirent tous,
que le feul défaut qu'ils y trouvoient, étoit d'ê-
tre trop court. Mais le fils du Roi dit, qu'il n'y

1 C'eft qu'on lui dit un jour, qu'il y avoit plufieurs mondes.

avoit point d'arme trop courte pour un brave Cavalier, dautant qu'il n'a qu'à avancer un pas, pour la rendre affés longue ².

2 C'eſt la réponſe, que fit une Dame de Sparte à ſon fils, qui ſe plaignoit d'avoir une épée trop courte. Ajoutés à cela le beau mot de Cé- far à un Pilote, qui craignoit d'être aſſailli de la tempête : *Ne crains point* , lui dit-il, *tu portes Céſar & ſa fortune.*

MAXIME CXXIX.

Ne ſe plaindre jamais.

LES plaintes ruinent toujours le crédit. Elles excitent plutôt la paſſion à nous ofenſer, que la compaſſion à nous conſoler. Elles ouvrent le paſſage à ceux, qui les écoutent, pour nous faire la même choſe, que ceux, de qui nous nous plaignons, & la connoiſſance de l'injure faite par le premier ſert d'excuſe au ſecond. Quelques-uns, en ſe plaignant des ofenſes paſſées, donnent lieu à celles de l'avenir ; & au lieu du reméde & de la conſolation, qu'ils prétendent, ils donnent du plaiſir aux autres, & s'atirent même leur mépris. C'eſt bien une meilleure politique, de publier les obligations, que l'on a aux gens, afin d'exciter les autres à nous obliger auſſi ¹. Parler ſouvent des graces reçües des

1 C'eſt en ce ſens, que le Jeune Pline recommandant un Chevalier Romain à un de ſes amis, dit, qu'il y a du plaiſir à obliger ce Chevalier.

perſonnes abſentes , c'eſt rechercher celles de
ceux , qui ſont préſens ; c'eſt vendre le crédit
des uns aux autres. Ainſi, l'homme-prudent ne
doit jamais publier , ni les diſgraces , ni les défauts, mais bien les faveurs & les honneurs. Ce
qui ſert à conſerver l'eſtime des amis , & à contenir les ennemis dans leur devoir.

qui s'en fait un de publier & de re-
connoître les bienfaits : en ſorte que
ceux qu'il reçoit , lui en font toujours mériter d'autres. *Beneficia
mea tueri nullo modo meliùs , quàm*
ut augeam , poſſum , præſertim cùm
ipſe illa tam gratè interpretetur , ut ,
dum priora accipit, poſteriora merea-
tur. Ep. 13. lib. 2.

MAXIME CXXX.

Faire , & faire paroitre.

LES choſes ne paſſent point pour ce qu'elles ſont , mais pour ce qu'elles paroiſſent
être. Savoir faire, & le ſavoir montrer, c'eſt double ſavoir. Ce qui ne ſe voit point , eſt comme
s'il n'étoit point. La Raiſon même perd ſon autorité , lors qu'elle ne paroît pas telle. Il y a bien
plus de gens trompés , que d'habiles-gens. La
tromperie l'emporte hautement , dautant que
les choſes ne ſont regardées que par le dehors.
Bien des choſes paroiſſent toùt autres qu'elles
ne ſont. Le bon extérieur eſt la meilleure recommandation de la perfection intérieure.

MAXIME

MAXIME CXXXI.

Le procédé de galant-homme.

LES ames ont leur galanterie & leur gen-
tilleſſe, d'où ſe forme le grand-cœur. Céte perfection ne ſe rencontre pas en toutes ſortes de perſonnes, parce qu'elle ſupoſe un fonds
de généroſité. Son premier ſoin eſt de parler
bien de ſes ennemis, & de les ſervir encore
mieux. C'eſt dans les ocaſions de ſe vanger, qu'-
il paroît avec plus d'éclat. Il ne néglige pas ces
ocaſions, mais c'eſt pour en faire un bon uſage,
en préférant la gloire de pardonner au plaiſir
d'une vangeance victorieuſe. Ce procédé eſt même politique, atendu que la plus fine Raiſon-
d'Etat n'afecte jamais ces avantages, vu qu'elle
n'afecte rien : & quand le bon-droit les remporte,
la modeſtie les diſſimule.

L'Hiſtoire Romaine donne un grand éxemple de céte généroſité, en ce qu'elle raporte de l'Empereur Ha-drien, qui aiant rencontré un hom-me, qui l'avoit fort ofenſé, lors qu'il n'étoit encore que Particulier, lui cria : *Tu n'as plus rien à craindre.* Hadrien, dit Gracian au chap. 4. du Héros, enſeigna un rare & ſuréми-nent moien de trionfer des ennemis, quand il dit au plus grand des ſiens : *Tu es échapé.* Il n'y a point d'éloge, qui vaille ce beau mot de Loüis XII. Roi de France : *Il ne ſied pas au Roi de France de vanger les queréles du Duc d'Orléans.* Ce ſont là les mira-cles que fait un cœur-de-Héros. Ainſi, c'étoit à juſte titre, que ce Roi portoit pour deviſe, un Roi-d'Abeilles environné de ſon eſſain, avec ces paroles, *Non utitur aculeo Rex, cui paremus.* L'un des ſept Sa-ges diſoit, que le pardon valoit mieux que le repentir.

T

MAXIME CXXXII.

S'aviser & se r'aviser.

EN apeller à la révifion, c'eft la voie la plus fûre, fur tout quand l'avantage eft certain : foit pour octroier, ou pour mieux délibérer, il eft toujours bon de prendre du tems. Il vient de nouvelles penfées, qui confirment & fortifient la réfolution. S'il eft queftion de donner, le don eft plus eftimé à-caufe du difcernement de celui, qui le fait, que pour le plaifir de ne l'avoir pas atendu [1]. Ce qui a été defiré, a toujours été plus eftimé [2]. Si c'eft une chofe à refufer, le tems en facilite la maniére, en laiffant meurir le N O N, jufqu'à ce que la faifon foit venuë. Joint que le plus fouvent, dés que la premiére chaleur du defir eft paffée, l'on reçoit indiféremment la rigueur du refus. Ceux qui demandent à la hâte, doivent être écoutés à loifir [3]. C'eft le vrai moien d'éviter la furprife.

---

1 Le Jeune-Pline dit, que moins il entre de faillie & de paffion dans la libéralité, plus elle eft loüable. *Tantò laudabilior munificentia, quòd ad illam non impetu quodam, fed confilio trahimur. Ep. 8. lib. 1.*

2 *Defiderata diu res*, dit Tacite, *in majus accipitur. Hift. 3.*

3 Le même Pline dit, que le repentir eft le compagnon de la libéralité hâtive. *Subita largitionis comitem pœnitentiam. Ibidem.* Et Tacite dit, qu'il ne fe faut jamais hâter de donner ce que l'on ne peut plus ôter après l'avoir donné. *Tardè concederet quod datum non adimeretur. Ann. 13.*

MAXIME CXXXIII.

Etre plutôt fou avec tous, que sage tout seul.

CAR si tous le sont, il n'y a rien à perdre, disent les Politiques : au lieu que si la sagesse est toute seule, elle passera pour folie. Il faut donc suivre l'usage [1]. Quelquefois le plus grand savoir est de ne rien savoir, ou du moins d'en faire semblant. L'on a besoin de vivre avec les autres, & les ignorans font le grand nombre. Pour vivre seul, il faut tenir beaucoup de la nature de Dieu, ou être tout-à-fait de celle des Bêtes. Mais, pour modifier l'aforisme, je dirois, *Plutôt sage avec les autres, que fou sans compagnon.* Quelques-uns afectent d'être singuliers en chiméres.

[1] *Præsentia sequi*, dit Tacite, *Hist.* 4. Et dans la Vie d'Agricola, son beaupère, il le loüe d'avoir sû se borner dans la sagesse : *Retinuit, quod est difficillimum, ex sapientia modum :* & de s'être abstenu de faire de grandes choses sous le regne de Néron, sous qui l'oisiveté tenoit lieu d'un grand mérite. *Inter Quæsturam ac Tribunatum plebis, atque etiam ipsum Tribunatûs annum, quiete & otio transiit, gnarus sub Nerone temporum, quibus inertia pro sapientia fuit.* Au dire du même Tacite, quelquefois la sagesse est hors de saison. *Intempestivam sapientiam. Hist.* 3.

MAXIME CXXXIV.

Avoir le double des chofes néceffaires à la vie.

C'EST vivre doublement. Il ne faut pas fe reftreindre à une feule chofe, bien même qu'elle foit excellente.   Tout doit être au double, & fur tout, ce qui eft utile & déleĉable. La Lune, toute changeante qu'elle eft, l'eft encore moins que la Volonté-Humaine, tant céte Volonté eft fragile.   C'eft pourquoi il faut métre une bariére à fon inconftance. Tenés donc pour régle principale de l'Art-de-vivre, d'avoir au double tout ce qui fert à la commodité. Comme la Nature nous a donné le double des membres les plus néceffaires, & les plus expofés au danger, l'Art doit pareillement doubler les chofes, dont dépend le bonheur de la vie.

MAXIME   CXXXV.

N'être point efprit-de-contradiĉion.

C AR c'eft fe rendre ridicule, & même infuportable. La fageffe ne manquera jamais de conjurer contre cet efprit.   C'eft être ingé-

nieux, que de trouver des dificultés à tout ;
mais c'eſt donner dans la folie, que d'être opiniâtre [1]. Ces gens-là tournent la plus douce
converſation en petite-guerre, & font, par conſéquent, plus ennemis de leurs amis, que de
ceux, qui ne les fréquentent point. Plus une
bouchée de poiſſon eſt ſavoureuſe, & plus on ſent
l'arreſte, qui entre dans les dens. La contradiction fait le même éfet dans les doux entretiens.
Ce ſont des fous & des fantaſques, qui ne
ſont pas ſeulement bêtes, mais encore bêtes-
ſauvages.

[1] Dans les Apoſtegmes de Juan Rufo je trouve un précepte, qui mérite d'être mis ici pour commentaire : Laiſſe toujours la diſpute, dit-il, avant qu'elle commence de s'échaufer. Car la victoire eſt du côté de celui, qui fuit de conteſter. C'eſt à celui même, qui a raiſon, de céder à l'autre, en diſant comme la vraie mére de cet enfant demandé par une autre femme à Salomon : J'aime mieux le donner tout entier, que de lui laiſſer ôter la vie. *Apoſtegme* 431. Socrate diſoit d'un homme de ſon tems, qui ſe plaiſoit à contre-dire, Qu'il n'étoit bon que pour la ſolitude, puiſqu'il ne pouvoit pas s'acorder avec les autres. Il y a bien des gens, qui caſſent la tête aux autres avec une machoire d'aſne.

MAXIME CXXXVI.

Prendre bien les Afaires, & leur tâter incontinent
le poulx.

PLUSIEURS font un circuit ennuieux de
paroles, ſans venir jamais au nœud de l'A-

faire : ils font mille tours, & détours, qui les laffent, & laffent les autres, fans ariver jamais au centre de l'importance. Et cela vient de la confufion de leur entendement, qui ne fauroit fe débroüiller. Ils perdent leur tems & leur patience à ce qu'il faloit laiffer, & puis il ne leur en refte plus à donner à ce qu'ils ont laiffé.

MAXIME CXXXVII.

Il ne faut au Sage, que lui-même.

UN Sage de Gréce fe tenoit lui-même lieu de toutes chofes ; & tout ce qu'il avoit, étoit toujours avec lui. S'il eft vrai, qu'un ami univerfel fufit, pour rendre auffi content, que fi l'on poffédoit Rome, & tout le refte de l'Univers : deviens ami de toi-même, & tu pouras vivre tout feul. Que te poura-t-il manquer, fi tu n'as point de plus bel entretien, ni de plus grand plaifir qu'avec toi-même ? Tu ne dépendras que de toi feul. Car c'eft un fouverain bonheur de reffembler au fouverain Eftre. Celui, qui peut ainfi vivre tout feul, ne tiendra rien de la bête, mais beaucoup du Sage, & tout de Dieu.

MAXIME CXXXVIII.

L'Art de laiffer aler les chofes, comme elles peuvent, fur tout quand la Mer eft orageufe.

IL y a des tempêtes & des houragans dans la Vie-Humaine. C'eft prudence de fe retirer au port, pour les laiffer paffer. Tresfouvent les remédes font empirer les maux 1. Quand la Mer des Humeurs eft agitée, laiffés faire à la Nature ; fi c'eft la Mer des Mœurs, laiffés faire à la Morale 2. Il faut autant d'habileté au Médecin pour ne pas ordonner, que pour ordonner : & quelquefois la fineffe de l'Art confifte davantage à ne point apliquer de reméde. Ce fera donc le moien de calmer les bourafques populaires, que de fe tenir en repos. Céder alors au tems fera vaincre enfuite 3. Une fontaine devient trou-

---

1 *Felix intempeftivis remediis del:Eta accendebat*, dit Tacite *Ann.* 22. Felix aigriffoit le mal en voulant y remédier hors de faifon.

2 *Quemadmodum enim temporum vices, ita morum vertuntur. Ann.* 3. Car il y a une viciffitude dans les mœurs auffi bien que dans les faifons.

3 Tacite en donne l'éxemple d'un Spurinna, qui fe voiant contraint de céder à l'infolence de fes foldats, fit femblant de vouloir bien être le compagnon de leur témérité, pour avoir enfuite plus de crédit fur eux, lorfqu'ils viendroient à reconnoitre leur faute. *Fit temeritatis aliena comes Spurinna, primò coaɛtus, mox velle fimulans, quò plus auɛtoritatis ineffet confiliis, fi feditio mitefceret. Hift. 2.*

ble, pour peu qu'on la remüe, & fon eau ne redevient claire, qu'en ceffant d'y toucher. Il n'y a point de meilleur reméde à de certains défordres, que de les laiffer paffer. Car à la fin ils s'arêtent eux-mêmes.

MAXIME CXXXIX.

Connoitre les jours malhureux.

CAR il y en a, où rien ne réüffira. Tu auras beau changer de jeu, tu ne changeras point de fort. C'eft au fecond coup, qu'il faudra prendre garde, fi l'on a le fort favorable, ou contraire. L'Entendement même a fes jours. Car il ne s'eft encore vû perfonne, qui fût habile à toutes heures. Il y va de bonheur à raifonner jufte, comme à bien écrire une létre. Toutes les perfections ont leur faifon, & la Beauté n'eft pas toujours de quartier. La Difcrétion fe dément quelquefois, tantôt en cédant, tantôt en excédant. Enfin, pour bien réüffir, il faut être de jour [1]. Comme tout réüffit mal aux uns, tout réüffit

---

[1] Les raifons de faire, ou de ne pas faire, dit le Jeune-Pline, changent felon la diverfité des perfonnes, des afaires, & des tems. *Faciendi aliquid, vel non faciendi, vera ratio, cùm hominum ipforum, tum rerum etiam ac temporum conditione mutatur. Ep. 27. lib. 6.*

bien

bien aux autres [2] , & même avec moins de peine & de foin : & il y a tel, qui trouve d'abord
toute fon afaire faite. L'Efprit a fes jours ; le Génie fon caractére ; & toutes chofes leur étoile.
Quand on eft de jour, il n'en faut pas perdre un
moment. Mais l'homme-prudent ne doit pas
prononcer définitivement, qu'un jour eft hureux, à-caufe d'un bon fuccés ; ni qu'il eft malhureux, à-caufe d'un mauvais : l'un n'étant peut-

[2] C'eft pour cela, que plufieurs ont cru, qu'il y avoit une fatalité inévitable : & que céte fatalité étoit précifément une connéxité des cau-fes naturelles avec leurs éfets, la-quelle, à la vérité, nous laiffe la li-berté de choifir un genre de vie, mais auffi nous affujétit à une fuite inévitable d'accidens atachés à cet état. *Non è vagis ftellis, verùm apud principia & nexus naturalium cauffa-rum : ac tamen electionem vitæ no-bis relinquunt : quam ubi elegeris, certum imminentium ordinem.* Tac. *Ann.* 6. Mais pour en parler en Ca-tolique, dit Gracian chap. 10. du Héros, la Fortune, fi célébre, & pourtant fi peu conniie parmi les hommes, n'eft autre chofe, que cé-te grande mére d'accidens, & céte grande fille de la Souveraine Pro-vidence, qui concourt avec toutes les Caufes-fecondes, foit en les mouvant, foit en permétant qu'el-les agiffent. C'eft céte Reine, fi ab-foluë, fi impénétrable, fi inéxora-ble, qui rit aux uns, & tourne le dos aux autres, tantôt mére, tan-tôt marâtre, non par un éfet de la paffion ; mais par un fecret in-compréhenfible des jugemens de Dieu. *Et une page aprés.* C'eft un grand point, que d'être hu-reux, &, au fentiment de plufieurs, cet avantage tient le premier rang. Quelques-uns eftiment une once de bonheur, que des quin-taux de mérite & de fageffe. D'au-tres, au contraire, fondent la ré-putation fur les difgraces, difant, que les gens-de-mérite les ont en partage : & que le bonheur eft celui des fous. De bons-efprits, dit-il dans le Chap. fuivant, difent, qu'-il manque autant de conftance à la Fortune, qu'elle a de trop de l'hu-meur de la Femme : & le Marquis de Marignan ajoutoit, que non feulement elle étoit inconftante, comme la Femme, mais encore folle & badine comme la Jeuneffe. Et moi, je dis, que les changemens, qu'on lui atribuë, ne font point des caprices de femme, mais une alternative d'événemens, que la Divine Providence permet.

V

être qu'un éfet du hasard ; & l'autre du contre-tems 3.

3 D'où vient, dit Machiavel, qu'un Prince, qui profpére aujour-d'hui, a demain un revers, quoi-qu'il n'ait point changé de condui-te ? C'eft, à mon avis, parce que le Prince, qui ne s'apuie, que fur la Fortune, tombe auffi-tôt qu'elle change : au lieu que celui, qui fe régle fur le tems, eft toujours hu-reux. *Chap.* 25. *du Prince.* Ce qui fait, dit-il ailleurs, que la Fortu-ne abandonne un homme, c'eft que le tems change, & que lui ne change pas de conduite : au lieu que s'il en changeoit felon les tems & les afaires, la Fortune ne chan-geroit pas.

MAXIME CXL.

Donner d'abord dans le bon de chaque chofe.

C'EST la meilleure marque du bon-goût. L'Abeille va incontinent à la douceur, pour avoir de quoi faire du miel ; & la Vipére à l'amertume, pour amaffer du venin. Il en eft ainfi des goûts ; les uns s'atachent au meilleur, & les autres au pire. A tout il y a quelque-chofe de bon, fur-tout dans un livre 1, qui d'ordi-naire fe fait avec étude. Quelques-uns ont l'efprit fi mal-tourné, qu'entre mille perfections il s'arêteront au feul défaut, qu'il y aura, & ne parleront d'autre chofe. Comme s'ils n'étoient

1 Le Jeune-Pline dit, que fon Oncle avoit coutume de dire, qu'-il n'y avoit point de fi mauvais livre, où il n'y eût quelque-chofe d'inftructif. *Dicere folebat, nullum effe librum tam malum, ut non ali-qua parte prodeffet. Ep.* 5. *lib.* 3.

que pour fervir de réceptacle aux immondices
de la volonté & de l'efprit d'autrui , & pour
tenir regître de tous les défauts, qu'ils voient.
Ce qui eft plutôt la punition de leur mauvais
difcernement , que l'éxercice de leur fubtilité.
Ils paffent mal la vie , parce qu'ils ne fe nou-
riffent que de méchantes chofes. Plus hureux
font ceux, qui entre mille défauts découvrent
d'abord une perfection , qui s'y trouve par hafard.

MAXIME CXLI.

Ne fe point écouter.

I L fert de peu d'être content de foi-même,
fi l'on ne contente pas les autres.   D'ordinaire l'eftime de foi-même eft punie par un mépris univerfel. Celui, qui fe paie de lui-même,
refte debiteur de tous les autres. Il fied mal de
vouloir parler, pour s'écouter. Si c'eft une folie de fe parler à foi-même, c'en eft une double
de s'écouter devant les autres. C'eft un défaut
des Grans de parler d'un ton impérieux, & c'eft
ce qui affomme ceux, qui les écoutent. A chaque mot, qu'ils difent , leurs oreilles mandient
un aplaudiffement, ou une flaterie, jufqu'à l'im-
portunité. Les préfomptueux auffi parlent par

V ij

écho : Et comme la converſation roule ſur des patins d'orgüeil, chaque parole eſt eſcortée de céte impertinente exclamation : *Que cela eſt bien dit ! Ah le beau mot !*

Ternis denariis ad laudandum trahuntur. Tanti conſtat, ut fis diſertiſſimus. Plin. ep. 14. lib. 2 C'eſt-à-dire, On les loüe à trois deniers Romains par tête pour ſe faire loüer. A ce prix, on eſt préconiſé pour homme-d'eſprit. C'eſt encore pis aujourd'hui.

MAXIME CXLII.

Ne prendre jamais le mauvais parti en dépit de ſon Adverſaire, qui a pris le meilleur.

CELUI qui le fait, eſt à-demi vaincu, & à la fin il ſera contraint de céder tout-à-fait. L'on ne ſe vangera jamais bien par céte voie. Si ton Adverſaire a eu l'adreſſe de prendre le meilleur, garde-toi bien de faire la folie de le contrepointer en prenant le pire. L'oſtination des actions engage d'autant plus que celle des paroles, qu'il y a bien plus de riſque à faire, qu'à dire. C'eſt la coutume des Opiniâtres, de ne regarder, ni à la vérité, pour contredire ; ni à l'utilité, pour diſputer [1]. Le Sage eſt toujours du côté de la raiſon, & ne donne jamais dans

1 Strada raporte, que lorſque le Cardinal de Granvelle étoit d'un avis, le Prince d'Orange & le Comte d'Egmond ne manquoient jamais d'être de l'avis contraire.

la paffion. Ou il prévient, ou il revient. De
forte que fi fon rival eft fou, fa folie le fait changer de route, & paffer à l'autre extrémité : par
où la condition de l'Adverfaire empire. C'eft
donc l'unique moien de lui faire abandonner
le bon parti, que de s'y ranger, dautant que
cela lui fervira de motif, pour embraffer le mauvais.

MAXIME CXLIII.

Se garder de donner dans le Paradoxe, en voulant s'éloigner
du Vulgaire.

LES deux extrémités décréditent également.
Tout projet, qui dément la gravité, eft
une efpéce de folie. Le Paradoxe eft une certaine tromperie plaufible, qui furprend d'abord
par fa nouveauté, & par fa pointe ; mais qui
enfuite perd fa vogue [1], dés qu'on vient à connoitre fa fauffeté dans la pratique. C'eft une
efpéce de charlatanerie, qui, en fait de Politique, eft la ruine des Etats. Ceux qui ne fauroient parvenir à l'Héroïfme, ou qui n'ont pas
le courage d'y aler par le chemin de la Vertu,

---

[1] Que le Génie, dit-il dans le Chap. premier de fon Difcret, foit fingulier, mais non irrégulier ; affaifonné, mais non paradoxe.

se jétent dans le Paradoxe : ce qui les fait admirer des sots, mais sert à faire connoitre la prudence des autres. Le Paradoxe est une preuve d'un esprit peu tempéré , & , par conséquent, tres-oposé à la prudence. Et si quelquefois il ne se fonde pas sur le faux , du moins est-il fondé sur l'incertain , au grand désavantage des Afaires.

MAXIME CXLIV.

Entrer sous le voile de l'intérest d'autrui , pour rencontrer aprés le sien.

C'EST un stratagéme tres-propre à faire obtenir ce que l'on prétend. Les Directeurs même enseignent céte sainte ruse pour ce qui concerne le salut. C'est une dissimulation tres-importante, atendu que l'utilité , qu'on se figure, sert d'amorce pour atirer la volonté. Il semble à autrui, que son intérest va le premier, & ce n'est que pour ouvrir le chemin à ta prétention. Il ne faut jamais entrer à l'étourdi , mais sur tout où il y a du danger au fond. Et lorsqu'on a afaire à ces gens , dont le premier mot est toujours, NON, il ne leur faut pas montrer, où l'on vise, de peur qu'ils ne voient les raisons de ne pas acorder : & principalement, quand on

preſſent qu'ils y ont de la répugnance. Cet avis
eſt pour ceux, qui ſavent faire de leur eſprit tout
ce qu'ils veulent ; qui eſt la quint'eſſence de la
ſubtilité.

MAXIME CXLV.

Ne point montrer le doigt malade.

CAR un chacun y viendra fraper. Garde-
toi auſſi de t'en plaindre, dautant que la
Malice ataque toujours par l'endroit le plus foible. Le reſſentiment ne ſert qu'à la divertir. Elle
ne cherche qu'à jeter hors des gonds. Elle cou-
le des mots piquans, & met tout en œuvre, juſqu'à ce qu'elle ait trouvé le vif. L'homme-adroit
ne doit donc jamais découvrir ſon mal, ſoit per-
ſonel, ou héréditaire : atendu que la Fortune même ſe plaît quelquefois à bleſſer à l'endroit, où
elle ſait, que la douleur ſera plus aigüe. Elle
mortifie toujours au vif : &, par conſéquent, il
ne faut laiſſer connoitre, ni ce qui mortifie, ni
ce qui vivifie; pour faire finir l'un, & faire durer l'autre.

MAXIME CXLVI.

Regarder au dedans.

D'ORDINAIRE, il fe trouve, que les cho-fes font bien autres qu'elles ne paroiffoient; & l'Ignorance, qui n'avoit regardé qu'à l'écorce, fe détrompe, dés qu'elle va au dedans [1]. Le Menfonge eft toujours le premier en tout, il entraine les fots par un l'ON-DIT vulgaire, qui va de bouche en bouche. La Vérité arive toujours la derniére, & fort tard, parce qu'elle a pour guide un boiteux, qui eft le Tems. Les Sages lui gardent toujours l'autre moitié de céte faculté, que la Nature a tout-exprés donnée double [2]. La Tromperie eft toute fuperficielle: & ceux, qui le font eux-mêmes, y donnent incontinent. Le Difcernement eft retiré au dedans, pour fe faire eftimer davantage par les Sages.

1 Il y a bien des gens, dit-il dans le premier Chap. de fon Difcret, de qui le critique Renard pouroit dire en s'écriant, *O la belle tête! mais il n'y a rien dedans.* Je trouve en toi le Vuide, que tant de Filofofes ont dit être impoffible. Fine anatomie de regarder les chofes par dedans! D'ordinaire, une aparente beauté impofe en dorant une laideur éfective.

2 Comme Aléxandre de Macédoine, qui, pendant qu'on plaidoit une Caufe devant lui, fe tint toujours apuié fur une oreille, difant, qu'il la gardoit pour la partie adverfe.

MAXIME

MAXIME CXLVII.

N'être point inacceſſible.

QUELQUE parfait que l'on ſoit, on a quelquefois beſoin de conſeil. Celui-là eſt fou
incurable, qui n'écoute point. L'homme le plus
intelligent doit faire place aux bons avis[1]. La
Souveraineté même ne doit pas exclure la docilité[2]. Il y a des hommes incurables, à-cauſe
qu'ils ſont inacceſſibles. Ils ſe précipitent, parce que perſonne n'oſe aprocher d'eux, pour les

---

[1] Le Jeune-Pline dit, que c'eſt
la marque d'une grande prudence,
de croire les autres plus prudens
que ſoi ; & d'un eſprit ſolide, de
vouloir aprendre. *Cujus hæc præci-*
pua prudentia, quòd alios prudentio-
res arbitrabatur ; hæc præcipua eru-
ditio, quòd diſcere volebat. Ep. 23.
lib. 8.

[2] Car les grandes Afaires, dit
Paterculus, ont beſoin d'un grand
ſecours. *Etenim magna negotia ma-*
gnis adjutoribus egent. Hiſt. 2. Le
Prince ne pouvant pas tout ſavoir.
Neque poſſe Principem ſuâ ſcientiâ
cuncta complecti. Tac. Ann. 3. Joint
que les meilleurs inſtrumens d'un
bon Gouvernement, au dire du même Tacite, ſont les bons Conſeillers.
Nullum majus boni imperii inſtru-
mentum, quàm bonos amicos. Hiſt. 4.

Divers Hiſtoriens ont blâmé Loüis
XI. de ce qu'il gouvernoit ſans
conſeil, & de ce qu'il avoit trop bonne opinion de ſa propre ſuffiſance.
Et ce défaut lui fut même reproché
de ſon vivant par le Grand-Senéchal
de Normandie, qui lui dit un jour :
Il faut, que vôtre petite haquenée ſoit
bien forte, puiſqu'elle peut bien vous
porter, Vous, & tout vôtre Conſeil.
(Mathieu dans ſa Vie) Ajoutés à cela ce Diſtique d'un ancien Poëte :

Laudatiſſimus eſt, qui per ſe cuncta
 videbit :
Sed laudandus & is, qui paret recta
 monenti.

C'eſt-à-dire, Celui-là eſt tres-digne
de loüange, qui connoît tout par
ſoi-même : mais celui, qui défére
aux bons avis, qu'on lui donne, mérite auſſi d'être loüé.

X

en empêcher. Il faut donc laisser une porte ouverte à l'Amitié, & ce sera celle, par où viendra
le secours. Un ami doit avoir pleine liberté de
parler, & même de reprimander. L'opinion conçüe de sa fidélité, & de sa prudence, lui doit donner céte autorité. Mais aussi il ne faut pas, que
céte familiarité soit commune à tous. Il sufit
d'avoir un confident secret, dont on estime la
correction, & de qui l'on se serve, comme d'un
miroir fidéle, pour se détromper.

MAXIME CXLVIII.

Avoir l'art de converser.

C'EST par où l'homme montre ce qu'il
vaut [1]. Dans toutes les actions de l'homme rien ne demande plus de circonspection,
atendu que c'est le plus ordinaire éxercice de la
Vie. Il y va de gagner, ou de perdre beaucoup
de réputation. S'il faut du jugement, pour
écrire une létre, qui est une conversation par
écrit, & méditée ; il en faut bien davantage

1 Le parler, dit-il dans la pre-miére Critique de son Criticon, est l'unique sentier, par où l'on arive à savoir. Quand les Sages parlent, ils en engendrent d'autres. ... La Conversation est la fille du Rai-sonnement, la mére du Savoir, la respiration de l'Ame, le commerce des Cœurs, le lien de l'Ami-tié, la nourriture du Contente-ment, & l'ocupation des Gens-d'esprit.

dans la converſation ordinaire, où il ſe fait un
éxamen ſubit du mérite des gens. Les Maîtres-
de-l'Art tâtent le poulx de l'eſprit par la langue, conformément au dire du Sage 2 : *Parle,
ſi tu veux, que je te connoiſſe.* Quelques-uns
tiennent, que le veritable art de converſer eſt
de le faire ſans art ; & que la converſation doit
être aiſée comme le vétement, ſi c'eſt entre bons
amis. Car lorſque c'en eſt une de cérémonie &
de reſpect, il y doit entrer plus de retenüe, pour
montrer, que l'on a beaucoup de ſavoir-vivre.
Le moien d'y bien réüſſir eſt de s'acommoder
au caractére-d'eſprit de ceux, qui ſont comme
les Arbitres de l'entretien. Garde-toi de t'ériger
en Cenſeur des paroles, ce qui te feroit paſſer pour un Grammérien ; ni en Controleur
des raiſons, car un chacun te fuiroit. Parler
à-propos eſt plus néceſſaire, que parler élo-
quemment.

2 C'eſt Socrate, de qui eſt auſſi | *hureux, puiſque je n'ai jamais par-*
ce mot : *Je ne ſai, ſi ce Prince eſt* | *lé à lui.*

MAXIME CXLIX.

Savoir détourner les maux ſur autrui.

C'EST une choſe de grand uſage parmi
ceux, qui gouvernent, que d'avoir des

X ij

boucliers contre la haine, c'eft-à-dire, des gens,
fur qui la cenfure & les plaintes communes aillent
lent fondre : & cela ne vient point d'incapacité, comme la malice fe le figure ; mais d'une
induftrie fupérieure à l'intelligence du peuple.
Tout ne peut pas réüffir, ni tout le monde être
content. Il y doit avoir une tête-forte, qui ferve de but à tous les coups, & porte les repro-
ches de toutes les fautes, & de tous les malheurs,
aux dépens de fa propre ambition.

Au fentiment de quelques Politiques, il eft de la fûreté des Princes, d'avoir des favoris, atendu
que ce font comme des digues, qu'-
ils opofent en tems & lieu au torrent de la fureur du peuple. Ce font
des victimes de la haine publique,
*piaculares publicæ folicitudinis victi-
mæ*, dit le Jeune-Pline *in Paneg*.
Principibus gratum eft, dit Strada
Dec. 1. *lib.* 2. *domi aliquem effe, in
quem odia dominis debita exoneren-*
tur. C'eft-à-dire. Les Princes fe
plaifent d'ordinaire à avoir auprés
d'eux quelqu'un, fur qui puiffe
tomber la haine, qu'ils méritent.
C'eft par cet endroit, que Filippe II. Roi d'Efpagne trouvoit le
Duc d'Albe fort à fon goût, comme un homme, qui fe foucioit
auffi peu de faire des ennemis,
que cherchent les autres à faire
des amis.

MAXIME CL.

Savoir faire valoir ce que l'on fait.

CE n'eft pas affés, que les chofes foient bonnes en elles-mêmes, parce que tout le
monde ne voit pas au fond, ni ne fait pas goûter. La plufpart des hommes vont à-caufe qu'-

ils voient aler les autres, & ne s'arêtent que là
où il y a grand concours. C'eſt un grand point
de ſavoir faire eſtimer ſa drogue , ſoit en la
loüant ; (car la loüange eſt l'éguillon du deſir)
ſoit en lui donnant un beau nom, qui eſt un
bon moien d'éxalter : mais il faut, que tout cela ſe faſſe ſans afectation. N'écrire que pour les
habiles-gens, c'eſt un hameçon général ; parce
qu'un chacun le croit être : & pour ceux, qui
ne le ſont pas, la privation ſervira d'éperon au
deſir. Il ne faut jamais traiter ſes projets de
communs, ni de faciles, car c'eſt les faire paſſer
pour triviaux. Un chacun ſe plaît au ſingulier,
comme étant plus deſirable , & au goût , & à
l'eſprit.

MAXIME CLI.

Penſer aujourd'hui pour demain, & pour longtems.

LA plus grande prévoiance eſt d'avoir des
heures pour elle. Il n'y a point de cas
fortuits pour ceux, qui prévoient [1] ; ni de pas
dangereux pour ceux , qui s'y atendent. Il ne
faut pas atendre qu'on ſe noie , pour penſer au

---

[1] Un des ſept Sages diſoit, que l'homme n'étoit parfait, qu'au-tant qu'il pouvoit prévoir l'ave-nir.

danger, il faut aler au devant, & prévenir par
une meure considération tout ce qui peut ariver de pis. L'oreiller est une Sibille muéte.
Dormir sur une chose à faire vaut mieux, que
d'être 2 éveillé par une chose faite. Quelques-
uns font, & puis pensent : ce qui est plutôt
chercher des excuses, que des expédiens. D'autres ne pensent, ni devant, ni aprés. Toute la
vie doit être à penser, pour ne se point égarer. La
réfléxion & la prévoiance donnent la commodité d'anticiper sur la vie.

2　Les Grecs apellent la nuit ευφρόνη, c'est-à-dire , prudence ; parce que l'homme, dit Servius, a plus de présence-d'esprit, & de pénétration, la nuit, que le jour.

MAXIME CLII.

Ne s'associer jamais avec personne, auprès de qui l'on ait moins de lustre.

CE qui excéde en perfection, excéde en estime 1. Le plus acompli aura toujours le

1　C'est pourquoi les Princes-Souverains ne se doivent jamais entrevoir. Car *il ne peut être*, dit Commines, *que les gens & le train de l'un ne soit mieux acoustré que celui de l'autre : d'où s'engendrent moqueries ; qui sont choses, qui déplaisent merveilleusement à ceux, qui sont moqués. Des deux Princes il* *advient souvent, que l'un a le personage plus honnête, & plus agréable aux gens, que l'autre : dont il a gloire, & prend plaisir qu'on le loïe : & ne se fait point cela sans blâmer l'autre.* Liv. 2. chap. 8. Tacite dit, que Tibére évitoit toutes les choses, où le peuple pouvoit avoir lieu de faire des comparaisons entre lui, &

premier rôle [2]. Si son compagnon a quelque part à la loüange, ce ne sera que son reste. La Lune luit, tandis qu'elle est toute seule parmi les étoiles : mais dés que le Soleil commence à se montrer, ou elle n'éclaire plus, ou elle disparoît. Ne t'aproche jamais de qui te peut éclipser, mais bien de qui te peut servir de lustre. C'est ainsi, que cête adroite *Fabulla* de Martial trouva moien de paroitre belle, par la laideur, ou la vieillesse de ses compagnes [3]. Il ne faut jamais risquer d'être incommodé par le côté, ni faire honneur aux autres aux dépens de sa réputation. Il est bon de hanter les personnes éminentes, pour se faire : mais quand on est fait, il faut s'acoster de gens médiocres. Pour te faire, choisis les plus parfaits : & quand tu seras fait, fréquente les médiocres.

Auguste, dont il voioit que la Mémoire étoit tres-agréable. *Metu comparationis. Ann.* 1.

2 Tacite dit, que les Otages Arsacides aimérent mieux se donner à Corbulon, qu'à Numidius, son Colégue, à-cause que Corbulon avoit plus de réputation, & aussi plus d'aparence. A raison de quoi Numidius, Gouverneur de Sirie, l'empêcha adroitement d'entrer dans cête Province, de peur que sa bonne-mine, sa belle-taille, & sa maniére-de-par-ler sublime & majestueuse, ne lui atirassent les yeux & l'admiration de tout le monde. *Ne si ad accipiendas copias Syriam intravisset Corbulo, omnium ora in se verteret, corpore ingens, verbis magnificus, & specie nanium validus Ann* 13.

3 *Omnes aut vetulas habes amicas,*
Aut turpes, vetulisque foediores.
Has ducis comites, trahisque tecum
Per convivia, porticus, theatra.
Sic formosa, Fabulla, sic puella es.
Ep. 79. lib. 8.

MAXIME CLIII.

Fuir d'être obligé de remplir un grand vuide.

SI l'on s'y engage, il faut être bien assuré d'excéder. Car il est besoin de valoir le double de son prédécesseur, pour l'égaler. Comme il y va de finesse, que celui, qui succéde, soit tel, qu'on soit regreté [1] : il y va pareillement d'adresse à se garder d'être éclipsé par celui qui achéve. Il est bien dificile de remplir un grand vuide [2], atendu que d'ordinaire le premier paroît meilleur : & par conséquent, l'égalité ne sufit pas, parce que le premier en est en possession. Il est donc nécessaire de le surpasser,

[1] On reprochoit à la Mémoire d'Auguste, d'avoir choisi Tibére, pour son successeur, parce qu'il avoit reconnu sa superbe & sa cruauté ; &, par conséquent, de ne s'être proposé d'autre objet, que la gloire d'être regreté, quand on verroit la diference de son regne & de celui de Tibére. *Ne Tiberum quidem caritate, aut Reip. curâ successorem adscitum, sed quoniam adrogantiam sævitiamque ejus introspexerit, comparatione deterrima sibi gloriam quæsivisse.* Tac *Ann.* 1.

[2] C'est souvent un malheur de succéder à un homme, qui s'est aquis beaucoup de réputation, parce qu'- au dire de Tacite, sa gloire éface celle du successeur. C'est pourquoi il loüe Julius Frontinus, comme d'une chose digne d'admiration, de ce qu'aiant succédé à Cérialis, qui s'étoit signalé par tant de belles actions en Angleterre, il ne laissa pas d'y paroitre aussi grand-homme, que son prédécesseur. *Cùm Cerialis quidem alterius successoris famam obruisset, sustinuit quoque molem Julius Frontinus, vir magnus, quantùm licebat.* Dans la Vie d'Agricola. *Onerasti futuros Principes* : (dit le Jeune Pline à Trajan) *sed & posteros nostros. Nam & hi à Principibus suis exigent, ut eadem audire mereantur :*

pour

pour lui ôter l'avantage qu'il a d'être le plus
eftimé ;.

& illi , quòd non audiant, indigna-
buntur. C'eft-à-dire : Tu laiffes aux
Princes à venir , & même à nos def-
cendans , un fujet éternel de n'être
jamais contens. Car ceux-ci éxigeront, que leurs Princes fe rendent
dignes d'entendre les mêmes aclamations ; & ces Princes auront le
dépit de ne les entendre jamais.
(Parce qu'ils n'en pourront jamais de-
venir dignes.)

3 C'eft en ce fens, que le même Pline dit encore ces paroles à
Trajan. Le nom de *Tres-bon* t'eft
auffi propre que ton nom-de-famil-
le : Et de t'apeller Trajan, ce n'eft
pas te défigner plus clairement, que
de dire le *Tres-bon. Et quelques*
lignes aprés. Tu as aquis un nom ,
qui ne fauroit jamais paffer à un
autre, qu'il ne paroiffe étranger dans
un bon Prince , & faux dans un
mauvais. Tous les autres auront
beau fe l'aproprier, on le recon-
noitra toujours pour un nom , qui
n'apartient qu'à toi. Car comme le
nom d'Augufte nous fait fouvenir
de celui, qui en a été honoré le
premier : de même l'épitéte de *Tres-*
bon ne tombera jamais en la penfée des hommes, qu'ils ne penfent
à toi : & toutes les fois , que
la Poftérité fera obligée d'apeller
quelqu'un *Tres - bon,* elle fe fou-
viendra du premier , qui a mérité ce glorieux nom. OPTIMI
nomen tibi tam proprium quàm pa-
ternum , nec magis diffinitè diftinc-
téque defignat , qui TRAJANUM,
quàm qui OPTIMUM *appellat.·.·.*
Affequutus es nomen, quod ad alium
tranfire non poffit , nifi ut appareat
in bono Principe alienum , in malo
falfum : quod licèt omnes poftea ufur-
pent , femper tamen agnofcetur ut
tuum. Etenim, ut nomine AUGUS-
TI *admonemur ejus , cui primùm*
dicatum eft : ita hæc OPTIMI *ap-*
pellatio nunquam memoriæ hominum
fine te recurret : quotiefque pofteri
noftri OPTIMUM *aliquem vocare*
cogentur , toties recordabuntur , quis
meruerit vocari. Paneg.

MAXIME CLIV.

N'être facile ni à croire, ni à aimer.

LA maturité du jugement fe connoît à la
dificulté de croire. Il eft tres-ordinaire de
mentir, il doit donc être extraordinaire de croi-

Y

re. Celui, qui eft facile à remuer, fe trouve fouvent décontenancé. Mais il faut bien fe garder de montrer du doute de la bonne-foi d'autrui : car cela paffe de l'incivilité à l'ofenfe, atendu que c'eft le traiter de trompeur, ou de trompé : Encore n'eft-ce pas là le plus grand mal. Car, outre cela, ne point croire eft un indice de mentir, le menteur étant fujet à deux maux, à ne point croire, & à n'être point cru. La fufpenfion du jugement eft loüable en celui qui écoute : mais celui qui parle, peut s'en raporter à fon auteur. C'eft auffi une efpéce d'imprudence d'être facile à aimer. Car fi l'on ment en parlant, l'on ment bien auffi en faifant : & céte tromperie eft encore plus pernicieufe que l'autre,

MAXIME CLV.

L'Art de fe contenir.

QU'UNE prudente réfléxion prévienne, s'il eft poffible, les faillies ordinaires au Vuigaire. Cela ne fera pas dificile à l'homme-prudent. Le premier pas de la modération eft de s'apercevoir, que l'on fe paffionne [1]. C'eft

---

1 Quelqu'un difant à Diogéne, | *tére. Non,* répondit-il, *mais je fonge* à qui un infolent venoit de cracher | *fi je m'y dois métre.* au nés, *C'eft à ce coup que tu es en co-* |

par là qu'on entre en lice avec plein pouvoir fur
foi, & que l'on fonde jufques où il eft néceffaire de laiffer aler fon reffentiment. C'eft avec céte réfléxion dominante, qu'il faut entrer en co-
lére, & puis y métre fin. Tâche de favoir où
& quand il faut arêter. Car le plus dificile de la
courfe eft à s'arêter tout court. Grande marque de jugement, de refter ferme, & fans trou-
ble, au milieu des faillies de la paffion ! Tout
excés de paffion dégénére du raifonnable. Mais,
avec céte magiftrale précaution, la raifon ne fe
broüillera jamais, ni n'outrepaffera point les
bornes du devoir. Pour favoir gourmander
une paffion, il faut toujours aler bride-en-main.
Celui, qui fe gouvernera de la forte, paffera
pour le plus fage Cavalier; ou pour le plus étourdi, s'il fait autrement.

MAXIME CLVI.

Les amis par élection.

LES amis doivent être à l'éxamen du difcernement, & à l'épreuve de la fortune. Ce
n'eft pas affés, qu'ils aient le fufrage de la volonté, s'ils n'ont auffi celui de l'entendement. Quoique ce foit là le point le plus important de la
Vie, c'eft celui, où l'on aporte le moins de foin.

Y ij

Quelques-uns font leurs amis par l'entremife d'autrui, & la plufpart par hafard. On juge d'un homme par les amis qu'il a. Un habile-homme n'en a jamais voulu d'ignorans. Mais bien qu'un homme plaife, ce n'eft pas à dire, que ce foit un ami intime. Car cela peut venir plutôt de fes belles maniéres-d'agir, que d'au-cune affurance, que l'on ait de fa capacité. Il y a des amitiés légitimes, & des amitiés bâtar-des. Celles-ci font pour le plaifir; mais les au-tres, pour agir plus fûrement. Il fe trouve peu d'amis de la perfonne, mais beaucoup de la for-tune [1]. Le bon efprit d'un Ami eft plus utile, que toute la bonne volonté des autres [2]. Prens donc tes Amis par choix, & non par fort. Un Ami prudent épargne bien des chagrins : au lieu qu'un, qui n'eft pas tel, les multiplie,

---

1 Des amis de table, dit-il, de caroffe, de comédie, de collation, de réjoüiffance, de promenade; bons pour un jour-de-noces, ou du-rant la faveur, & la profpérité : vous en trouverés à foifon. A l'heu-re de manger, ce font des fervié-tes; à l'heure de fervir, ce font des gens, qui ont les mains gour-des. *Crifi 3. del Criticon, Parte fe-gunda.*

2 Nous fommes trois, dit fon Gérion Moral *ibidem*, & nous n'a-vons qu'un cœur. Celui, qui a de vrais amis, eft en poffeffion d'au-tant d'entendemens. Il connoît & raifonne avec l'entendement de tous fes amis; il voit par autant d'yeux, il écoute par autant d'o-reilles, il travaille par autant de mains, & il court avec autant de piés. Mais tous tant que nous fom-mes, nous n'avons qu'une volon-té. Car l'Amitié eft une ame en plufieurs corps. Celui, qui n'a point d'amis, n'a point de piés, ni de mains. Il ne vit qu'à demi, il mar-che en aveugle, & tout feul, en forte que s'il vient à tomber, il n'aura perfonne, qui lui aide à fe relever.

& les entaſſe. Si tu ne veux point perdre d'Amis, ne leur ſouhaite point une grande fortune 3.

3 *Honores enim mutant mores.* | mœurs.
Car les honneurs changent les |

MAXIME CLVII.

Ne ſe point tromper en gens.

C'EST la pire & la plus ordinaire des tromperies. Il vaut mieux être trompé au prix, qu'à la marchandiſe 1 : & il n'y a rien, où il faille plus regarder par dedans. Il y a bien de la diférence entre entendre les choſes, & connoitre les perſonnes : & c'eſt une fine Filoſofie, que de diſcerner les eſprits & les humeurs des hommes. Il eſt auſſi néceſſaire de les étudier, que d'étudier les livres.

1 *Mala emptio*, dit le Jeune-Pline *Ep. 24. lib. 1. ſemper ingrata eſt, eo maximè, quòd exprobrare ſtultitiam domino videtur.* | C'eſt-à-dire. Un mauvais achat eſt toujours déſagréable , & ſur tout, parce qu'il ſemble reprocher une action de folie à l'Acheteur.

MAXIME CLVIII.

Savoir uſer de ſes amis.

IL y va de grande adreſſe. Les uns ſont bons, pour s'en ſervir de loin; & les autres, pour les avoir auprés de ſoi. Tel, qui n'a pas été bon pour la converſation, l'eſt pour la coreſpondance. L'éloignement éface de certains défauts, que la préſence rendoit inſuportable. Dans les Amis, il n'y faut pas chercher ſeulement le plaiſir, mais encore l'utilité. L'Ami doit avoir trois qualités du BIEN, ou, comme diſent les autres, de l'ESTRE : l'unité, la bonté, la vérité : dautant que l'Ami tient liëu de toutes choſes. Il y en a tres-peu, qui puiſſent être donnés pour bons : & de ne les ſavoir pas choiſir, le nombre en devient encore plus petit. Les ſavoir conſerver eſt plus que de les avoir ſû faire. Cherche-les tels, qu'ils durent long-tems : & bien que du commencement ils ſoient nouveaux, c'eſt aſſés, pour être content, qu'ils puiſſent devenir anciens. A le bien prendre, les meilleurs ſont ceux, que l'on n'aquert qu'aprés avoir longtems mangé du ſel avec eux. Il n'y a point de deſert ſi afreux, que de vivre ſans amis [1]. L'Amitié multiplie les biens, & partage les maux [2]. C'est l'unique reméde contre la mauvaise fortune. C'est le soupirail, par où l'ame se décharge.

1 *Vida sin amigo*, dit le Proverbe Espagnol, *muerte sin testigo*. C'est-à-dire. Vivre sans amis, c'est mourir sans témoins.

2 Je suis celle, dit-elle chés Gracian, sans qui il n'y a point de bonheur au monde, & avec qui toutes les disgraces sont faciles à suporter. Dans les autres prospérités de la Vie, les avantages du Bien ne s'y trouvent que séparément, au lieu que je les posséde tous ensemble, savoir l'honneur, le plaisir, & le profit. Je ne fais ma résidence, que parmi les gens-de-bien. Car au dire de Senéque je ne suis ni véritable, ni constante parmi les Méchans. Je tire mon nom de l'Amour, &, par consé-quent, il ne me faut pas chercher dans le ventre, mais dans le cœur, qui est le centre de la bienveillan-ce. *Crit. 2. de la 2. partie du Criticon.*

MAXIME CLIX.

Savoir soufrir les sots.

LES Sages ont toujours été mal-endurans. L'impatience croît avec la science. Une grande connoissance est dificile à contenter. Au sentiment d'Epictéte, la meilleure maxime de la Vie c'est de SOUFRIR. Il a mis là la moitié de la Sagesse [1]. S'il faut tolérer toutes les sotises, il faut sans doute une extrême patience. Quelquefois nous soufrons plus de ceux, de qui nous dépendons davantage : & cela sert d'exercice à

1 Il comprenoit toute la Morale en ces deux mots, SOUTENIR, &, s'ABSTENIR.

fe vaincre. C'eft de la foufrance, que naît céte ineftimable paix, qui fait la félicité de la Terre. Que celui, qui ne fe trouvera pas en humeur de foufrir, en apelle à la retraite de foi-même, fi tant eft qu'il puiffe bien fe fuporter lui-même.

MAXIME CLX.

Parler fobrement à fes émules, par précaution; & aux autres, par bienféance.

ON eft toujours à tems, pour lâcher la parole, mais non pour la retenir. Il faut parler, comme l'on fait dans un Teftament, atendu qu'à moins de paroles, moins de procés. Il s'y faut acoutumer dans ce qui n'importe point, pour n'y point manquer, quand il importera. Le filence tient beaucoup de la Divinité. Quiconque eft pront à parler, eft toujours fur le point d'être vaincu, & convaincu.

MAXIME CLXI.

Connoitre les défauts, où l'on fe plaît.

L'HOMME le plus parfait en a toujours quelques-uns, dont il eft ou le mari, ou le galant.

galant. Ils fe trouvent dans l'efprit, & plus l'efprit eft grand, plus ils y font grans, & plus ils
s'y remarquent : non pas que celui, qui les a,
ne les connoiffe pas, mais à-caufe qu'il les aime.
Se paffionner, & fe paffionner pour des vices,
ce font deux maux. Ces défauts font les taches
de la perfection. Ils choquent autant ceux, qui
les voient, qu'ils contentent ceux, qui les ont.
C'eft là, qu'il y a belle ocafion de fe vaincre foi-
même, & de métre le comble aux autres perfections. Un chacun frape à ce but, & au lieu de
loüer tout ce qu'il y a à admirer, on s'arête à
controller un défaut, que l'on dit, qui défigure
tout le refte.

MAXIME CLXII.

Savoir trionfer de la jaloufie & de l'envie.

BIEN que ce foit prudence de méprifer l'envie, ce mépris eft aujourd'hui peu de cho-
e : la galanterie fait bien un meilleur éfet. Il n'y
auroit avoir affés de loüanges pour celui, qui
lit du bien de celui, qui dit du mal. Il n'y a
oint de vangeance plus héroïque, que celle,
ui tourmente l'envie à force de bien faire [1].
haque bon-fuccés eft un coup d'eftrapade à

---

1 Cétoit un mot de Diogéne | qui difoit, que le moien de faire

Z

l'Envieux, & la gloire de son émule lui est un enfer 2. Faire de sa félicité un poison à ses envieux, on tient que c'est la plus rigoureuse peine, qu'ils puissent endurer. L'Envieux meurt autant de fois, qu'il entend revivre les loüanges de l'Envié. Ils disputent tous deux l'immortalité, mais l'un pour vivre toujours glorieux ; & l'autre pour être toujours misérable. La trompéte de la Renommée, qui sonne pour immortaliser l'un, annonce la mort à l'autre, en le condannant au suplice d'atendre en vain, que le sujet de ses peines cesse.

crever l'envie, c'étoit de se comporter si bien, qu'elle ne trouvât rien à reprendre.

2 Un Roi de Sparte disoit, que les Envieux étoient bien misérables

d'être aussi afligés de la prospérité des autres, que de leur propre adversité. Un autre a dit, que l'Envie n'a point de jours de réjouïssance. *Invidia festos dies non agit.*

MAXIME CLXIII.

Il ne faut jamais perdre les bonnes-graces de celui, qui est hureux, pour prendre pitié d'un malhureux.

D'ORDINAIRE, ce qui fait le bonheur des uns, fait le malheur des autres : & tel homme ne seroit pas hureux, si beaucoup d'autres n'étoient pas malhureux. C'est le propre des misérables de gagner la bienveillance des gens. Car un chacun se plaît à récompenser d'une faveur inutile ceux, qui font maltraités de la Fortune. Il eſt même arivé quelquefois, qu'un homme haï de tout le monde durant ſa proſpérité, a été plaint de tout le monde dans ſon malheur ; la chûte aiant changé en compaſſion le deſir qu'on avoit de ſe vanger [1]. Que l'homme-d'eſprit prenne donc garde aux tours-demain de la Fortune. Il y a des gens, qui ne vont jamais qu'avec les malhureux. Celui, qu'ils fuioient hier à-cauſe de ſon bonheur, les a aujourd'hui pour compagnie, à-cauſe de ſon malheur. Céte conduite eſt quelquefois une marque de bon-naturel, mais non de bon-eſprit [2].

1 C'eſt ainſi que Tacite dit, que l'Impératrice Livia perſécutoit les Enfans d'Auguſte, lorſque leur fortune étoit floriſſante, & faiſoit gloire de les aſſiſter dans leur éxil. *Julia viginti annis exilium toleravit, Auguſtæ ope ſuſtentata, quæ florentes privignos cùm per occultum ſubvertiſſet, miſericordiam erga adflictos palam oſtentabat. Ann. 4.* Et que Lepida, qui n'avoit jamais été en bonne intelligence avec Meſſaline, ſa fille, tandis que la fortune lui rioit, ſe laiſſa vaincre à la compaſſion, lorſqu'elle la vit abandonnée de l'Empereur Claudius, ſon mari. *Aſſidente matre Lepida, quæ florenti filiæ haud concors, ſupremis ejus neceſſita-tibus ad miſerationem evicta erat. Ann. 11.*

2 Le Jeune-Pline dit, qu'il eſt bon de ſe faire aimer des petits, mais avec telle diſcrétion, que l'on ne ſoit pas haï des Grans : atendu que pluſieurs ſe font paſſer pour des eſprits revêches & dangereux, plutôt que pour des gens intégres, pendant qu'ils ſe piquent de réſiſter aux Grans, ſous couleur de craindre le reproche d'être trop complaiſans. *Ita à minoribus amari, ut ſimul à Principibus diligare. Plerique enim, dum verentur, ne gratiæ potentium nimiùm impertiri videantur, ſiniſteritatis, atque etiam malignitatis, famam conſequuntur. Ep. 5. lib. 2.*

MAXIME CLXIV.

Tirer quelques coups en l'air.

C'EST le moien de reconnoitre comment sera reçu ce que l'on prétend faire, surtout, quand ce sont choses, dont l'issüe & l'aprobation sont douteuses. C'est par là qu'on tire à coup-sûr, & qu'on est toujours maître de reculer, ou d'avancer. C'est ainsi que l'on sonde les volontés, & que l'on sait, où il fait bon métre le pié. Céte prévention est tres-nécessaire, pour demander à-propos, pour bien placer son amitié, & pour bien gouverner 1.

1 Tibére, à son avénement à l'Empire, tint tout le monde en suspens par ses feintes de ne vouloir point régner, ou du moins de vouloir prendre des Colégues, pour gouverner conjointement avec eux. *Non ad unum omnia deferrent, plures faciliùs munia reip. sociatis laboribus exsecuturos.* Tac. *Annal.* 1. Et tout cela n'étoit, que pour mieux sonder les intentions & les prétentions des Grans. *Ad introspiciendas procerum voluntates. Ibidem.* Elizabet, Reine d'Angleterre, n'entama la négotiation du mariage de la Reine d'Ecosse avec le Comte de Li-ceftre, que pour l'épouser elle-même avec plus de bienséance, ou du moins avec moins de honte, aprés qu'une autre Reine l'auroit bien voulu. Les Gens-d'Etat, dit Gracian, courent tout à-rebours des autres: & c'est pour tromper leurs espions, & pour embroüiller les raisonnemens. Ils ne veulent point, qu'on suive leurs traces. Ils feignent d'aler d'un côté, & vont de l'autre. Ils publient une chose, & en éxécutent une autre. Pour dire No n, ils disent Oüi, &c. *Crit. 6. de la premiére partie de son Criticon.*

MAXIME CLXV.

Faire bonne guerre.

ON peut bien obliger un brave-homme à faire la guerre, mais non à la faire autrement qu'il ne doit [1]. Un chacun doit agir selon ce qu'il est, & non selon ce que font les autres. La galanterie est plus plausible, quand on en use envers un ennemi. Il ne faut pas vaincre seulement par la force, mais encore par la maniére. Vaincre en scélérat, ce n'est pas vaincre, mais bien se laisser vaincre. La générosité a toujours eu le dessus. L'Homme-de-bien ne se sert jamais d'armes défendües. C'est s'en servir, que d'emploier le débris de l'amitié, qui finit, à former la haine, qui commence. Car il n'est pas permis de se prévaloir de la confiance pour se vanger. Tout ce qui sent la trahison, infecte le bon renom. Le moindre atome de bassesse est incompatible avec la générosité dans les grans-personages. Un brave-homme doit se piquer d'être tel, que si la galanterie, la générosité, &

1 Tibére répondit au Prince des Cattes, qui s'offroit d'empoisonner Arminius, le plus redoutable ennemi des Romains, Que les Romains se vangeoient à force ouverte, & non par des lâchetés, ni par des coups-fourés. *Non fraude, neque occultis, sed palàm & armatum populum Rom. hostes suos ulcisci.* Tac. *Ann.* 2.

Z iij

la fidélité, fe perdoient dans le monde, elles fe retrouveroient dans fon cœur 2.

2 François I. Roi de France di-   cœur d'un Roi. *Agudeza. Difcur-*
foit, que fi la fidélité fe perdoit,   *fo* 30.
elle devoit fe retrouver dans le

MAXIME CLXVI.

Difcerner l'homme, qui donne des paroles, d'avec celui, qui
donne des éfets.

CE'TE diftinction eft abfolument néceffaire, ainfi que celle de l'ami de la perfonne, & de l'ami de l'emploi. Car ce font des amis bien diférens 1. Celui-là l'entend mal, qui ne donnant point de mauvais éfets, ne donne point de bonnes paroles : Et celui-là encore plus mal, qui ne donnant point de mauvaifes paroles, ne donne point de bons éfets. Aujourd'hui, l'on ne fe repaît point de paroles, dautant que ce

1 Les Sujets, difoit Galba, ne parlent pas à nous, mais à nôtre fortune. *Cæteri libentiùs cum fortuna noftra, quàm nobifcum.* Tac. *Hift.* 1. Il en eft de même des Amis, les uns aiment la perfonne ; les autres, fa fortune. C'eft ainfi qu'Héfeftion étoit l'ami d'Aléxandre, & Craterus l'ami de fa Roiauté. Gracian fait parler ainfi le Courtifan à l'Amitié : Bien que tu fois flateufe, les Princes ne te connoiffent pas. Car tous leurs amis le font tous du *Roi*, & pas-un d'*Aléxandre*, comme il le difoit lui-même. De deux tu n'en fais qu'un. Or il eft impoffible de marier l'Amour avec la Majefté. *Critique feconde de la feconde Partie de fon Criticon.*

Non benè conveniunt, nec in unâ
     fede morantur
   Majeftas & Amor, dit le Poëte.

n'eft que du vent ; ni l'on ne vit point de civilités, tout cela n'eftant qu'une civile tromperie.
Aler à la chaffe des oifeaux avec de la lumiére,
c'eft le vrai moien de les éblouir. Les fots & les
préfomptueux fe paient de vent. Les paroles
doivent être les gages des actions, &, par conféquent, avoir leur prix. Les arbres, qui ne
portent point de fruit, & qui n'ont que des
feüilles, d'ordinaire n'ont point de cœur. Il
eft néceffaire de les connoitre tous ; les uns, pour
en tirer du profit ; & les autres, pour fe métre à
l'ombre.

MAXIME CLXVII.

Se favoir aider.

DANS les rencontres fâcheufes, il n'y a
point de meilleure compagnie, qu'un
grand cœur : & s'il vient à s'afoiblir, il doit être
fecouru des parties, qui l'environnent. Les dé-
plaifirs font moindres pour ceux, qui favent s'af-
fifter. Ne te rens point à la Fortune. Car elle
t'en deviendroit infuportable. Quelques-uns s'ai-
dent fi peu dans leurs peines, qu'ils les augmentent, faute de les favoir porter avec courage.
Celui, qui fe connoit bien, trouve du fecours à
fa foibleffe dans la réfléxion. L'Homme-de-juge-

ment sort de tout avec avantage, fût-ce du milieu des étoiles.

1 Celui-là n'est pas sage,' dit | *prodeſſe nequit, ne quidquam ſapit.*
Cicéron, qui ne sait pas s'assister | *Ep. lib. 7.*
lui-même. *Qui ipſe ſibi ſapiens*

MAXIME CLXVIII.

Ne point donner dans le monſtrueux.

TOUS les éventés, les présomptueux, les
opiniâtres, les capricieux, les entêtés-
d'eux-mêmes, les extravagans, les patelins *,
les boufons, les Nouvellistes, les auteurs de Pa-
radoxes, les Sectaires, & enfin toutes sortes
d'hommes déréglés : Tous ces gens-là, dis-je,
sont autant de monstres d'impertinence. Toute
laideur de l'ame est toujours plus monstrueuse,
que pas-une diformité du corps, dautant qu'elle déshonore davantage la beauté de son original. Mais qui corigera un si grand & si général
excés ? Où la raison manque, la direction n'a rien
à faire : atendu que ce qui devoit être cause d'u-
ne réfléxion sérieuse sur ce qui donne matiére à la
risée publique, fait tomber dans la présomption
de croire, que l'on est admiré.

* *ou* les gens de faux-semblan-

MAXIME

MAXIME CLXIX.

Plus d'atention à ne pas faillir un coup, qu'à en bien tirer cent.

QUAND le Soleil luit, perſonne ne le regarde ; mais lorſqu'il s'éclipſe, un chacun le conſidére. Le Vulgaire ne te comptera point les coups, qui porteront, mais ſeulement ceux, que tu manqueras. Les méchans ſont plus cônnus par les murmures, que les gens-de-bien par les aplaudiſſemens : & pluſieurs n'ont été connus, qu'aprés avoir failli. Tous les bons ſuccés joints enſemble ne ſuffiſent pas, pour en éfacer un ſeul mauvais. Déſabuſe-toi donc, & tiens pour aſſuré, que l'Envie remarquera toutes tes fautes, mais pas-une de tes belles-actions.

MAXIME CLXX.

Uſer de ménagement en toutes choſes.

C'EST le moien de réüſſir dans les choſes d'importance. Il ne faut pas à chaque fois emploier toute ſa capacité, ni montrer toutes ſes

Aa

forces [1]. Jufque dans le favoir, il faut fe ménager [2] : car cela fert à doubler de prix. Il faut
toujours avoir à qui en apeller, quand il fera
queftion de fe tirer d'un mauvais pas. Le fecours
fait plus d'éfet, que le combat, parce qu'il eft
toujours acompagné de réputation de valeur. La
prudence va toujours au plus fûr. Et c'eft encore en ce fens qu'eft vrai cet ingénieux paradoxe [3] : *La moitié eft plus que le tout.*

---

[1] *Omnia fcire, non omnia exequi,* dit Tacite d'Agricola. C'eft-à-dire. Tout favoir, mais ne pas faire tout ce qu'on fait.

[2] *Ex fapientia modum. Ibidem.*

[3] De Pittacus, l'un des fept Sa-ges de la Gréce.

MAXIME CLXXI.

Ne pas abufer de la faveur.

LES grans amis font pour les grandes ocafions. Il ne faut pas emploier beaucoup de
faveur en des chofes de peu d'importance : ce
feroit la diffiper. L'Ancre facrée eft toujours gar-
dée pour la derniére extrémité. Si l'on prodigue
LE BEAUCOUP pour LE PEU, que reftera-t-
il pour le befoin à venir ? Aujourd'hui, il n'y a
rien de meilleur que les Protecteurs [1], ni rien de

---

[1] *Neque enim cuiquam,* dit le Jeune-Pline, *Ep. 23. lib. 6. tam cla-rum ftatim ingenium eft, ut poffit emergere, nifi illi materia, occafio,*

plus précieux que la Faveur ₂. Elle fait & défait, jusqu'à donner de l'esprit, & à l'ôter. La
Fortune a toujours été aussi marâtre aux Sages,
que la Nature & la Renommée leur ont été favorables ₃. Il vaut mieux savoir conserver ses
amis, que ses biens.

fautor etiam commendatorque contin-
gat C'est-à-dire. Il n'y a personne,
qui ait d'abord tant d'esprit & de
bonheur, qu'il puisse se produire,
& s'avancer, s'il n'a, outre la matiére & l'ocasion, un Protecteur, qui
le mète en vogue.

2 La première marche de cet
Escalier de la FORTUNE, *dit Gra-*
cian, étoit plus dificile à monter
qu'une Montagne. *Et une page*
après. Toute la dificulté de monter
étoit au premier degré ; à-cause que
la FAVEUR, le Premier-Ministre
& Confident de la FORTUNE, s'y
tenoit postée. Ce Ministre tendoit
la main à quelques-uns pour leur
aider à monter, mais jamais à pas-un
homme-de-bien, ni à pas-un qui le
méritât. Il choisissoit toujours le
pire. Dés qu'il apercevoit un Ignorant, il l'apelloit, & laissoit atendre mille Sages. Et bien que tout
le monde en murmurât, tout cela ne
faisoit rien. Car il étoit fait à entendre tout ce qu'on pouvoit dire. D'u-
ne lieüe il voioit un Imposteur : mais
pour les gens-d'importance, & les

personnes-de-probité, sa vûë ne s'y
arêtoit jamais, parce qu'il lui sembloit, qu'ils remarquoient ses folies,
& qu'ils avoient horreur de ses chiméres, &c. *Critique 6. de la 2. Partie*
de son Criticon.

3 *Dans la même Critique il fait par-*
ler la Fortune à l'Argent en ces termes.
Pourquoi es-tu toujours en quérèle
avec les gens-de-bien ? Pourquoi ne
vas-tu jamais chés-eux ? Est-il vrai,
comme me le dit un chacun, que tu
es toujours avec de la canaille, & que
tu n'as pour camarades, que les plus
grans scélérats du monde ? Si les
gens-de-bien me voient si peu chés
eux, *répond l'Argent*, c'est leur pure
faute, & nullement la mienne. C'est
parce qu'ils ne savent pas me chercher. Ils ne dérobent point ; ils ne
trompent point ; ils ne mentent
point ; ils ne cajolent point ; ils ne
se laissent point corrompre ; ils ne
sucent point le sang d'autrui ; ils ne
flatent point ; ils ne font point gens-
d'intrigues. Comment donc enri-
chiroient-ils, puisqu'ils ne me cherchent jamais ? &c.

MAXIME CLXXII.

Ne se point engager avec qui n'a rien à perdre.

C'EST combatre à forces inégales. Car l'autre entre en lice sans embaras. Comme il a perdu toute honte, il n'a plus rien à perdre, ni à ménager ; & ainsi il jéte à corps-perdu dans toutes sortes d'extravagances. La réputation, qui est d'un prix inestimable, ne se doit jamais exposer à de si grandes risques. Aprés avoir coûté beaucoup d'années à aquerir, elle vient à se perdre en un moment [1]. Il ne faut qu'un petit vent, pour geler une abondante sueur. La considération d'avoir beaucoup à perdre retient un homme prudent. Dés qu'il pense à sa réputation, il envisage le danger de la perdre [2]. Et moiennant céte réfléxion, il procéde avec tant de retenüe, que la prudence a le tems

[1] Tacite dit, qu'un Véranius, qui avoit toujours vécu en homme-d'honneur & de cœur, éfaça toute la gloire de sa vie par une vanterie, qu'il mit à la fin de son testament. *Magna dum vixit severitatis fama, supremis testamenti verbis ambitionis manifestus. Quippe addidit subjecturum Neroni Provinciam fuisse, si biennio proximo vixisset. Ann.* 14.

[2] C'est pour céte raison, que Thrasea ne voulut point aler plaider sa cause au Sénat contre ses acusateurs, de peur de s'exposer aux outrages de plusieurs Juges lâches, qui eussent cherché à se concilier par là les bonnes-graces de Néron, son ennemi déclaré : disant, qu'il ne devoit plus songer qu'à mourir aussi constamment que ceux, dont il avoit toujours suivi les traces & les éxemples. *Ludibria & contumelias immi-*

de se retirer à-tems, & de métre tout son crédit à couvert. L'on n'arivera jamais à regagner par une victoire ce que l'on a déja perdu en s'exposant à perdre.

nere. *Subtraheret aures conviciis & probris.* . . . *Intemeratus, impollutus, quorum vestigiis & studiis vitam duxerit, eorum gloria peteret finem.* Et quatre lignes aprés, *Tot per annos continuum vita ordinem non deserendum. Ann.* 16. Ajoutés à cela ce que dit le Jeune-Pline, qu'il est plus honteux de perdre sa réputation, que de n'en point aquérir. *Cùm sit alioqui multò deformius amittere, quàm non assequi laudem. Ep. ultima lib.* 8. C'est pourquoi, ceux qui se sont aquis beaucoup de réputation, ont coutume d'en être tres-jaloux, & tres-ménagers.

MAXIME CLXXIII.

N'être point de verre dans la conversation, encore moins dans l'amitié.

QUELQUES-UNS sont faciles à rompre, & découvrent par là leur peu de consistence. Ils se remplissent eux-mêmes de mécontentement, & les autres de dégoût. Ils se montrent plus tendres à blesser, que les yeux, puisqu'on ne leur sauroit toucher, ni de bon, ni de mauvais jeu : les atomes même les choquent. (Car ils n'ont pas besoin de fantômes.) Ceux, qui les fréquentent, doivent extrémement se contraindre, & s'étudier à remarquer toutes leurs délicatesses. On n'ose remuer devant eux : car le

A a iij

moindre gefte les inquiéte. D'ordinaire, ce font des gens pleins-d'eux-mêmes, efclaves de leur volonté, idolatres de leur fot point-d'honneur, pour lequel ils bouleverferoient l'Univers. Celui, qui aime véritablement, tient de la nature du diamant, & pour la durée, & pour être dificile à rompre.

MAXIME CLXXIV.

Ne point vivre à la hafte.

SAVOIR partager fon tems, c'eft favoir joüir de la Vie. Il refte beaucoup de vie à plufieurs, mais la félicité de la Vie leur manque. Ils perdent les plaifirs : (Car ils n'en joüiffent pas) Et quand ils ont été bien avant, ils voudroient pouvoir retourner en ariére. Ce font des poftillons de la Vie, qui ajoutent à la courfe précipitée du tems l'impétuofité de leur efprit. Ils voudroient dévorer en un jour ce qu'ils pouroient à-peine digérer en toute leur vie. Ils vivent dans les plaifirs comme gens, qui les veulent tous goûter par avance. Ils mangent les années à-venir, & comme ils font tout à la hafte, ils ont bien-tôt tout fait. Le defir même de favoir doit être modéré, pour ne pas favoir imparfaitement les chofes. Il y a plus de jours, que de profpérités. Hafte-toi de faire, & joüis à loifir. Les afaires valent mieux faites qu'à faire, & le contentement, qui dure, eft meilleur que celui, qui finit.

MAXIME CLXXV.

L'Homme fubftantiel.

CELUI, qui l'eft, ne fe contente point de ceux, qui ne le font pas. Malhureufe eft l'éminence, qui n'a rien de fubftantiel. Tous ceux, qui paroiffent être des hommes, ne le font pas tous. Il y en a d'artificiels, qui conçoivent de chimére, & acouchent de tromperie. Il y en a d'autres, qui leur reffemblent, lefquels les font valoir, & fe paient plus de l'incertain, que promet une fauffe aparence, à-caufe que LE BEAUCOUP y eft; que du certain, qu'offre la Vérité, parce que cela paroît peu: Mais à la fin leurs caprices aboutiffent à mal, dautant qu'ils n'ont point de fondement folide. Il n'y a que la Vérité, qui puiffe donner une véritable réputation; & que la fubftance, qui tourne à profit. Une tromperie a befoin de beaucoup d'autres, &, par conféquent, tout l'édifice n'eft que chimére : Et comme il eft fondé en l'air, il eft de nécéffité, qu'il tombe par terre. Un deffein mal conçu ne vient jamais à maturité [1]. LE BEAU-COUP, qu'il promet, fufit pour le rendre fufpeçt: ainfi que l'argument, qui prouve trop, ne prouve rien.

[1] *Omnia inconfulti impetûs cœpta, initiis valida, fpatio languefcunt*, dit Tacite, *Hift.* 3. *Initia conatus fecunda, neque diuturna. Ann.* 6. C'eft-à-dire. Toutes les entreprifes, faites avec plus de chaleur, que de raifon, ont des commencemens vigoureux, mais la fuite n'y répond pas... Les commencemens font hureux, mais de peu de durée.

MAXIME CLXXVI.

Savoir, ou écouter ceux, qui favent.

L'ON ne fauroit vivre fans entendement, il en faut avoir, ou par nature, ou par emprunt. Il ne laiffe pas d'y avoir des gens, qui ignorent, qu'ils ne favent rien; & d'autres, qui croient favoir, quoiqu'ils ne fachent rien. Les défauts, qui viennent de manque d'efprit, font incurables. Car comme les Ignorans ne fe connoiffent pas, ils n'ont garde de chercher ce qui leur manque. Quelques-uns feroient fages, s'ils ne croioient pas l'être. De là vient, que bien que les Oracles de fageffe foient fi rares, ils n'ont rien à faire, atendu que perfonne ne les confulte. Ce n'eft point une diminution de grandeur,

deur,

deur, ni une marque d'incapacité, que de prendre conseil : au contraire, l'on se met en passe
d'habile-homme en se conseillant bien ¹. Dé-
bats-toi avec la raison, pour n'être point batu
de l'infortune.

1 Machiavel au chap. 23. de son
Prince dit, que ceux-là se trompent
fort, qui croient, que de prendre
conseil, c'est risquer, de n'être pas
estimé prudent par soi-même, mais
seulement par les bons conseils d'au-
trui : Etant une régle générale & infaillible, que celui, qui n'est pas
sage de lui-même, ne peut jamais
être bien conseillé. Puis il conclut,
que c'est de la prudence de celui,
qui se conseille, que naissent les
bons conseils, & non des bons conseils que naît la prudence.

MAXIME CLXXVII.

Eviter le trop de familiarité dans la conversation.

IL n'est à propos ni de la pratiquer, ni de la
souffrir ¹. Celui, qui se familiarise, perd
aussi-tôt la supériorité, que lui donnoit son air-
férieux, &, par conséquent, son crédit. Les
astres se conservent dans leur splendeur, parce
qu'ils ne se commétent point avec nous. En se
divinisant, l'on s'atire du respect ; en s'humani-
fant, du mépris. Plus les choses humaines sont

1 Si un chacun, dit Machiavel à son Prince, a la liberté de te
dire ce qu'il pense, l'on te perdra
bientôt le respect. Chap. 23. Ti-
bére qui savoit parfaitement tou- tes les maxime de régner, haïssoit
la flaterie, mais ne pouvoit souffrir
la liberté. *Adulationem oderat, liber-
tatem metuebat.* Tac. *Ann.* 2.

Bb

194 **L'HOMME DE COUR.**

communes, moins elles font eftimées [2]. Car la communication découvre des imperfections, que la retraite couvroit [3]. Il ne fe faut popularifer avec perfonne : Point avec fes fupérieurs, à-caufe du danger ; ni avec fes inférieurs, à-caufe de l'indécence : Encore moins avec les petites-gens, que l'ignorance rend infolens : atendu que ne s'apercevant pas de l'honneur qu'on leur fait, ils préfument qu'il leur eft dû. La facilité eft une branche de bas-efprit.

1 *Nihil æquè gratum eft adeptis, quàm concupifcentibus*, dit le Jeune-Pline, *Ep.* 15. *lb.* 2. c'eft-à-dire. Ce qui eft defiré, eft toujours plus agréable, que ce qui eft poffedé.

3 Tacite dit, que les Princes font plus refpectés de loin. *Majeftate falva, cui major è longinquo reverentia. Ann.* 1. parce qu'on juge plus avantageufement d'eux, quand on ne les voit pas. *Majora credi de abfentibus. Hift.* 2. *Arcebantur afpectu, quo plus venerationis ineffet Hft.* 4. Joint que l'on ne fe foucie pas de voir ce que l'on eft affuré de voir à fon aife toutes les fois qu'on voudra. *Omnium rerum cupido langrefcit, c'm facilis occafio eft ; feu quod difficimus, tanquam fæpè vifuri, quod datur videre, quoties velis cernere,* Plin, *Ep.* 10. *lib.* 8.

MAXIME CLXXVIII.

Croire au cœur, & fur tout quand c'eft un cœur de preffentiment.

IL ne le faut jamais dédire. Car il a coutume de pronoftiquer ce qui nous importe davantage [1]. C'eft un Oracle domeftique. Plu-

1 Dans la Critique 9. de la premiére Partie de fon Criticon il dit,

fieurs ont péri , parce qu'ils fe défioient trop
d'eux-mêmes. Mais à quoi fert de fe défier, fi
l'on ne cherche pas le reméde ? Quelques-uns
ont un cœur, qui leur dit tout : marque certaine d'un riche fonds. Car ce cœur les prévient
toujours , & fonne le toxin aux aproches du
mal , pour les faire courir au reméde. Il n'eft
pas d'un homme fage de fortir, pour aler recevoir les maux, mais bien d'aler au devant, pour
les écarter.

que le cœur tire fon nom du mot | avoir le foin de tout ce qui eft né-
Latin, *Cura*, qui veut dire , *foin* | ceffaire pour conferver l'homme.
& *fouci*. En éfet, le cœur femble |

MAXIME CLXXIX.

Se retenir de parler, c'eft le feau de la capacité.

UN cœur fans fecret c'eft une létre ouverte. Où il y a du fond, les fecrets y font
profonds. Car il faut, qu'il y ait de grans efpa-
ces, & de grans creux , là où peut tenir à l'aife
tout ce qu'on y jéte. La retenüe vient du grand
empire, que l'on a fur foi-même, & c'eft là ce
qui s'apelle un vrai trionfe. L'on paie tribut à
autant de gens que l'on fe découvre. La fûreté
de la prudence confifte dans la modération intérieure. Les piéges, qu'on tend à la difcrétion,

Bb ij

font de contredire, pour tirer une explication;
& de jeter des mots-piquans, pour faire prendre
feu. C'eſt alors que l'homme ſage doit ſe tenir
plus reſſerré. Les choſes, que l'on veut faire, ne
ſe doivent pas dire; ni celles, qui ſont bonnes à
dire, ne ſont pas bonnes à faire ¹. *Voiés la Maxime* 279.

1　L'on diſoit du Pape Aléxan- | mais ce qu'il diſoit, ni le fils ne di-
dre V I. & du Duc de Valentinois, | ſoit jamais ce qu'il faiſoit.
ſon fils, que le père ne faiſoit ja- |

MAXIME CLXXX.

*Ne ſe régler jamais ſur ce que l'ennemi avoit deſſein
de faire.*

UN ſot ne fera jamais ce que juge un homme-d'eſprit, parce qu'il ne ſait pas diſcerner ce qui eſt à-propos. Si c'eſt un homme prudent; encore moins; parce qu'il voudra prendre le contrepié d'un avis pénétré, & même
prévenu par ſon adverſaire.　Les matiéres doivent être éxaminées à deux envers, & préparées
à POUR, & à CONTRE: En ſorte que l'on ſoit
prêt à OUI, & à NON. Les jugemens ſont diférens. L'Indiférence doit être toujours atentive,
non pas tant pour ce qui arivera, que pour ce
qui peut ariver.

MAXIME CLXXXI.

Ne point mentir, mais ne pas dire toutes les vérités.

RIEN ne demande plus de circonspection que la vérité. Car c'est se saigner au cœur, que de la dire. Il faut autant d'adresse, pour savoir la dire, que pour savoir la taire [1]. Par un seul mensonge l'on perd tout ce que l'on a de bon renom. La tromperie passe pour une fausse monnoie ; & le trompeur pour un faussaire : qui est encore pis. Toutes les vérités ne se peuvent pas dire : les unes, parce qu'elles m'importent à moi-même ; & les autres, parce qu'elles importent à autrui.

[1] *Ja Verdad es verde*, dit le Proverbe Espagnol. C'est-à-dire, la Vérité est aigre : pour donner à entendre, qu'il la faut adoucir le plus qu'on peut. Autrement elle accouche d'une méchante fille, qui est la Haine.

MAXIME CLXXXII.

Un grain de hardiesse tient lieu d'une grande habileté.

IL est bon de ne se pas former une si haute idée des gens, que l'on en devienne timide devant eux. Que l'imagination n'avilisse jamais

Bb iij

le cœur. Quelques-uns paroissent gens-d'importance, jusqu'à ce que l'on traite avec eux: mais on se désabuse bien-tôt par la communication. Personne ne sort des bornes étroites de l'homme. Chacun a son SI, les uns quant à l'esprit ; les autres, quant au génie. La dignité donne une autorité aparente ; mais il est rare, que les qualités personelles y répondent. Car la Fortune a coutume de ravaler la supériorité de l'emploi par l'infériorité des mérites. L'Imagination va toujours loin, & représente les choses plus grandes qu'elles ne sont. Elle ne conçoit pas seulement ce qu'il y a, mais encore ce qu'il y pouroit avoir. C'est à la raison de la corriger, aprés s'être désabusée par tant d'expériences. Enfin, il ne sied ni à l'ignorance d'être hardie, ni à la capacité d'être timide [1]. Et si l'assurance sert bien à ceux, qui ont peu de fonds : à plus forte raison doit-elle servir à ceux, qui en ont beaucoup.

1 Le Jeune-Pline dit, que la ti-|genia debilitat verecundia. Ep. 7. lib.
midité afoiblit les esprits. Recta in-|4.

MAXIME CLXXXIII.

Ne se point entêter.

TOUS les sots sont opiniâtres, & tous les opiniâtres sont des sots. Plus leurs sentimens sont erronés, moins ils en démordent [1]. Dans les choses même, où l'on a plus de raison & de certitude, c'est chose honnête de ceder : car alors personne n'ignore, qui avoit la raison : *
& l'on voit aussi, qu'outre la raison, la galanterie en est encore. Il se perd plus d'estime par une défense opiniâtre, qu'il ne s'en gagne à l'emporter de vive-force. Car ce n'est pas là défendre la Vérité, mais plutôt montrer sa rusticité. Il y a des têtes-de-fer tres-dificiles à convaincre, & qui vont toujours à quelque extrémité incurable : & quand une fois le caprice se joint à leur entêtement, ils font une alliance indissoluble avec l'extravagance. L'infléxibilité doit être dans la volonté, & non dans le jugement : bien qu'il y ait des cas d'exception, où il ne faut pas se laisser gagner, ni vaincre doublement, c'est-à-dire, dans la raison, & dans l'éxécution.

* *Voiés la Note de la Maxime* 135.

1 Ils font gloire de ne se rétracter jamais, d'autant que leur esprit étant aveugle, ils ne découvrent jamais rien de meilleur, que ce qu'ils se font une fois mis dans la tête.

MAXIME CLXXXIV.

N'être point cérémonieux.

L'AFECTATION de l'être fut autrefois cen-
surée comme une singularité vicieuse, &
même dans un Roi. Le pointilleux est fatigant. Il y a des Nations entiéres malades de céte délicatesse [1]. La robe de la Sotise se coût à
pctts points. Ces Idolatres de point-d'honneur
montrent bien, que leur honneur est fondé sur
peu de chose, puisque tout leur paroît capable
de le blesser. Il est bon de se faire respecter, mais
il est ridicule de passer pour un Grand-Maître
de complimens : Il est bien vrai, qu'un homme
sans cérémonie a besoin d'avoir un grand mé-

---

[1] Tacite remarque ce défaut dans les Partes, & se moque de tous les points-d'honneur, que se faisoit Vologéses leur Roi, en disant, que ce Roi, acoutumé au faste & aux formalités étrangéres, ne connoissoit guére les Romains, quand il consentoit, que Tiridate, son frére, alât à Rome, pour y rendre hommage à Néron, & recevoir de lui la Couronne d'Arménie, pourvu que Tiridate ne portât aucune marque de servitude ; ne quitât point son épée ; fût introduit à l'audience des Gouverneurs-de-Provinces, dés qu'il se presenteroit ; & traité avec les mêmes honneurs, que l'on rendoit aux Consuls-Romains. Car, dit-il, les Romains acordoient volontiers toutes choses, quand on leur cédoit l'essentiel, qui est la domination. *Petierat, ne quam imaginem servitii Tiridates perferret ; neu ferrum traderet ; aut complexu Provincias obtinentium arceretur, foribusve eorum assisteret ; tantusque ei Roma, quantus Consulibus honor esset. Scilicet externæ superbiæ sueto non erat notitia nostri ; apud quos jus imperii valet, inania transmittuntur.* *Ann.* 15. Et c'est peutêtre de ce Vologéses, que Gracian veut parler.

rite

rite en la place. La courtoifie ne fe doit ni afeâer, ni méprifer. Celui-là ne fe fait pas eftimer habile-homme, qui s'arête trop aux formalités.

MAXIME CLXXXV.

N'expofer jamais fon crédit au rifque d'une feule entrevüe.

CAR, fi l'on n'en fort pas bien, c'eft une perte irréparable. Il arive fouvent de manquer une fois, & particuliérement la premiére. L'on n'eft pas toujours à-point. D'où vient le Proverbe : *Ce n'eft pas mon jour.* Il faut donc faire en forte, que, fi l'on manque la premiére fois, la feconde répare tout : ou, que la premiére ferve de garant à la feconde, qui ne réüffit pas. L'on doit toujours avoir fon recours à MIEUX, & de BEAUCOUP apeller à DAVANTAGE. Les Afaires dépendent de certains cas fortuits [1], & même de plufieurs : &, par conféquent, la réüffite eft un rare bonheur.

[1] C'eft ce que Tacite apelle *tranfitus rerum* (*Hift.* 1.) c'eft-à-dire, de certaines rencontres favorables, qui paffent incontinent, &, par conféquent, doivent être prifes de volée.

Cc

MAXIME CLXXXVI.

Discerner les défauts , quoiqu'ils soient devenus
à la mode.

BIEN que le Vice soit paré de drap-d'or,
l'homme-de-bien ne laisse pas de le recon-
noître. Il a beau être quelquefois couronné d'or,
il ne sauroit jamais se déguiser si bien, que l'on
ne s'aperçoive, qu'il est de fer [1]. Il veut se couvrir de la noblesse de ses partisans , mais il ne
dépoüille jamais sa bassesse, ni la misére de son
esclavage. Les vices peuvent bien être éxaltés ,
mais non éxalter. Quelques-uns remarquent,
que tel Héros a eu tel vice ; mais ils ne consi-
dérent pas, que ce n'est pas ce vice, qui l'a éri-
gé en Héros. L'éxemple des Grans est si bon
Rhétoricien, qu'il persuade jusqu'aux choses les
plus infames. Quelquefois la flaterie a bien afecté jusqu'à des laideurs corporelles [2], faute d'observer, que , si elles se tolérent dans les Grans,
elles sont insuportables dans les Petits.

---

1 Les vices , dit-il dans le sixiéme discours de son Discret, ont beau se trouver dans les grans-personages, ils n'en ont pas plus de crédit. Au contraire, une tache sur une étofe-d'or choque bien plus la vüe, que sur de la bure.

2 Quelque Historien, (je crois, que c'est Appian) a écrit, que les Cour-tisans d'Aléxandre afectoient de coucher la tête sur une épaule , pour plaire à leur Maître , qui tenoit ce défaut de nature.

MAXIME CLXXXVII.

Faire foi même tout ce qui eſt agréable, & par autrui tout ce qui eſt odieux.

L'UN concilie la bienveillance, l'autre écarte la haine. Il y a plus de plaiſir à faire du bien, qu'à en recevoir. C'eſt là que les hommes généreux font conſiſter leur félicité [1]. Il arive rarement de donner du chagrin à autrui, ſans en prendre foi-même, ſoit par compaſſion, ou par * *répaßion*. Les Cauſes ſupérieures n'opérent jamais, qu'il ne leur en revienne ou loüange, ou récompenſe. Que le bien vienne immédiatement de toi, & le mal par un autre. Prens quelqu'un, ſur qui tombent les coups du mécontentement, c'eſt-à-dire, la haine & les murmures [2]. Il en eſt de la rage du Vulgaire, comme de celle des

---

* *par talion.*

[1] Un Roi Ptoloméé diſoit, Qu'il valoit mieux enrichir autrui, que ſoi-même. Et un Spartiate, Que la vraie félicité des Rois étoit de n'avoir point d'égaux en matiére de pouvoir être bienfaiſans & généreux.

[2] Beaucoup de Princes ne ſe font des favoris, que pour cela : & ce que l'on atribüe d'ordinaire à foibleſſe, eſt tres-ſouvent un éfet de leur politique. Mille gens diſent, toutes les fois qu'ils font des violences, & des injuſtices, dans l'éxercice de leurs Charges : *C'eſt le Prince, qui le veut ainſi. C'eſt pour obéir au Prince :* par où ils veulent ſe décharger de la haine publique ſur le Prince. Il eſt donc bien juſte, que le Prince, à qui tant d'Oficiers font porter leur malle, faſſe porter la ſienne à quelqu'un.

chiens : faute de connoitre la caufe de fon mal, elle fe jéte fur l'inftrument. En forte que l'inftrument porte la peine d'un mal, dont il n'eft pas la caufe principale.

MAXIME CLXXXVIII.

Porter toujours en compagnie quelque chofe à loüer.

C'EST le moien de fe faire paffer pour homme-de-bon-goût, & fur le jùgement de qui l'on peut s'affurer de la bonté des chofes [1]. Celui, qui a bien fù connoitre auparavant la perfection, faura bien l'eftimer aprés. Il fournit matiére à la converfation, & à l'imitation, en y dévelopant des connoiffances plaufibles. C'eft une maniére politique de vendre la courtoifie aux perfonnes préfentes, qui ont les mêmes perfections. D'autres au contraire aportent toujours de quoi blâmer, & flatent ceux, qui font préfens, en méprifant les abfens. Ce qui leur réüffit auprés de ces gens, qui ne regardent qu'au dehors : atendu que telles gens ne remarquent pas la fineffe de parler mal des uns de-

---

1 *Scias ipfum*, dit le Jeune-Pline, *plurimis virtutibus abundare, qui alienas fic amat. Ep.* 17. *lib.* 1. C'eft-à-dire : Sache, que celui-là a beaucoup de grandes qualités, qui fait fi bien connoitre & eftimer celles des autres.

vant les autres. Quelques-uns se font une politique d'estimer davantage les perfections médiocres d'aujourd'hui, que les merveilles d'hier.
C'est donc à l'homme-prudent de prendre garde à tous ces artifices, (par où tous ces gens-là
tâchent d'ariver à leur but) pour n'être point dé-
couragé par l'éxageration des uns, ni énorgüeil-
li par la flaterie des autres. Qu'il sache, que les
uns & les autres procédent de la même maniére
avec les deux parties, & ne font que leur donner
l'alternative, en ajustant toujours leurs sentimens
au lieu, où ils se trouvent.

―――――――――――――――――

MAXIME CLXXXIX.

Se prévaloir du besoin qu'a autrui.

SI la privation passe jusqu'au desir, c'est la
plus éficace des contraintes. Les Filosofes
ont dit, que la privation n'étoit rien, & les Politiques, que c'étoit tout. Et sans doute ceux-ci
l'ont mieux connüe. Il y a des gens, qui, pour
ariver à leur but, se font un chemin par le desir
des autres. Ils se servent de l'ocasion, & provo-
quent le desir par la dificulté de l'obtention [1].
Ils se prométent davantage de l'ardeur de la pas-

―――――――

1 Le Jeune-Pline loüe Trajan de | Princes, qui faisoient valoir leurs
ce qu'il ne ressembloit point à ces | bienfaits par la dificulté, croiant,

C c iij

fion, que de la tiédeur de la poffeffion : dautant que le defir s'échaufe à mefure que croît la répugnance. Le vrai fecret d'ariver à fes fins eft de tenir toujours les gens dans la dépendance.

que les honneurs feroient plus agréables aux prétendans, quand ils ne les recevroient, qu'aprés avoir effuié la honte d'être longtems refufés, & avoir même défefpéré d'y parvenir jamais. *Tantùm inter te & illos Principes intereft, qui bene ficiis fuis commendationem ex difficultate captabant, gratiorefque accipientibus honores arbitrabantur, fi priùs illos defperatio, & tædium, & fimi-* *lis repulfæ mora, in notam quandam pudoremque vertiffent. Paneg.* Au refte, la Maxime de Gracian eft de tres-grand ufage parmi les habiles Princes. Joint qu'elle s'acorde fort avec celle de Tacite, qui dit, qu'il faut être lent à acorder ce que l'on ne fauroit ôter après l'avoir acordé. *Tardè concederet quod datum non adimeretur. Ann.* 13.

MAXIME CXC.

Trouver fa confolation par-tout.

CEUX même, qui font inutiles, ont celle d'être éternels. Il n'y a point d'ennui, qui n'ait la fienne. Les fous trouvent la leur dans leur bonheur. *La chance en dit à femme laide*, dit le Proverbe [1]. Pour vivre long-tems, il n'y a qu'à valoir peu. Le pot fêlé ne fe caffe prefque jamais, il dure tant, qu'on fe laffe de s'en fervir. Il femble, que la Fortune porte en-

---

[1] *Ventura de fea, y dicha de necio.* C'eft-à-dire : Chance de Laide, & bonheur de Fou. Difcours 23. de fon *Agudeza.*

vie aux gens-d'importance, puisqu'elle joint la
durée avec l'incapacité dans les uns, & le peu
de vie avec le beaucoup de mérite dans les autres. Tous ceux, qu'il importera qui vivent,
manqueront toujours de bonne-heure : & ceux,
qui ne feront bons à rien, feront éternels, foit
à-caufe qu'ils paroiffent être tels, ou parce qu'-
ils le font en éfet. Il femble, que le Sort & la
Mort font de concert à oublier un malhureux.

MAXIME CXCI.

Ne fe point repaître d'une courtoifie exceffive.

CAR c'eft une efpéce de tromperie. Quelques-uns n'ont pas befoin des herbes de
la Teffalie, pour enforceler, ils enchantent les
fots & les préfomptueux par le feul atrait d'une
révérence. Ils font marchandife de l'honneur,
& paient du vent de quelques belles paroles.
Qui promet tout, ne promet rien, & les promef-
fes font autant de pas gliffans pour les fous. La
vraie courtoifie eft une déte ; celle qui eft afectée, & non d'ufage, eft une tromperie. Ce n'eft
pas une bienféance, mais une dépendance. Ils
ne font pas la révérence à la perfonne, mais à la
fortune. Leur flaterie n'eft point une connoiffance qu'ils aient du mérite, mais une recher-

che de l'utilité, qu'ils efpérent. *Voiés la Maxime 118.*

MAXIME CXCII.

L'Homme de grand-paix est homme de longue-vie.

POUR vivre, laiffe vivre. Non feulement les Pacifiques vivent, mais ils regnent. Il faut oüir & voir, mais, avec cela, fe taire. Le jour paffé fans débat fait paffer la nuit en fommeil. Vivre beaucoup, & vivre avec plaifir, c'eft vivre pour deux : & c'eft le fruit de la paix intérieure. Celui-là a tout, qui ne fe foucie point de tout ce qui ne lui importe point. Il n'y a rien de plus impertinent, que de prendre à cœur ce qui ne nous touche point, ou de n'y pas laiffer entrer ce qui nous importe.

MAXIME CXCIII.

Veille de prés fur celui, qui entre dans ton intérest, pour fortir avec le fien.

IL n'y a point de meilleur préfervatif contre la fineffe, que la précaution. A l'homme-entendu un bon-entendeur. Quelques-uns font leurs afaires en paroiffant faire celles d'autrui.

De

De sorte qu'à moins que d'avoir le contrechifre des intentions, l'on se trouve à chaque pas contraint de se bruler les doigts, pour sauver du feu le bien d'un autre. *Voiés la Maxime 144.*

MAXIME CXCIV.

Juger modestement de soi-même, & de ses afaires, sur tout, quand on ne fait que commencer de vivre.

TOUTES sortes de gens ont de hauts sentimens d'eux-mêmes, & particuliérement ceux, qui valent le moins. Un chacun se figure une belle fortune, & s'imagine être un prodige. L'espérance s'engage témérairement, & puis l'expérience ne la seconde en rien. La vaine imagination a pour boureau la réalité, qui la détrompe. C'est donc à la prudence à corriger de tels égaremens : & bien qu'il soit permis de desirer le meilleur, il faut toujours s'atendre au pire, pour prendre en patience tout ce qui arivera. C'est adresse, de viser un peu plus haut, pour mieux adresser son coup ; mais il ne faut pas tirer si haut, que l'on vienne à faillir dés le premier coup [1]. Céte reformation de son imagination est nécessaire, car la présomption sans

---

1 Machiavel dit, que lorsque les bons tireurs ont à tirer à un but fort éloigné, ils visent beaucoup plus haut que n'est le but, non pas

Dd

l'expérience ne fait que radoter. Il n'y a point
de reméde plus univerfel contre toutes les im-
pertinences, que le bon-entendement 2. Qu'un
chacun connoiffe la sfére de fon activité, & de
fon état. Ce fera le moien de régler l'opinion
de foi-même fur la réalité.

pour envoier leur fléche fi haut, mais
pour mieux adreffer leur coup, en
prenant ainfi leur vifée. *Chap. 6. de
fon Prince.*

2 Le jugement, dit-il au Chap.3.
du Héros, eft le trône de la pruden-

ce. . . . & je m'en tiens volontiers
au fentiment de céte Mére, qui difoit : *Mon fils , je prie Dieu de te
donner affés d'entendement , pour favoir te gouverner.*

MAXIME CXCV.

Savoir eftimer.

IL n'y a perfonne , qui ne puiffe être le maître d'un autre en quelque chofe. Celui, qui
excéde, trouve toujours quelqu'un, qui l'excéde. Savoir cüeillir ce qu'il y a de bon dans un
chacun, c'eft un utile favoir.   Le Sage eftime
tout le monde, parce qu'il fait ce qu'un chacun
a de bon, & ce que les chofes coûtent à les faire bien.   Le Fou méprife un chacun, dautant
qu'il ignore ce qui eft bon, & que fon choix va
toujours au pire.

MAXIME CXCVI.

Connoitre son étoile.

NUL n'est si misérable, qui n'ait son étoile : & s'il est malhureux, c'est à-cause
qu'il ne la connoît pas. Quelques-uns ont ac-
cés chés les Princes, & chés les Grans, sans savoir, ni comment, ni pourquoi ; si ce n'est que
leur sort leur y a facilité l'entrée. En sorte qu'il
ne leur faut qu'un peu d'industrie, pour mainte-
nir la faveur. D'autres se trouvent comme nés
à plaire aux Sages. Tel a été plus agréable dans
un païs que dans un autre, & mieux reçu dans
céte ville-ci, que dans celle-là. Il arive aussi
d'être plus hureux dans un emploi, que dans
tous les autres, quoique l'on ne soit ni plus, ni
moins capable. Le Sort fait & défait comme
& quand il lui plaît. Un chacun doit donc s'é-
tudier à connoitre son destin, & à sonder sa minerve ; d'où dépend toute la perte, ou tout le
gain. Qu'il sache s'acommoder à son sort, &
qu'il se garde bien de le vouloir changer. Car
ce seroit manquer la route, que lui marque l'é-
toile-du-Nort.

Dd ij

MAXIME CXCVII.

Ne s'embarasser jamais avec les Sots.

C'EN est un, que celui, qui ne les connoît pas, & encore davantage celui, qui les connoissant, ne s'en défait pas. Il est dangereux de les hanter, & pernicieux de les apeller à sa confidence. Car bien que leur propre timidité, & l'œil d'autrui, les retiennent quelque tems, leur extravagance s'échape toujours à la fin : atendu qu'ils n'ont diféré de la montrer, que pour la rendre plus solennelle. Il est bien dificile, que celui, qui ne sait pas conserver son propre crédit, puisse soutenir celui d'autrui. D'ailleurs, les Sots sont tres-malhureux. Car la miseré est atachée à l'impertinence, comme la peau aux os. Ils n'ont qu'une seule chose, qui n'est pas tant mauvaise. C'est que comme la sagesse des autres ne leur sert de rien, ils sont au contraire tres-utiles aux Sages, qui s'instruisent & se précautionnent à leurs dépens [1].

1 Cela se raporte à l'une des sentences de Caton le Censeur, qui disoit : Que les fous sont plus utiles aux sages, que les sages aux fous : parce que les sages remarquent tres-bien les dérèglemens des fous : au lieu que les fous ne sont pas capables de discerner, ni, par conséquent, d'imiter les bons éxemples des sages.

MAXIME CXCVIII.

Savoir se transplanter.

IL y a des gens, qui, pour valoir leur prix, sont obligés de changer de païs, sur-tout s'ils veulent ocuper de grans postes. La Patrie est la marâtre des perfections éminentes [1]. L'envie y regne, comme en son païs-natal. L'on s'y souvient mieux des imperfections, qu'un homme avoit au commencement, que du mérite, par où il est parvenu à la grandeur [2]. Une épingle a pû

[1] C'est pourquoi les plus grans-hommes ont souvent abandonné leur patrie de naissance, pour s'en faire une d'élection. Quelqu'un reprochant à Diogéne d'avoir été bani de la sienne par ses Compatriotes : *Et moi*, répondit-il, *je les condanne à y rester*. Pour donner à entendre, qu'il n'y a point de pire sejour, que celui de sa patrie, quand c'en est une, où le mérite est odieux.

[2] Car, au dire de Tacite, c'est un défaut ataché à l'esprit de l'homme, de ne regarder qu'avec envie la fortune récente de ceux, à qui il étoit égal auparavant. *Insita mortalibus natura, recentem aliorum felicitatem ægris oculis introspicere.* Hist. 2. C'est de céte envie, que naquirent l'Ostracisme à Sparte, & le Pétalisme à Siracuse. Car ni l'un, ni l'autre, n'étoient point une punition de crime commis contre l'Etat, mais seulement un rabais, & une diminution de l'autorité, & de la réputation des Particuliers. Témoin ce qui fut répondu à Aristide par un de ses Concitoiens, à qui il demandoit la cause de son aversion : C'est, dit-il, qu'on t'a donné le surnom de *Juste*. Où il est bon d'expliquer en passant les mots d'*Ostracisme* & de *Pétalisme*. Ostracisme signifie proprement *Coquillage*, atendu que les voix se recüeilloient par coquilles, où étoit écrit le nom du Citoien, que l'on vouloit bannir : au lieu qu'à Siracuse on l'écrivoit sur des feüilles de chesne, apellées en Grec, πέταλα, d'où est venu le nom de Pétalisme, qui veut dire le *Feüillage*.

paſſer pour une choſe de prix , en paſſant d'un
monde à l'autre : & quelquefois un verre a fait
méſeſtimer un diamant, pour être venu de loin.
Tout ce qui eſt étranger, eſt eſtimé, ſoit à-cauſe
qu'il eſt venu de loin ; ou parce qu'on le trouve
tout fait , & dans ſa perfection. Nous avons vu
des hommes , qui étoient le rebut d'un petit can-
ton , & qui ſont aujourd'hui l'honneur du monde , étant également révérés de leurs Compatriotes , & des Etrangers ; des uns , parce qu'ils en
ſont loin ; & des autres , parce qu'ils ſont de loin.
Celui-là n'aura jamais beaucoup de vénération
pour une ſtatuë , qui l'a vüe pié-d'arbre dans un
jardin.

MAXIME CXCIX.

Savoir ſe métre ſur le pié d'homme-ſage , & non d'homme-
intrigant.

LE plus court chemin , pour ariver à la réputation, eſt celui des mérites. Si l'induſtrie
eſt fondée ſur le mérite, c'eſt le vrai moien de
parvenir. L'intégrité ſeule ne ſufit pas ; le ſeul
entregent ne mérite pas : dautant que les choſes
ſe trouvent alors ſi défectueuſes, qu'elles empeſ-
tent la réputation. Il eſt donc requis , & d'avoir
du mérite , & de ſavoir s'introduire.

MAXIME CC.

*Avoir toujours quelque chofe à defirer, pour ne pas être mal-
hureux dans fon bonheur.*

LE corps refpire, & l'efprit afpire. Si l'on
étoit en poffeffion de tout, l'on feroit dé-
goûté de tout [1]. Il eft même néceffaire à la fatisfaction de l'entendement, qu'il lui refte toujours
quelque chofe à favoir, pour repaître fa curiofité. L'efpérance fait vivre, & le raffafiement de
plaifir rend la vie à charge. En fait de récompenfe, c'eft adreffe de ne la donner jamais toute
entiére [2]. Quand l'on n'a plus rien à defirer, tout
eft à craindre : c'eft une félicité malhureufe. La
crainte commence par où finit le defir.

1 C'eft peut-être par céte raifon,
qu'Aléxandre diftribua tous fes trefors à fes amis, difant, qu'il fe ré-
fervoit l'efpérance. Il en eft, dit Juan
Rufo, du defir de l'homme, comme
des enfans, qui pleurent, pour avoir
tout ce qu'ils voient, & puis le jétent, ou le rompent, dés qu'ils l'ont
entre les mains. *Apoft.* 10.

2 Tacite dit, que le dégoût

prend également à ceux, qui ont
tout donné, & à ceux, qui ont tout
reçu. *Satias capit illos, cùm omnia
tribuerunt ; hos, cùm jam nihil reli-
quum eft quod cupiant. Ann.* 3 Car
les premiers ont du chagrin de n'a-
voir plus rien à donner, & les feconds, de n'avoir plus rien à efpé-
rer.

MAXIME CCI.

Tous ceux, qui paroissent fous, le sont, & encore la moitié
de ceux, qui ne le paroissent pas.

LA folie s'est emparée du monde ; & s'il y a
tant-soit-peu de sagesse, c'est pure folie en
comparaison de la Sagesse-d'enhaut. Mais le plus
grand fou est celui, qui ne croit pas l'être, & en
acuse tous les autres. Pour être sage, il ne sufit
pas de le paroitre, encore moins de se le paroitre à soi-même. Celui-là l'est, qui ne pense pas
l'être : & celui, qui ne s'aperçoit pas, que les
autres voient, ne voit pas lui-même. Quelque
plein que le monde soit de fous, & de sots, il
n'y a personne, qui se le croie, ni même, qui s'en
soupçonne.

MAXIME CCII.

Les dits & les faits rendent un homme acompli.

IL faut dire de bonnes choses, & en faire de
belles. L'un montre une bonne tête, & l'autre un bon cœur : & l'un & l'autre naissent de
la supériorité de l'esprit. Les paroles sont l'ombre des actions. La Parole est la femelle, & FAIRE
est

mâle. Il vaut mieux être le fujet du Panégirique, que le Panégirifte. Il vaut mieux recevoir des loüanges, que d'en donner [1]. Le DIRE eft ai-fé [2], le FAIRE eft dificile. Les beaux faits font la fubftance de la Vie, & les beaux mots en font l'ornement. L'excellence des faits eft de durée, celle des dits eft paffagére. Les actions font le fruit des réfléxions. Les uns font fages, les au-tres font vaillans.

[1] Quelqu'un demandant un jour à Témiftocle, lequel il aimeroit mieux être, Achille ou Homére : *C'eft me demander*, répondit-il, *fi j'aimerois mieux être le Héraut, que le Vainqueur,*

[2] Démocrite apelloit le difcours l'ombre de l'action.

MAXIME CCIII.

Connoitre les excellences de fon fiécle.

ELLES ne font pas en grand nombre. Il n'y a qu'un Fénix dans le monde. En tout un fiécle il fe voit à-peine un grand Capitaine, un parfait Orateur, un Sage. Et il faut plufieurs fié-cles, pour trouver un excellent Roi [1]. Les mé-diocrités font ordinaires, foit pour le nombre, ou pour l'eftime : mais les excellences font rares en tout, parce qu'elles demandent une perfec-tion acomplie : & que plus la Catégorie eft fu-

[1] Du moins pour en avoir un comme LOUIS-LE-GRAND.

E e

blime, plus il eſt dificile d'en ateindre ¹e plus
haut degré. Pluſieurs ont uſurpé le ſurnom de
GRAND à Céſar & à Aléxandre, mais en vain.
Car ſans les faits la voix du peuple n'eſt qu'un
peu d'air. Il y a eu peu de Senéques, & la Renommée n'a préconiſé qu'un ſeul Apellés.

MAXIME CCIV.

Ce qui eſt facile, ſe doit entreprendre, comme s'il étoit dificile;
& ce qui eſt dificile, comme s'il étoit facile.

L'UN, de peur de ſe relâcher par trop de
confiance ; l'autre, de peur de perdre courage à-force de trop craindre. Pour manquer à
faire une choſe, il n'y a qu'à la compter pour
faite : au contraire, la diligence ſurmonte l'impoſſibilité. Quant aux grandes entrepriſes, il
n'y faut pas raiſonner, il ſufit de les embraſſer,
quand elles ſe preſentent ¹, de peur que la conſidération de leur dificulté ne les faſſe abandonner.

1 Jules-Céſar, dit-il dans le trentiéme Diſcours de ſon *Agudeza,* diſoit, que les grans exploits ſe doivent éxécuter ſans délibérer, de peur que la conſidération du danger ne refroidiſſe la premiére ardeur du courage.

MAXIME CCV.

Savoir joüer de mépris.

LE vrai fecret d'obtenir les chofes qu'on defire, eft de les déprifer [1]. D'ordinaire on
ne les trouve pas, quand on les cherche: au lieu
qu'elles fe prefentent d'elles-mêmes, quand on
ne s'en foucie pas. Comme les chofes de ce
Monde font l'ombre de celles du Ciel, elles tiennent céte propriété de l'ombre, qu'elles fuient
celui, qui les fuit, & pourfuivent celui, qui les
fuit. Le mépris eft auffi la plus politique vangeance. C'eft la maxime univerfelle des Sages
de ne fe défendre jamais avec la plume, parce
qu'elle laiffe des traces, qui tournent plus à la
gloire des ennemis, qu'à leur humiliation [2]. Outre que céte forte de défenfe fait plus d'honneur
à l'Envie, que de mortification à l'Infolence.
C'eft une fineffe des petites-gens de tenir tête à
de grans-hommes, pour fe métre en crédit par

1 C'eft une rufe, que les Italiens pratiquent en matiére d'amour. D'où vient leur Proverbe. *Chi fprezza, ama.* C'eft-à-dire, Qui méprife, aime.

2 Le Livre des Sacremens, qu'Henri VIII. Roi d'Angleterre écrivit contre Luter, ne fervit qu'à métre cet Héréfiarque en crédit. Un fi grand nom, dit Frà-Paolo liv. 1. de fon Hift. du Concile de Trente, fervit à rendre la difpute plus curieufe, & à concilier la faveur univerfelle à Luter, comme il arive d'ordinaire dans les Tournois, & dans les Joûtes, où les Spectateurs ont tou-

une voie indirecte, faute d'y pouvoir être à bon droit 3. Bien des gens n'euſſent jamais été connus, ſi d'excellens adverſaires n'euſſent pas fait état d'eux. Il n'y a point de plus haute vangeance, que l'oubli 4. Car c'eſt enſevelir ces gens-là dans la pouſſiére de leur néant. Les téméraires s'imaginent de s'éterniſer, en métant le feu aux merveilles du monde, & des ſiécles. L'art de réprimer la médiſance, c'eſt de ne s'en point ſoucier 5. Y répondre, c'eſt ſe porter préjudice. S'en ofenſer, c'eſt ſe décréditer, & donner à l'Envie de quoi ſe complaire. Car il ne faut que céte ombre de défaut, ſinon pour obſcurcir entiérement une beauté parfaite, du moins pour lui ôter ſon plus vif éclat.

---

jours de la partialité pour le plus foible.

3 Tels qu'étoient ſous Tibére un Hiſpon, qui faiſoit gloire d'ataquer tous les plus grans perſonages de l'Empire. *Egens, ignotus, clariſſimo cuique periculum faceſſit.* Tac. *Ann.* 1. Un Trion, qui prenoit plaiſir à ſe faire de grans ennemis. *Trio facilis capeſſendis inimicitiis. Ann.* 5. Un certain Oton, qui de Maître-d'école devenu Sénateur croioit relever la baſſeſſe de ſa naiſſance par l'inſolence & la témérité de ſes actions. *Sejani potentiâ Senator, obſcu-*

ra *initia impudentibus auſis propellebat. Ann. 3.* Et divers autres, qui ont cherché à ſe rendre illuſtres, ou du moins redoutables, en s'atirant de grans ennemis. *Ut magnis inimicitiis clareſcerent. Hiſt.* 2.

4 Quelquefois les Princes laiſſent vivre des gens, qui les ont ofenſés, *oblivione magis, quàm clementia,* dit Tacite, *Ann. 6.* par oubli, plutôt que par clémence.

5 Têmoin le mot de cet Aténien, qui ſur ce qu'un autre lui diſoit, *Pourquoi médis-tu de moi?* répondit, *Parce que tu t'en ſoucies.*

MAXIME CCVI.

Il faut favoir, qu'il y a par-tout un Vulgaire.

A Corinte même, & dans la famille la plus acomplie. Un chacun l'expérimente dans fa propre maifon. Il y a non feulement un Vulgaire, mais encore un double-Vulgaire, qui eft le pire. Celui-ci a les mêmes propriétés que le commun-Vulgaire, de même que les piéces d'un miroir caffé ont toutes la même tranfparence: mais il eft bien plus dangereux. Il parle en fou, & cenfure en impertinent [1]. C'eft le grand difciple de l'Ignorance, le parain de la Sotife, & le proche parent de la Charlatanerie. Il ne faut pas s'arêter à ce qu'il dit, encore moins à ce qu'il penfe. Il importe de le connoitre, pour pouvoir s'en délivrer, en forte que l'on n'en foit ni le compagnon, ni l'objet. Car toute fotife tient de la nature du Vulgaire, & le Vulgaire n'eft compofé que de fots.

---

1 Le Vulgaire, dit Machiavel au Chap. 18. de fon *Prince*, ne s'arête qu'aux aparences, & ne juge que par les événemens : & il n'y a prefque dans le monde que le Vulgaire. Il n'y a point d'Ariftocratie fi parfaite, dit Fra-Paolo liv. 6. de fon Hiftoire du Concile de Trente, qui ne foit partagée en Gens-d'élite & en Populace.

MAXIME CCVII.

Ufer de retenüe.

IL faut prendre garde à fon fait, fur-tout dans les cas imprévus. Les faillies des paffions font autant de pas gliffans, qui font trebucher la prudence. C'eft là qu'eft le danger de fe perdre. Un homme s'engage plus en un moment de fureur, ou de plaifir, qu'en plufieurs heures d'indiférence. Quelquefois une petite échaufourée coûte un repentir, qui dure toute la vie. La malice d'autrui dreffe des embuches à la prudence, pour découvrir terre. Elle fe fert de céte forte de torture, pour tirer le fecret du cœur le plus caché. Il faut donc, que la retenüe faffe la contrebaterie, & particuliérement dans les ocafions chaudes. Il eft befoin de beaucoup de réfléxion, pour empêcher une paffion de fe décharger. Celui-là eft bien fage, qui la méne par la bride. Quiconque connoît le danger, marche à pas-comptés. Une parole paroît auffi ofenfante à celui, qui la recüeille, & la pefe, qu'elle paroît de peu de conféquence à celui, qui la dit.

MAXIME CCVIII.

Ne point mourir du mal de fou.

D'ORDINAIRE les Sages meurent pauvres de fageffe : au contraire, les Fous meurent riches de confeil [1]. Mourir en fou, c'eft mourir de trop raifonner. Les uns meurent, parce qu'ils fentent, & les autres vivent, parce qu'ils ne fentent pas. En forte que les uns font fous, parce qu'ils ne meurent pas de fentiment, & les autres, parce qu'ils en meurent. Celui-là eft fou, qui meurt de trop d'entendement. Si bien que les uns meurent d'être bons-*intendeurs*, & les autres vivent de n'être pas *entendus*. Mais quoique beaucoup de gens meurent en fous, tres-peu de fous meurent.

[1] Parce qu'ils ne l'emploient jamais durant leur vie.

MAXIME CCIX.

Ne point donner dans la folie des autres.

C'EST l'éfet d'une rare fageffe ; car tout ce que l'Exemple & l'Ufage introduifent, a beaucoup de force. Quelques-uns, qui ont pû se garantir de l'ignorance particuliére, n'ont pas sû se souſtraire à l'ignorance générale. C'eſt un dire commun, que perſonne n'eſt content de ſa condition, bienque ce ſoit la meilleure ; ni mécontent de ſon eſprit, quoique ce ſoit le pire. Un chacun envie le bonheur d'autrui faute d'être content du ſien. Ceux d'aujourd'hui loüent les choſes d'hier, & ceux d'ici celles de delà. Tout le paſſé paroît meilleur ¹, & tout ce qui eſt éloigné, eſt plus eſtimé. Auſſi fou eſt celui, qui ſe rit de tout, que celui, qui ſe chagrine de tout.

1 *Vetera extollimus*, dit Tacite, *recentium incurioſi. Annal. 2. Vitio autem malignitatis humanæ,* dit Quintilien, *vetera ſemper in laude, præſentia in faſtidio :* quoique *nec omnia apud priores meliora.* Tac. *Annal. 3.* Toute nôtre vénération eſt pour le paſſé, & toute nôtre envie contre le préſent. *Præſentia invidiâ, præterita veneratione proſequimur,* dit Paterculus *Hiſt. 2.*

MAXIME CCX.

Savoir joüer de la vérité.

ELLE eſt dangereuſe, mais pourtant l'homme-de-bien ne peut pas laiſſer de la dire. Et c'eſt là qu'il eſt beſoin d'artifice. Les habiles Médecins de l'ame ont eſſaié tous les moiens de l'adoucir. Car lorſqu'elle touche au vif, c'eſt la
quint'eſſence

quint'effence de l'amertume. La difcrétion dé-
velope là toute fon adreffe : avec une même vérité elle flate l'un, & affomme l'autre. Il faut
parler à ceux, qui font préfens, fous le nom des
abfens, ou des morts. A un bon-entendeur, il
ne lui faut qu'un figne : & quand cela ne fufi-
ra pas, le meilleur expédient eft de fe taire.
Les Princes ne fe guériffent pas avec des remédes amers. Il eft de l'art de leur dorer la
pilule.

Dans la Critique 3. de la troifiéme Partie de
fon Criticon, il dit, qu'aprés plufieurs conful-
tations faites fur les moiens de rapeller la Vérité dans le monde, d'où les hommes l'avoient
chaffée, pour métre le Menfonge en fa place,
il fut délibéré de la détremper avec force fucre, pour lui ôter fon amertume ; & puis de la
faupoudrer de beaucoup d'ambre, pour tempérer l'odeur forte & défagréable qu'elle rendoit.
Aprés quoi on la donneroit à boire aux hommes, dans une taffe d'or, & non dans verre, de
peur qu'ils ne la viffent au travers : en difant,
que c'étoit un bruvage exquis, aporté de bien
loin, & plus précieux que le Chocolat, & que
le Café, & le Sorbet. *Puis il ajoute.* L'on commença par les Princes, afin qu'à leur éxemple
tout le monde en voulût boire. Mais comme

F f

ils ont l'odorat tres-fin, ils fentirent d'une lieüe
l'amertume de céte boiffon, & commencérent
d'avoir mal au cœur, & de s'éforcer à vomir,
&c. *Et dans fon Difcret, au Dialogue intitulé,
El Buen Entendedor,* il introduit un Doêteur,
qui dit : Aujourd'hui, de dire la vérité, cela
s'apelle fotife & bêtife. Et il répond : Auffi perfonne ne la veut-il dire à ceux, qui n'ont pas
coutume de l'entendre. Il ne refte plus rien
d'elle dans le monde, que quelques parcelles,
& encore ne fe montrent-elles qu'avec miftére, cérémonie, & précaution. Avec les Princes
(reprend le Doêteur) on biaife toujours. C'eft
donc à eux d'y bien avifer, (répond Gracian)
dautant qu'il y va de tout perdre, ou de tout
gagner. La Vérité, ajoute le Doêteur, eft une
Demoifelle, qui a autant de pudeur, que de
beauté : & c'eft pour cela, qu'elle va toujours
voilée. Mais il faut, réplique Gracian, que les
Princes la découvrent galamment. Ils doivent
tenir beaucoup de la condition des Devins &
des Linxs, pour pénétrer la vérité, & difcerner
la tromperie. Plus un chacun s'étudie à ne leur
dire la vérité qu'entre fes dens, & plus il la leur
donne mâchée, & facile à digérer, afin qu'elle
leur faffe plus de profit. Maintenant le *défabufe-
ment* eft politique, il va d'ordinaire entre deux
lumiéres, ou pour fe retirer aux ténébres de la

flateıie, s'il rencontre un fot ; ou pour paffer à
la lumiére de la vérité, s'il rencontre un homme-
d'efprit.

MAXIME CCXI.

Au Ciel, tout eft plaifir. En Enfer tout eft peine. Le Monde,
comme mitoien, tient de l'un & de l'autre.

NOUS fommes entre les deux extrémités, & ainfi nous tenons de toutes les
deux. Il y a une alternative de fort, ni tout
ne fauroit être bonheur, ni tout être malheur.
Ce Monde eft un zero, tout feul il ne vaut
rien, joint avec le Ciel il vaut beaucoup. C'eft
fageffe d'être indiférent à tous fes changemens,
parce que la nouveauté n'eft point le fait des
Sages. Nôtre vie fe joüe comme une Comédie.
Sur la fin elle vient à fe dégager. Le point eft
de la bien finir.

Informes hiemes reducit   *nunc, & olim.*
Jupiter, idem   *Sic erit,* dit Horace *Ode* 10.
Summovet. Non fi malè   *Carm.* 2.

MAXIME CCXII.

Se réserver toujours le fin de l'Art.

LES grans-Maîtres usent de céte adresse, lors même qu'ils enseignent leur métier. Il faut toujours garder une supériorité, & rester le maître. En communiquant son Art, il est besoin de le faire avec art. Il ne faut jamais épuiser la source d'enseigner, ni celle de donner. C'est par là que l'on conserve sa réputation, & son autorité. En matiére de plaire & d'enseigner, c'est un grand précepte à garder, que d'avoir toujours de quoi paître l'admiration, en poussant la perfection toujours plus avant. En toutes professions, & particuliérement dans les emplois les plus sublimes, ç'a été une grande régle de vivre, & de vaincre, que de ne se pas prodiguer.

MAXIME CCXIII.

Savoir contredire.

C'EST une excellente ruse, quand on le sait faire, non pour s'engager, mais pour engager. C'est l'unique torture, qui puisse faire

faillir les paſſions. La lenteur à croire eſt un vo-
mitif, qui fait ſortir les ſecrets ; c'eſt la clef
pour ouvrir le cœur le plus renfermé. La double ſonde de la volonté & du jugement demande une grande dextérité. Un mépris adroit de
quelque mot miſtérieux d'un autre donne la
chaſſe aux plus impénétrables ſecrets , &, par
un agréable ſucement, les fait venir juſque ſur
le bord de la langue, pour les prendre dans les
filets de l'artifice. La retenüe de celui , qui ſe
tient ſur ſes gardes, fait que ſon eſpion·ſe retire à l'écart : & qu'ainſi il découvre la penſée
d'autrui, qui autrement étoit impénétrable. Un
doute afecté eſt une fauſſe-clef de fine trempe,
par où la curioſité entre en connoiſſance de
tout ce qu'elle veut ſavoir.   En matiére d'a-
prendre , c'eſt un trait-d'adreſſe au diſciple, que
de contredire à ſon maître, dautant que c'eſt
une obligation, qu'il lui impoſe , de s'éforcer
à expliquer plus clairement, & plus ſolidement,
la vérité.   De ſorte que la contradiction mo-
dérée donne ocaſion à celui , qui enſeigne,
d'enſeigner à fond.

MAXIME CCXIV.

D'une folie n'en pas faire deux.

IL eſt tres-ordinaire aprés une ſotiſe faite, d'en faire quatre autres pour la r'habiller. L'on excuſe une impertinence par une autre plus grande.   La Sotiſe eſt de la race du Menſonge, ou celui-ci de la race de la Sotiſe : pour en ſoutenir une, il en faut beaucoup d'autres. La défenſe d'une mauvaiſe Cauſe a toujours été pire, que la Cauſe même[1].   C'eſt un mal plus grand, que le mal même, de ne le ſavoir pas couvrir[2].   C'eſt le revenu des imperfections, d'en métre beaucoup d'autres à rente. L'homme le plus ſage peut bien faillir une fois, mais non deux ; en paſſant, & par inadvertence, mais non de ſens-raſſis. *Voiés la Maxime 261.*

---

[1] Juan Rufo dit agréablement, que c'eſt emprunter de l'argent à gros intéreſt, pour aquiter une déte, qui ne monte pas ſi haut que cet intéreſt. *Apoſtegm.* 32.

[2] Le Cardinal Madruce dit il, dans le 2. Chap. du Héros, ne traitoit pas de ſot celui, à qui échape une ſotiſe ; mais bien celui, qui l'aiant faite, ne la fait pas cacher.

MAXIME CCXV.

Avoir l'œil fur celui, qui joüe de feconde intention.

C'EST une rufe d'homme-de-négotiation d'amufer la volonté, pour l'ataquer. Car elle eft vaincüe, dés qu'elle eft convaincüe. Il diffimule fa prétention, pour y parvenir : il fe met le fecond en rang, pour être le premier dans l'éxécution. Il affure fon coup fur l'inadvertence de fon adverfaire. Ne laiffe donc pas dormir ton atention, puifque l'intention de ton rival eft fi éveillée. Et fi l'intention eft feconde en diffimulation, il faut, que le difcernement foit premier en connoiffance. C'eft à la précaution de reconnoitre l'artifice, dont la perfonne fe fert, & de remarquer les vifées qu'elle prend, pour fraper au but de fa prétention. Comme elle propofe une chofe, & en prétend une autre, & qu'elle fe tourne & retourne, pour ariver finement à fes fins, il faut bien regarder à ce qu'on lui acorde ; & quelquefois même il fera bon de lui donner à entendre, que l'on a comoris fa penfée.

MAXIME CCXVI.

Parler net.

CELA montre, non feulement du dégagement, mais encore de la vivacité-d'efprit.
Quelques-uns conçoivent bien , & enfantent
mal. Car fans la clarté les enfans de l'Ame,
c'eft-à-dire, les penfées & les expreffions, ne fauroient venir au jour. Il en eft de certaines-
gens, comme de ces pots, qui tiennent beau.
coup, & donnent peu ¹ : au contraire, d'autres en difent encore plus qu'ils n'en favent ².
Ce que la réfolution eft dans la volonté, l'ex-
preffion l'eft dans l'entendement. Ce font deux
grandes perfections. Les efprits nets font plaufibles ; fouvent les efprits confus ont été admi-
rés , pour n'avoir pas été entendus. Quelquefois l'obfcurité fied bien, pour fe diftinguer
du Vulgaire ³. Mais comment les autres ju-
geront-ils de ce qu'ils écoutent , fi ceux , qui

---

1 A les entendre, dit Erafme dans un de fes Dialogues, on di-roit, qu'ils ont apris à confeffe tout ce qu'ils favent : tant ils ont peu de liberté d'en parler.

2 Dans le fiécle paffé , l'on difoit au Palais, que l'Avocat-Général (Jean-Bat. du Mefnil) difoit plus qu'il ne favoit ; mais que le Procureur-Général (Gilles Bourdin) favoit plus qu'il ne di-foit.

3 C'eft en partie pour cela, que Tibére afectoit de parler ambigû-

parlent,

parlent, ne conçoivent pas eux-mêmes ce qu'ils
difent ?

ment. *Confulto ambiguus,* dit Tacite, | qui il fied bien de parler, comme
Ann. 13. Et c'eft, au fentiment des | les Oracles. *Per ambages, ut mos*
Politiques , plutôt une perfection | *Oraculis. Annal.* 2.
qu'un défaut dans les Princes , à |

MAXIME CCXVII.

Il ne faut ni aimer , ni haïr pour toujours.

VIs aujourd'hui avec tes amis, comme avec
ceux, qui peuvent être demain tes pires
ennemis[1]. Puifque cela fe voit par l'expérience, il eft bien jufte de donner dans la prévention. Garde-toi de donner des armes aux trans-
fuges de l'Amitié, dautant qu'ils t'en font la
plus cruelle guerre. Au contraire, à l'égard de
tes ennemis, laiffe toujours une porte ouverte
à la réconciliation[2], c'eft-à-dire, celle de la galanterie, qui eft la plus fûre. Quelquefois la
vangeance d'auparavant a été la caufe du regret d'après, & le plaifir pris à faire du mal

1 Les uns atribüent ce précepte | l'auteur d'une Maxime , qui fape
à Thalés, les autres à Chilon ; Et | le principal fondement de l'amitié,
quelques-uns l'expriment en ces | c'eft-à-dire , la confiance.
termes : *Aime , comme pouvant haïr;* | 2 C'eft en ce fens que Caton
& hais comme pouvant aimer. Sci- | difoit, qu'il faloit quelquefois dé-
pion l'Afriquain difoit, qu'il ne | noüer une amitié, mais jamais la
pouvoit croire aucun des fept Sages | rompre.

Gg

s'eſt tourné en déplaiſir de l'avoir fait,.

MAXIME CCXVIII.

Ne rien faire par caprice, mais tout avec circonſpection.

TOUT caprice eſt un apoſtume. C'eſt le
fils-aîné de la Paſſion, qui fait tout à rebours. Il y a des gens, qui tournent tout en
petite-guerre. Dans la converſation ce ſont des
bandouliers ; de tout ce qu'ils font, ils en voudroient faire un trionfe. Ils ne ſavent ce que
c'eſt d'être pacifiques. En matiére de commander & de gouverner, ils ſont pernicieux, parce
que du gouvernement ils en font une ligue o-
fenſive, & de ceux, qu'ils devoient tenir en qualité d'enfans, ils en forment un parti d'ennemis.
Ils veulent tout mener à leur mode, & tout emporter comme choſe düe à leur adreſſe. Mais
dés que l'on vient à découvrir leur humeur paradoxe, l'on ſe met en garde contre eux ; leurs
chiméres ſont relancées : &, par conſéquent,
bien loin d'ariver à leur but, ils ne remportent
qu'un amas de chagrins, un chacun aidant à les
mortifier. Ces pauvres-gens ont le ſens bleſſé,
& quelquefois auſſi le cœur gâté. Le moien

de se défaire de tels monſtres, eſt de s'enfuir aux Antipodes, dont la barbarie ſera plus ſuportable, que l'humeur féroce de ces gens-là.

MAXIME CCXIX.

Ne point paſſer pour homme-d'artifice.

VE'RITABLEMENT, on ne ſauroit vivre aujourd'hui ſans en uſer[1]. Mais il faut plutôt choiſir d'être prudent, que d'être fin. L'humeur ouverte eſt agréable à tout le monde, mais bien des gens n'en veulent point chés eux. La ſincérité ne doit jamais dégénérer en ſimplicité, ni la ſagacité en fineſſe. Il vaut mieux être reſpecté comme ſage, que craint comme trop pénétrant. Les gens ſincéres ſont aimés, mais trompés. Le plus grand artifice eſt de bien cacher ce qui paſſe pour tromperie. La Candeur floriſſoit dans le ſiécle-d'or, la Malice à ſon tour dans ce ſiécle-de-fer. Le renom de ſavoir ce que l'on a à faire eſt honorable, & atire la con-

1 La fineſſe eſt une bonne qualité, lorſqu'elle n'outrepaſſe point les bornes de la prudence ; mais c'eſt un vice, quand elle va juſqu'à la tromperie. L'on ſe doit ſervir de la fineſſe, comme d'un reméde contre la malice des autres ; mais non comme d'un poiſon. Le Jeune-Pline dit, que, vu la malice des hommes & la condition malhureuſe du tems, c'eſt prudence de tromper les méchans. *Quos decipere, pro moribus temporum, prudentia eſt. Ep.* 18. *lib.* 8.

fiance ; mais celui d'être artificieux eſt ſofiſti-
que , & engendre la défiance.

MAXIME CCXX.

Se couvrir de la peau du renard , quand on ne le peut pas
faire de celle du lion 1.

SAVOIR céder au tems, c'eſt excéder 2. Celui, qui vient à bout de ſon deſſein , ne perd
jamais ſa réputation 3. L'adreſſe doit ſupléer à la
force. Si l'on ne ſauroit aler par le chemin
roial de la force ouverte , il faut prendre la route détournée de l'artifice. La ruſe eſt bien plus
expéditive que la force 4. Les ſages ont plus
ſouvent vaincu les braves, que les braves les ſa-

1 Maxime de Liſander , qui
diſoit , qu'il faloit coudre la peau
du renard , où manquoit celle du
lion.

2 *Tempori cedere , id eſt neceſſita-*
ti parêre , ſemper. , ſapientis eſt habi-
tum , dit Cicéron. C'eſt-à-dire :
L'on a toujours crû , que c'étoit
un trait de ſageſſe de céder au tems.
Et dans un autre endroit , il dit ,
que le Prince obéït au tems , comme les ſujets obéïſſent au Prince.
Nos Principi ſervimus, ipſe tempo-
ribus. Ep. lib. 9.

3 Particuliérement les Princes.
Nihil glorioſum, niſi tutum , dit Sa-

luſte, *& omnia retinenda dominatio-*
nis honeſta.

4 Témoin tout le regne de Tibére , qui fit autant par la ruſe , qu'-
Auguſte par les armes. *Se novies à*
D. Auguſto in Germaniam miſſum plu-
ra conſilio , quàm vi perfeciſſe. Tac.
Ann. 2. Latiore Tiberio , quia pacem
ſapientiâ firmaverat , quàm ſi bellum
per acies confeciſſet. Ibid. Et dans
un autre endroit , Tacite dit , que
les Princes terminent plus d'afaires
par la négotiation , que par les armes. *Pleraque in ſumma fortuna auſ-*
piciis & conſiliis , quàm telis & ma-
nibus geri. Annal. 13.

ges. Quand une entreprise vient à manquer, la porte est ouverte au mépris.

MAXIME CCXXI.

N'être point trop pront à s'engager, ni à engager autrui.

IL y a des gens nés pour broncher, & pour faire broncher les autres contre la bienséance. Ils font toujours à point, pour faire des sotises. Ils ont une grande facilité à donner un rude choc, mais ils se brisent malhureusement. Ils n'en font pas quites pour cent queréles par jour: Comme ils ont l'humeur à contrepoil, ils contredisent à tout & à tous. Aiant le jugement chauffé de travers, ils désaprouvent tout. Il n'apartient qu'à ces grans Avanturiers de prudence de ne rien faire à-propos, & de censurer tout. Que de monstres dans le vaste païs de l'Impertinence !

MAXIME CCXXII.

L'Homme retenu a toute l'aparence d'être prudent.

LA langue est une bête-sauvage, qu'il est tres-dificile de remétre à la chaine, quand une fois elle est échapée. C'est le poulx, par où

Gg iij

les Sages connoiffent la difpofition de l'ame.
C'eft là que les intelligens tâtent le mouvement
du cœur. Le mal eft, que celui, qui devoit être
le plus difcret, l'eft le moins. Le Sage s'épargne
des chagrins, & des engagemens, & montre
par là combien il eft maître de foi-même. Il
agit avec circonfpection. C'eft un Janus en équi-
valent, & un Argus en difcernement. Momus
eût eu meilleure raifon de dire, qu'il manquoit
des yeux aux mains, que de dire, qu'il faloit
une petite fenêtre au cœur.

MAXIME CCXXIII.

N'être pas trop fingulier, ni par afectation,
ni par inadvertence.

QUELQUES gens fe font remarquer par
leur fingularité, c'eft-à-dire, par des actions
de folie, qui font plutôt des défauts, que des
diférences : Et comme quelques-uns font connus de tout le monde, à-caufe qu'ils ont quelque chofe de tres-laid au vifage; ceux-ci le font
par je-ne-fai-quel excés, qui paroît dans leur
contenance. Il ne fert à rien de fe fingularifer,
finon à fe faire paffer pour un original impertinent. Ce qui provoque alternativement la mo-

querie des uns , & la mauvaise humeur des autres.

Cete Maxime étant tirée du Chapitre de son Discret , intitulé la Figureria, il me semble à-propos d'en métre ici l'extrait pour Commentaire.

Il y a , dit-il , beaucoup de gens, qui servent de but aux traits de la risée, & ceux-là veulent bien en servir tout exprés, qui, pour se distinguer des autres, afeêtent une singularité extravagante, qu'ils gardent en toutes leurs aêtions. Il y a tel, qui paieroit libéralement de pouvoir parler du derriére de la tête, pour ne pas parler par la bouche, comme les autres. Mais dautant que cela n'est pas possible, ils transforment leur voix, ils afeêtent un petit accent, ils inventent des idiomes, & bourdonnent mignonement, pour être rares en tout. Ils martirisent leur goût, en le privant de tout ce qu'il aime naturellement. Comme il leur est commun avec le reste des hommes, & même avec les animaux, ils veulent le changer par des excés de singularité, qui font plutôt le chatiment de leur afeêtation, que des élevations de leur grandeur. Quelquefois ils se plairont à boire de la lie, & diront, que c'est du neêtar. Ils laissent le généreux Roi des liqueurs pour des eaux, qui ne font précieuses que dans leur fantaisie ; elles sentent la médecine, & ils les apellent de l'ambrosie. Chaque

jour ils inventent des nouveautés, pour rafiner
toujours en fingularité; & véritablement ils y
réüffiffent, dautant que tous les autres ne trouvent point dans leurs ragoûts, ni le haut-goût,
ni la bonté, qu'on leur éxagére. De forte qu'ils
reftent tout feuls dans leur extravagance, ou,
comme l'apellent d'autres, dans leur impertinence. *Et quelques lignes aprés.* Dans les actions
héroïques, la fingularité fied bien, & il n'y a
rien, qui atire plus de vénération aux grans exploits. La grandeur confifte dans la fublimité-
d'efprit, & dans les hautes penfées. Il n'eft point
de nobleffe, comme celle du cœur. Car il ne
s'abaiffe jamais à l'artifice. La Vertu eft le caractére de l'Héroïfme. La diférence y fied bien.
Les Princes doivent vivre avec tant de brillant
& de fplendeur, par le moien de leurs belles
qualités, & de leurs vertus, que, fi les étoiles
defcendoient de leur sfére célefte, pour venir
demeurer avec nous, elles ne fuffent pas plus
lumineufes qu'eux·····. Il y en a d'autres, qui
ne font pas des Hommes; ils afectent de fe diftinguer par les modes, & de fe fingularifer par
un air extraordinaire. Ils abhorrent tout ce qui
fe pratique. Ils montrent comme une antipatie
pour l'Ufage. Ils afectent d'aler à l'antique, &
de renouveller les vieilles modes. D'autres, en
Efpagne, s'habillent à la Françoife, &, en France,

ce, à l'Espagnole. Il s'en trouve même, qui vont
à la Campagne avec le hauslecou, & à la Cour
avec un rabat, joüant ainsi des marionétes, comme si la Moquerie avoit besoin de ragoût. Il ne
faut jamais aprêter à rire aux gens d'esprit, non
pas même aux enfans : & cependant il y a force
gens, qu'il semble qui métent tout leur soin &
toute leur étude à se rendre ridicules, & à servir
de fable aux autres. Ils croiroient mal emploïer
leur journée, s'ils ne la signaloient pas par quelque singularité ridicule. Mais de quoi s'entre-
tiendroit la raillerie des uns, sans l'extravagance des autres ? Certains vices servent de matiére
aux autres. C'est ainsi que la sotise est la nouriture de la médisance. Mais si la singularité
frivole dans l'écorce, c'est-à-dire dans l'extérieur, est un sujet de risée, que fera-ce de celle
de l'intérieur, je veux dire, de l'esprit ? Il y a des
gens, à qui vous diriés, que la Nature a chaussé
l'esprit & le goût à rebours. Ils afectent de paroître tels, de peur de se conformer à l'Usage.
Inintelligibles dans leurs raisonnemens, dépra-
vés dans leur goût, & hétéroclites en tout. Car
la plus grande singularité est sans doute celle de
l'entendement. D'autres repaissent leur caprice d'un tres-vain orgüeil, fourré de sotise & de
folie. Avec cela, ils afectent en tout & par tout,
une gravité morgante. Il semble, qu'ils hono-

rent, quand ils regardent; & qu'ils font grace, quand ils parlent.

MAXIME CCXXIV.

Ne prendre jamais les chofes à contrepoil, bien qu'elles
y viennent.

TOUT a fon droit & fon envers. La meilleure chofe bleffe, fi on la prend à contre-
fens. Au contraire, la plus incommode acommode, fi elle eft prife par le manche. Bien des
chofes ont fait de la peine, qui euffent donné
du plaifir, fi l'on en eût connu le bon. Il y a
à tout du bon & du mauvais. L'habileté eft à
favoir trouver le premier. Une même chofe a
fon jour & fon contrejour. Regardés-la par
fon beau. Il ne faut pas changer les refnes au
bien & au mal. De là vient, que quelques-uns
prennent plaifir à tout, & les autres à rien. Bon
expédient contre les revers de la Fortune, &
pour vivre, en quelque tems, & en quelque
emploi que l'on fe rencontre.

MAXIME CCXXV.

Connoitre son défaut dominant.

UN chacun en a un, qui fait un contre-poids à sa perfection dominante. Et si l'inclination le seconde, il domine en Tiran. Que l'on commence donc à lui faire la guerre, en la lui déclarant : & que ce soit par un Manifeste. Car s'il est connu, il sera vaincu ; & particuliérement, si celui qui l'a, le juge aussi grand, qu'il paroît aux autres. Pour être maître de soi, il est besoin de refléchir sur soi. Si une fois céte racine des imperfections est arachée, l'on viendra bien à bout de toutes les autres.

Un ancien Filofofe difoit, que l'on avoit grand' curiofité de favoir, comment le Monde étoit fait : & que l'on ne fe foucioit pas de favoir comment on étoit fait foi-même. Gracian dans fon Dialogue du *Buen Entendedor*, parle en ces termes : Il n'y a rien de plus facile, que de connoitre les autres : Ni rien de plus dificile, *répond un Docteur*, que de fe connoitre foi-même. La premiére démarche du favoir, *continüe Gracian*, eft de fe favoir. Et celui-là, *reprend l'autre*, ne peut pas être homme entendu, qui n'eft pas entendeur. L'Aforifme de *fe con-* *noitre foi-même* eft bientôt dit, mais eft longtems à faire. Un Filofofe, *dit Gracian*, a été mis au nombre des Sept Sages, pour avoir donné ce précepte. Mais *répliqué l'autre*, perfonne encore n'y a été mis, pour l'avoir acompli. Quelques-uns en favent auffi peu d'eux-mêmes, qu'ils en favent beaucoup des autres. Le fot fait bien mieux ce qui fe fait dans la maifon d'autrui, que dans la fienne. Quelques-uns raifonnent à fond de ce qui ne leur importe point, & jamais de ce dont ils devroient fe foucier davantage.

Hh ij

MAXIME CCXXVI.

Atention à engager.

LA plufpart des hommes ne parlent, ni
n'agiffent point felon ce qu'ils font, mais
felon l'impreffion des autres. Il n'y a perfonne, qui ne foit plus que fufifant, pour perfuader le mal, dautant que le mal eft crû tres-
facilement, quelquefois même qu'il eft in-
croiable. Tout ce que nous avons de meilleur, dépend de la fantaifie d'autrui. Quelques-uns fe contentent d'avoir la raifon de
leur côté : mais cela ne fufit pas, &, par conféquent, il faut le fecours de la pourfuite.
Quelquefois le foin d'engager coûte tres-peu,
& vaut beaucoup. Avec des paroles on achéte de bons éfets. Dans céte grande hotelle-
rie du monde, il n'y a point de fi petit uften-
cile, dont il n'arive d'avoir befoin une fois l'an :
& fi peu qu'il vaille, il fera tres-incommode de
s'en paffer. Un chacun parle de l'objet felon
fa paffion.

MAXIME CCXXVII.

N'être point homme de premiére impreſſion.

QUELQUES-uns ſe marient avec la premiére information, en ſorte que toutes les autres ne leur ſont plus que des concubines. Et
comme le Menſonge va toujours le premier, la
Vérité ne trouve plus de place. Ni l'Entendement, ni la Volonté, ne ſe doivent jamais remplir ni de la premiére propoſition, ni du premier
objet. Ce qui eſt une marque d'un pauvre fond.
Quelques gens reſſemblent à un pot neuf, qui
prend pour toujours l'odeur de la premiére li-
queur, bonne, ou mauvaiſe, qu'on y verſe. Quand
céte foibleſſe vient à être connüe, elle eſt perni-
cieuſe, parce qu'elle donne pié aux artifices de la
malice. Ceux qui ont de mauvaiſes intentions,
ſe hâtent de donner leur teinture à la crédulité. Il
faut donc laiſſer une place vuide pour la réviſion.
Qu'Aléxandre garde ſon autre oreille pour la partie adverſe 1. Qu'il reſte une porte ouverte à la ſeconde & à la troiſiéme information. C'eſt une
marque d'incapacité, de s'en tenir à la premiére,
& même un défaut, qui aproche fort de l'entêtement.

1 C'eſt une réponſe, qu'Aléxan- | der une Cauſe.
dre fit un jour qu'il entendoit plai- |

Hh iij

MAXIME CCXXVIII.

N'avoir ni le bruit, ni le renom, d'avoir méchante langue.

CAR c'eſt paſſer pour un fleau univerſel. Ne ſois point ingénieux aux dépens d'autrui : ce qui eſt encore plus odieux, que pénible. Un chacun ſe vange du médiſant, en diſant mal de lui : & comme il eſt ſeul, il ſera bien plutôt vaincu, que les autres, qui ſont en grand nombre, ne ſeront convaincus. Le mal ne doit jamais être un ſujet de contentement, ni de commentaire. Le médiſant eſt haï pour toujours : &, ſi quelquefois de grans perſonages converſent avec lui, c'eſt plutôt pour le plaiſir d'entendre ſes lardons, que par aucune eſtime qu'ils faſſent de lui. Celui, qui dit du mal, s'en fait toujours dire encore davantage.

Les hommes de méchante langue, dit Juan Rufo, ſont des chiens enragés, & ceux qui médiſent d'eux ſont les charmeurs. *Apoftegm.* 142.

MAXIME CCXXIX.

Savoir partager ſa vie en homme-d'eſprit.

NON pas ſelon que ſe preſentent les ocaſions, mais par prévoiance, & par choix.

Une vie, qui n'a point de relâche, eſt pénible,
comme une longue route, où l'on ne trouve
point d'hotelleries. Une variété bien-enten-
düe la rend hureuſe. La premiére poſe doit ſe
paſſer à parler avec les Morts. Nous naiſſons
pour ſavoir, & pour nous ſavoir nous-mêmes :
& c'eſt par les livres, que nous l'aprenons au
vrai, & que nous devenons des hommes-faits.
La ſeconde ſtation ſe doit deſtiner aux Vivans,
c'eſt-à-dire, qu'il faut voir ce qu'il y a de meilleur dans le monde, & en tenir regître. Tout
ne ſe trouve pas dans un même lieu. Le Pére
Univerſel a partagé ſes dons, & quelquefois il
s'eſt plû à en faire largeſſe au païs le plus miſé-
rable. La troiſiéme poſe doit être toute pour
nous. Le ſuprême bonheur eſt de filoſofer.

*Céte Maxime eſt tirée du dernier Chapitre de ſon Diſcret, dont il eſt bon
de métre ici l'extrait pour commentaire.*

Le Sage, dit-il, meſure ſa vie, comme celui,
qui a peu & beaucoup à vivre. La Vie ſans poſes
eſt un long chemin ſans hotelleries. La Nature
a proportionné la vie de l'Homme ſur la courſe
du Soleil ; & les quatre âges de la Vie ſur les quatre ſaiſons de l'année. Le Printems de l'Homme commence en ſon enfance. Les fleurs en
ſont tendres, & les eſpérances fragiles. Il eſt ſuivi de l'Eſté chalureux & exceſſif de la Jeuneſſe :
Eſté, dangereux en toutes maniéres, à-cauſe du

fang-boüillant, & des faillies fréquentes des paffions. L'Automne de l'Age-viril vient enfuite,
couronné des fruits meurs de l'Entendement &
de la Volonté : & puis enfin l'Hiver de la Vieilleffe, où tombent les feüilles de la vigueur; où fe
glacent les ruiffeaux des veines ; où la neige couvre la tête ; où les cheveux & les dens s'en vont ;
ou la Vie tremble aux aproches de la Mort. *Et
une page aprés.* C'a été un trait d'efprit célébre,
que celui de ce galant perfonage, qui divifa la
Comédie en trois journées, & le voiage de fa vie
en trois ftations. Il emploia la premiére à parler
avec les Morts ; la feconde, à converfer avec les
Vivans; & la troifiéme, à s'entretenir lui-même.
Déchifrons l'énigme. Je dis, qu'il donna le premier terme de fa vie aux livres. Il les lut, & ce fut
là une joüiffance plutôt qu'une ocupation. Car fi
l'on eft plus homme à-mefure que l'on fait davantage, le plus noble emploi fera d'aprendre. Il dé-
vora les livres, qui font la nouriture de l'ame,
& les délices de l'efprit. Grand bonheur de
rencontrer les meilleurs fur chaque matiére ! Il
aprit les deux langues univerfelles, la Latine &
l'Efpagnole, qui font aujourd'hui les clefs du
monde; & les cinq particuliéres, favoir, la Gré-
que, l'Italienne, la Françoife, l'Angloife, &
l'Alemande ; pour pouvoir faire fon profit de
tout ce qu'il y a de bon, qu'elles éternifent.

Aprés cela, il fe donna à céte grande Mére de
la Vie, l'Epoufe de l'Entendement, & la Fille
de l'Expérience, l'Hiftoire-plaufible, je veux dire, celle, qui déléte & inftruit davantage. Il
commença par les anciennes, & finit par les modernes, bien que d'autres faffent le contraire ;
choififfant les Auteurs, & diftinguant les Tems,
les Eres, les Centuries, & les Siécles ; recher-
chant les caufes du progrés, de la décadence,
& de la révolution des Monarchies, & des Ré-
publiques ; le nombre, l'ordre, & les qualités
de leurs Princes ; leurs faits en paix & en guerre. Il fe promena par les délicieux jardins de la
Poëfie, non pas tant pour s'y éxercer, que pour
en joüir. Il ne fut pas pourtant fi ignorant, qu'-
il ne fût pas faire un vers ; ni fi mal-avifé, que
d'en faire deux. Entre tous les Poëtes, il dédia
fon cœur au fentencieux Horace, & fa main
au fubtil Martial : ce qui étoit lui donner la pal-
me. A la Poëfie il joignit les favoureufes Humanités. Puis il paffa à la Filofofie, & com-
mençant par la Naturelle, il aquit la connoiffance de la compofition de l'Univers, de l'être
merveilleux de l'Homme, des propriétés des
Animaux, & des Plantes, & enfin des qualités
des pierres précieufes. Mais il prit plus de plaifir à la Filofofie-Morale, qui eft la nouriture
des vrais-hommes, comme celle, qui donne la

I i

vie à la prudence : & il l'étudia dans les livres
des Sages & des Filofofes, qui nous l'ont com-
pilée en Sentences, en Apoftegmes, en Emblê-
mes, & en Apologues.·.·. Il fût l'une & l'autre Cofmografie, la matérielle & la formelle,
mefurant les terres & les mers ; diftinguant les
hauteurs, & les climats, les quatre parties du
Monde, & en elles les Provinces, & les Nations:
pour n'être pas de ces ignorans, ni de ces demi-
bêtes, qui n'ont jamais fû fur quoi ils mar-
choient. De l'Aftrologie, il en fût ce que la fageffe permet d'en favoir, &c. Enfin, il cou-
ronna fes études par une longue & férieufe aplication à lire l'Ecriture-Sainte, qui eft la plus utile, la plus univerfelle, & la plus agréable de toutes les lectures, pour les gens-de-bon-goût.·.·.
De forte que la Filofofie-Morale le rendit prudent ; la Naturelle, habile ; l'Hiftoire, avifé;
la Poëfie, ingénieux ; la Rétorique, éloquent;
les Humanités, poli ; la Cofmografie, intelligent ; & l'étude des Saintes-Létres, pieux &
devot.

Il emploia la feconde partie de fa vie à voia-
ger, qui eft le fecond bonheur d'un homme curieux, & capable de bien difcerner. Il chercha,
& trouva ce qu'il y avoit de meilleur au monde. Car lors qu'on ne voit pas les chofes, l'on
n'en joüit pas entiérement. Il y a bien à dire de

ce qui s'imagine, à ce qui fe voit. Celui-là prend
plus de plaifir aux objets, qui ne les voit qu'u-
ne fois, que celui, qui les voit fouvent. La premiére fois, on fe contente ; toutes les autres, on
s'ennuie. Le premier jour, une belle chofe fait
le plaifir de celui, qui en eft le maître ; mais après
cela, elle ne fait plus que celui des Etrangers. Il
vit les Cours des plus grans Princes, &, par conféquent, les prodiges de la Nature & de l'Art en
peinture, en fculpture, en tapifleries, en joiaux,
&c. Il converfa avec les plus excellens hommes
du Monde, foit en fcience, ou en toute autre
chofe ; par où il eut moien de remarquer, de
cenfurer, de confronter, & de métre le jufte-prix
à tout.

Il pafla la troifiéme partie d'une fi belle vie à
méditer le BEAUCOUP qu'il avoit lû ; &
l'ENCORE-PLUS, qu'il avoit vû. Tout ce
qui entre par la porte des Sens dans ce Havre
de l'Ame, va décharger à la Doüane de l'Entendement, où tout s'enregître. C'eft lui, qui
péfe, qui juge, qui raifonne, & qui tire les
quint'effences des vérités. • • • L'âge-meur eft
deftiné pour la contemplation. Car plus le
corps perd de forces, & plus l'ame en aquert.
La balance de la partie fupérieure hauffe d'autant, que baiffe celle de la partie inférieure. Alors
on juge bien autrement des chofes. La maturité

de l'âge affaifonne le raifonnement, & tempé-
re les paffions.·.·. A voir, on devient intelligent ; à contempler, on devient fage.·.·.C'eft
la couronne de l'homme-prudent, de favoir filofofer, en tirant de toutes chofes, à l'éxemple
de la laborieufe Abeille, ou le miel d'un agréable profit ; ou la cire, qui doit fervir de flam-
beau à fe défabufer. La Filofofie n'eft autre
chofe qu'une méditation de la mort. Il eft befoin d'y penfer plufieurs fois auparavant, pour
y bien réüffir la derniére.

1 L'Auteur dit, pour s'affurer de faire bien une fois aprés.

MAXIME CCXXX.

Ouvrir les yeux, quand il eft tems.

TOUS ceux, qui voient, n'ont pas les yeux
ouverts ; ni tous ceux, qui regardent,
ne voient pas. De refléchir trop tard, ce n'eft
pas un reméde, mais un fujet de chagrin. Quelques-uns commencent de voir, quand il n'y a
plus rien à voir. Ils ont défait leurs maifons,
& diffipé leurs biens, avant que de fe faire eux-
mêmes. Il eft dificile de donner de l'entendement à qui n'a pas la volonté d'en avoir ; & encore plus, de donner la volonté à qui n'a point
d'entendement. Ceux, qui les environnent,

joüent avec eux, comme avec des aveugles, &
toute la compagnie s'en divertit. Et dautant
qu'ils font fourds pour oüir, ils n'ouvrent jamais les yeux pour voir. Cependant, il fe trouve des gens, qui fomentent céte infenfibilité,
parce que leur bien-être confifte à faire, que les
autres ne foient rien. Malhureux le cheval, dont
le maître n'a point d'yeux ! il fera dificile, qu'il
engraiffe.

MAXIME CCXXXI.

Ne laiffer jamais voir les chofes, qu'elles ne foient
achevées.

TO U S les commencemens font défectueux,
& l'imagination en refte toujours préve-
nuë. Le fouvenir d'avoir vû un Ouvrage encore imparfait, ne laiffe pas la liberté de le trouver beau, quand il eft fait. Joüir tout-à-la-fois
d'un grand objet, c'eft un obftacle à bien juger
de chaque partie ; mais auffi, c'eft un plaifir, qui
remplit toute l'idée. Ce n'eft rien avant que d'ê-
tre TOUT : & quand une chofe commence d'ê-
tre, elle eft encore bien avant dans le RIEN.
Voir aprêter le manger le plus exquis, cela provoque plus le dégoût, que l'apêtit. Que tout
habile-maître fe garde donc bien de laiffer voir
Ii iij

ſes ouvrages en embrion. Qu'il aprenne de la Nature à ne les point expoſer, qu'ils ne ſoient en état de pouvoir paroitre.

MAXIME CCXXXII.

Savoir un peu le commerce de la Vie.

QUE tout ne ſoit pas téorie, qu'il y ait auſ-ſi de la pratique. Les plus ſages ſont fa-ciles à tromper. Car bien qu'ils ſachent l'extra-ordinaire, ils ignorent le ſtile ordinaire de vi-vre, qui eſt le plus néceſſaire [1]. La contempla-tion des choſes hautes ne les laiſſe pas penſer à celles, qui ſont communes : Et comme ils igno-rent ce qu'ils devoient ſavoir le premier, c'eſt-à-dire, ce qu'un chacun ſait, ils ſont regardés avec étonnement, ou tenus pour des ignorans par le Vulgaire, qui ne s'arête qu'au ſuperficiel. Que le Sage ait donc ſoin d'aprendre du com-merce de la Vie ce qu'il lui en faut, pour n'être ni la dupe, ni la riſée des autres. Qu'il ſoit hom-me de maniement. Car bien que ce ne ſoit pas là le plus haut point de la Vie, c'en eſt le plus utile. A quoi ſert le ſavoir, s'il ne ſe met pas

---

1 C'eſt pour cela, que le Filoſofe Zénon diſoit, que les plus ſavans étoient les plus ignorans dans les choſes vulgaires, & que les plus ſa-ges n'étoient pas ſages en tout.

en pratique. Savoir vivre eſt aujourd'hui le vrai
ſavoir.

MAXIME CCXXXIII.

Savoir trouver le goût d'autrui.

CAR autrement c'eſt faire un déplaiſir, au
lieu d'un plaiſir. Quelques-uns chagrinent
par où ils penſent obliger, faute de bien connoitre les eſprits. Il y a des actions, qui font une
flaterie pour les uns, & une ofenſe pour les autres : & ſouvent ce que l'on croioit être un ſervice, a été un déſervice. Quelquefois il a plus
coûté à faire un déplaiſir, qu'à faire un plaiſir.
On perd & le don, & le gré qu'on en eſpéroit,
à-cauſe que l'on a perdu le don-de-plaire. Comment ſatisfaire le goût d'autrui, ſi l'on ne le ſait
pas ? De là vient, que quelques-uns ont fait une
cenſure, en penſant faire un éloge : punition,
qu'ils méritoient bien. D'autres croient divertir
par leur éloquence, & ils aſſomment l'eſprit par
leur flux-de-bouche.

MAXIME CCXXXIV.

N'engager jamais sa réputation, sans avoir des gages de
l'honneur d'autrui.

POUR profiter , il faut prendre la voie du
ſilence : mais pour perdre , il n'y a qu'à ſui-
vre celle de la facilité. En fait d'intérêts-d'honneur , il faut toujours être de compagnie : de
ſorte que la réputation propre ſoit obligée de
prendre ſoin de celle d'autrui. Il ne faut jamais
être caution : mais ſi cela arive quelquefois, que
ce ſoit avec tant d'adreſſe , que la prudence de celui, pour qui l'on s'engage , puiſſe céder à la précaution, que l'on a priſe. Que la riſque ſoit commune, & la cauſe réciproque , afin que celui, qui
eſt complice , ne puiſſe pas s'ériger en têmoin.

MAXIME CCXXXV.

Savoir demander.

IL n'y a rien de plus dificile pour quelques-
uns, ni de plus facile pour quelques autres.
Il y en a, qui ne ſauroient refuſer, &, par conſéquent , il ne faut point de crochet, pour tirer
d'eux ce qu'on veut. Il y en a d'autres , dont le
premier

premier mot à toutes heures eſt, N O N : Il eſt
beſoin d'adreſſe avec eux. Mais à quelques gens
qu'on ait à demander, il faut bien prendre ſon
tems ; comme par éxemple, au ſortir d'un bon
repas, ou de quelque autre récréation, qui a mis
en belle hmeur : en cas, que la prudence de celui, qui eſt prié, ne prévienne pas l'artifice de
celui, qui prie. Les jours de réjoüiſſance ſont les
jours de faveur, parce que la joie du dedans re-
jalit au dehors. Il ne faut pas ſe preſenter, lorſqu'on en voit refuſer un autre, dautant que la
crainte de dire, N O N, eſt ſurmontée. Quand
la triſteſſe eſt au logis, il n'y a rien à faire. Obliger par avance, c'eſt une létre-de-change, lorſque le correſpondant n'eſt pas un mal-honnête-
homme.

M A X I M E   CCXXXVI.

Faire une grace de ce qui n'eût été aprés qu'une récompenſe.

C'E S T une adreſſe des plus grans Politiques.
Les faveurs, qui précedent les mérites,
ſont la pierre-de-touche des hommes bien-nés.
Une grace anticipée a deux perfections : l'une,
la prontitude, par où celui, qui reçoit, reſte
plus obligé 1 : l'autre, qu'un meſme don, qui

1. *Bis dat, qui citò dat*, dit Senéque.

K K

plus tard feroit une déte , par l'anticipation eft
une pure grace. Moien fubtil de transformer les
obligations, puifque celui, qui eût mérité d'être
récompenfé, eft obligé d'ufer de reconnoiffance.
Je fupofe , que ce font des gens-d'honneur. Car,
pour les autres, ce feroit leur métre une bride
plutôt qu'un éperon, que de leur avancer la paie
de l'honneur.

MAXIME CCXXXVII.

N'être jamais en part des fecrets de fes fupérieurs.

TU croiras partager des poires, & tu par-
tageras des pierres. Plufieurs ont péri d'a-
voir été confidens [1]. Il en eft des confidens comme de la croûte de pain, dont on fe fert en gui-
fe de cuillier, laquelle rifque d'être avalée avec
la foupe. La confidence n'eft point une faveur

[1] Un fecret eft un danger, dit un Proverbe Efpagnol. *Un fecreto es un peligro.* Un jour, dit Juan Rufo *Apoftegme* 605. que l'on recherchoit l'origine d'un conte, que fait le menu-peuple , que les Lutins indiquênt les lieux, où il y a des trefors, & que les gens, qui favent fe taire, font affurés de les trouver, au lieu que les autres ne trouvent que du charbon : Il fut dit, qu'il en étoit ainfi de la faveur des Rois, & que celui-là s'y maintiendroit, qui fe vanteroit le moins d'y être. Ajoutant, que tout fecret confié eft un riche trefor pour celui , qui le fait taire comme il doit : Au lieu que fi on le découvre, on le convertit en charbon, & quelquefois en charbon ardent.

L'HOMME DE COUR. 259

du Prince, mais un impoſt ². Pluſieurs caſſent
leur miroir, à-cauſe qu'il leur montre leur laideur. Le Prince ne ſauroit voir celui, qui l'a pû
voir : & jamais un têmoin du mal n'eſt vû de
bon œil ³. Il ne faut jamais être trop obligé à
perſonne, encore moins aux Grans. Services
rendus ſont plus ſûrs auprés d'eux, que graces
reçües ⁴. Mais ſur tout, les confidences-d'amitié ſont dangereuſes. Celui, qui a confié ſon
ſecret à un autre, s'eſt fait ſon eſclave : & dans
les Souverains, c'eſt une violence, qui ne peut
pas être de durée. Car ils aſpirent avec impatience à racheter la liberté perdüe : & pour y
réüſſir, ils bouleverſeront tout, & même la rai-

---

2 Sur la vie de celui, à qui il la
fait.

3 Parce que les têmoins, ou
les complices d'une méchante action, dit Tacite, ſont regardés comme des gens, qui en font des repro-
ches, autant de fois qu'ils ſe montrent. *Quia malorum facinorum mi-
niſtri quaſi exprobrantes aſpiciuntur.*
Annal. 14.

4 Loüis XI. Roi de France étoit
du ſentiment contraire, diſant, qu'-
il eſt plus ſûr pour un Homme-de-
Cour, de recevoir quelque grande
récompenſe de ſon Prince, pour un
petit ſervice, que de lui en rendre
de ſi grans, qu'il s'en doive tenir
obligé : daurant que le Prince aime naturellement ceux, qui le lui

font, plus que ceux, à qui il l'eſt.
Commines Liv. 3. Chap. 12. Où
il ajoute, que Loüis lui en *aléguoit*
ſon Auteur, & de qui il le tenoit.
Et à mon avis c'étoit de Tacite,
qui dit, que la reconnoiſſance eſt
à charge. *Quia gratia oneri. Hiſt.*
4. & que les ſervices ſont agréables au Prince, tant qu'il lui eſt aiſé de les bien paier : mais que ſi
une fois ils viennent à être plus
grans, que ne ſauroit être la récompenſe, le Prince paſſe de la
reconnoiſſance à la haine. *Beneficia eò uſque lata ſunt, dum videntur exſolvi poſſe : ubi multum ante-
venêre, pro gratia odium redditur.*
Annal. 4.

K k ij

son. Maxime pour les secrets, NI LES OUIR, NI LES DIRE *s*.

5 Car, au dire d'un ancien Roi de Siracuse, (Hiéron) les Princes ne haïssent pas seulement ceux, qui disent leur secret, mais encore ceux, qui le savent. Ainsi celui-là avoit bien raison, qui pressé par un Prince de dire, de quoi il avoit besoin, répondit : *De tout, excepté vôtre secret.* La confidence, que le Prince fait à son sujet, dit Bocalin, est un lacet, qu'il lui tient à la gorge, pour la lui serrer, quand il commencera de craindre, que les secrets, qui ont passé des oreilles au cœur, ne passent du cœur à la langue. *Comme il arive souvent,* dit un grand-Seigneur, *que le Prince se repent d'avoir confié son secret, & craint de l'avoir mal-placé, il n'épargne rien, pour se guérir de sa crainte, & métre son secret en sûreté.* Mémoires de Boüillon. C'est par la même raison, qu'ont péri tant de Galans de la main de celles, qui n'avoient plus rien à leur donner : les Dames, à qui il reste un peu de cœur, ne pouvant soufrir, qu'il y ait des têmoins de ce qu'elles voudroient pouvoir ignorer elles-mêmes.

MAXIME CCXXXVIII.

Connoître la piéce, qui nous manque.

PLUSIEURS seroient de grans personages, s'il ne leur manquoit pas un QUELQUE-CHOSE, sans quoi ils n'arivent jamais au comble de la perfection. Il se remarque en quelques-uns, qu'ils pouroient valoir beaucoup, s'ils vouloient supléer à bien peu [1]. Aux uns, manque le sérieux, faute de quoi de grandes qualités n'ont point d'éclat en eux : Aux autres, la dou-

---

[1] Un Filosofe disoit, que peu de chose donnoit la perfection, quoique la perfection ne fût pas peu de chose.

ceur des maniéres ; défaut, que ceux, qui les hantent, découvrent bien-tôt, & fur-tout dans les perfonnes conftituées en dignité. En quelques-uns on voudroit plus d'activité ; en quelques autres, plus de retenüe. Il feroit aifé de fupléer à tous ces défauts, fi l'on y prenoit garde. Car la réfléxion peut faire de la coutume une feconde nature.

MAXIME CCXXXIX.

N'être pas trop fin.

IL vaut mieux être réfervé. Savoir plus qu'il ne faut, c'eft émouffer la pointe de fon efprit, dautant que d'ordinaire les fubtilités font faciles à rompre. La vérité bien autorifée eft plus fûre. Il eft bon d'avoir de l'entendement , mais non du flux-de-bouche. Le trop de raifonnement aproche de la conteftation. Un jugement folide, qui ne raifonne qu'autant qu'il faut , eft bien meilleur.

MAXIME CCXL.

Savoir faire l'Ignorant.

QUELQUEFOIS le plus habile-homme joüe ce personage : & il y a des ocasions, où le meilleur savoir consiste à feindre de ne pas savoir. Il ne faut pas ignorer, mais bien en faire semblant. Il importe peu d'être habile avec les sots, & prudent avec les fous. Il faut parler à un chacun selon son caractére [1]. L'Ignorant n'est pas celui, qui se le fait, mais celui, qui s'y laisse atraper. C'est celui, qui l'est, & non celui, qui le contrefait. L'unique moien de se faire aimer est de revétir la peau du plus simple des animaux.

1 *Responde stulto*, dit le Sage de l'Ecriture , *juxta stultitiam suam.* | *Proverb.* 26.

MAXIME CCXLI.

Soufrir la raillerie, mais ne point railler.

L'UN est une espéce de galanterie ; l'autre, une sorte d'engagement [1]. Celui, qui se

1 Car quand on se mêle de railler, il faut s'atendre à être raillé à son | tour, disoit un certain Roi de Macédoine.

démonte dans une réjoüiffance, rient beaucoup de la bête, & en montre encore davantage. La raillerie exceffive eft divertiffante. Qui la fait foufrir, fe fait paffer pour homme-de-grand-fonds ² : au lieu que celui, qui s'en pique, provoque les autres à le piquer encore. Le meilleur eft de la laiffer paffer, fans la relever. Les plus grandes vérités font toujours venües des railleries. Rien ne demande plus de circonfpection, ni d'adreffe. Avant que de commencer, il faut favoir jufques où peut aler la force d'efprit de celui, avec qui l'on veut plaifanter.

La raillerie, dit-il dans fon Difcret, Chap. *No eftar fiempre de burlas*, eft encore plus blâmable dans les Grans, Car quand ils ne gardent point de mefures envers les autres, cela don-ne fujet de leur perdre réciproquement le refpect.

2 Socrate difoit, qu'il n'avoit point de peine à foufrir la raillerie.

MAXIME CCXLII.

Pourfuivre fa pointe.

QUELQUES-uns ne font bons, que pour commencer, & n'achévent jamais rien. Ils inventent, mais ils ne continüent pas, tant ils ont l'efprit inconftant. Ils n'aquérent jamais de réputation, parce qu'ils ne vont jamais jufqu'au bout. Avec eux, tout aboutit à demeurer court.

En d'autres, cela vient de leur impatience, &
c'eſt le défaut des Eſpagnols, comme la patience eſt la vertu des Flamans. Ceux-ci voient la
fin des afaires, & les afaires voient la fin de
ceux-là. Ils ſüent juſqu'à ce qu'ils vainquent la
dificulté, & puis ils ſe contentent de l'avoir
vaincüe. Ils ne ſavent pas profiter de leur victoire. Ils montrent, qu'ils le peuvent, mais
qu'ils ne le veulent pas. Mais enfin, c'eſt toujours un défaut ou d'impoſſibilité, ou de legéreté. Si le deſſein eſt bon, pourquoi ne le pas
achever ? & s'il eſt mauvais, pourquoi le commencer ? Que l'homme-d'eſprit tüe donc ſon
gibier, & que ſa peine ne s'arête pas à le faire
lever.

MAXIME CCXLIII.

N'être pas colombe en tout.

QUE la fineſſe du ſerpent ait l'alternative
de la candeur de la colombe. Il n'y a rien
de plus facile, que de tromper un homme-de-
bien. Celui, qui ne ment jamais, croit aiſément;
& celui, qui ne trompe jamais, ſe confie beaucoup. Etre trompé, ce n'eſt pas toujours une
marque de bêtiſe : car c'eſt quelquefois la bonté,

té, qui en eſt cauſe. Deux ſortes de gens ſavent
bien prévenir le mal : les uns , parce qu'ils ont
apris ce que c'eſt à leurs dépens ; & les autres ,
parce qu'ils l'ont apris aux dépens d'autrui. L'a-
dreſſe doit donc être auſſi ſoigneuſe de ſe pré-
cautionner, que la fineſſe l'eſt de tromper. Pre-
nés garde à n'être pas ſi homme-de-bien , que
d'autres en prennent ocaſion d'être mal-honnêtes-gens. Soiés mêlé de colombe & de ſerpent [1] ;
non pas monſtre , mais prodige.

[1]   C'eſt le conſeil de l'Evangile. | ſimplices ſicut columba. Mat. 10.
Eſtote prudentes ſicut ſerpentes , & |

MAXIME CCXLIV.

Savoir obliger.

QUELQUES-uns métamorfoſent ſi bien les
graces, qu'il ſemble, qu'ils les font, lors
même qu'ils les reçoivent. Il y a des hommes ſi
adroits , qu'ils honorent en demandant, parce
qu'ils transforment leur intérêt en l'honneur
d'autrui.   Ils ajuſtent les choſes de telle ſorte ,
que vous diriés, que les autres s'aquitent de leur
devoir, quand ils leur donnent, tant ils ſavent
bien tourner ſens-deſſus-deſſous l'ordre des obligations par une politique ſinguliére. Du moins

ils font douter lequel c'est, qui oblige. Ils aché-
tent tout le meilleur à force de loüer : & quand
ils témoignent de desirer une chose, l'on se tient
honoré de la leur donner. Car ils engagent la
courtoisie, en faisant une déte de ce qui devoit
être la cause de leur reconnoissance. C'est ainsi
qu'ils changent l'obligation de passive en active, meilleurs Politiques, que Grammériens.
Véritablement c'est-là une grande adresse : mais
c'en seroit encore une plus grande de la pénétrer, & de défaire un si fou marché, en leur
rendant leurs civilités, & en reprenant chacun
le sien [1].

---

1 Il en faut user avec ces fortes de filous, comme fit Denis le
Tiran avec ce Musicien, qui se plaignoit à lui de n'avoir point reçu
de récompense. *Ne sommes-nous
pas quites*, répondit-il ? *Tu m'as don-*
né du plaisir en chantant, & je t'en
ai donné en te repaissant d'esp'rance.
Ces prodigues de loüanges prennent
les Grans pour des moulins, qui ne
donnent de la farine, qu'autant qu'-
on leur donne de vent.

MAXIME CCXLV.

Raisonner quelquefois à rebours du Vulgaire.

CELA montre un esprit élevé. Un grand
Génie ne doit point estimer ceux, qui ne
lui contredisent jamais. Car ce n'est point une
marque de leur afection pour lui, mais de leur
amour-propre. Qu'il se garde bien d'être la du-

pe de la flaterie en la paiant, si ce n'est du mépris, qu'elle mérite¹. Qu'il tienne même à honneur d'être censuré de quelques gens, & particuliérement de ceux, qui médisent de tous les
gens-de-bien. Qu'il ait du chagrin, que ses actions soient au goût de toutes sortes de gens,
atendu que c'est signe, qu'elles ne sont pas telles
qu'il faut : ce qui est parfait, étant remarqué de
tres-peu de personnes.

---

1 Comme les dens se gâtent à | poisonnent à force d'entendre des
force de manger des confitures, de | douceurs & des flateries. Juan Rufo
même les oreilles des Grans s'em- | *Apostegme* 314.

MAXIME CCXLVI.

Ne donner jamais satisfaction à ceux, qui n'en
demandent point.

DE la donner trop grande à ceux même, qui
la demandent, c'est une action de coupa-
ble. S'excuser avant le tems, c'est s'acuser. Se
saigner, lors qu'on est en santé, c'est faire signe
au mal, & à la malice de venir. Une excuse anticipée réveille un mécontentement, qui dor-
moit. L'homme-prudent ne doit pas faire semblant de s'apercevoir du soupçon d'autrui, parce
que c'est aler chercher son ressentiment. Il faut

Ll ij

feulement tâcher de guérir ce foupçon par un
procédé honnête & fincére.

MAXIME CCXLVII.

Savoir un peu plus, & vivre un peu moins.

D'AUTRES, au contraire, difent, qu'un
loifir honnête vaut mieux que beaucoup
d'afaires ₁. Nous n'avons rien à nous, que le
tems, dont joüiffent ceux même, qui n'ont point
de demeure. C'eft un malheur êgal d'emploier
le précieux tems de la vie en des éxercices mécaniques, ou dans l'embaras des grandes afaires ₂.
Il ne fe faut charger, ni d'ocupations, ni d'envie.
C'eft vivre en foule, & s'étoufer. Quelques-uns
étendent même ce précepte jufqu'à la fcience.

---

1 Un Filofofe a dit, que le loifir
étoit le plus précieux bien de la Vie,
non pas parce que l'on ne fait rien;
mais parce que l'on a moien de faire ce qu'on veut. Têmoin Scipion
l'Afriquain, qui difoit, qu'il n'avoit
jamais plus d'afaires, que lorfqu'il
n'avoit rien à faire. (Parce qu'il donnoit alors tout fon loifir à cultiver
fon efprit.)

2 Dans la Critique 12. de la feconde Partie de fon Criticon, aprés
avoir dit, qu'un des plus grans Rois
de l'Europe s'étant dérobé aux fiens,

à la chaffe, fes Courtifans le retrou-
vérent au bout de trois ou quatre
jours, dans un Marché, habillé en
Portefaix, & loüant fes épaules
pour une réale : de quoi ils furent
fi furpris, qu'ils eurent de la peine
à croire ce qu'ils voioient : Et que
lui aiant fait des plaintes de s'être
abaiffé à un fi vil emploi, il leur répondit en ces termes : *Par ma foi,
la charge, que j'ai laiffée, eft plus pe-
fante, qu'aucune de toutes celles, que
vous voiés porter ici. La plus forte
ne me paroît qu'une paille, en compa-*

Ce n'eſt pas vivre, que de ne pas ſavoir. *Voiés la Maxime* 4.

---

raiſon d'un Monde, que j'avois à por-
ter ſur moi. J'ai plus dormi en qua-
tre nuits, que je n'avois fait en toute
ma vie : je commence de vivre, &
d'être le Roi de moi-même. Retour-
neẑ-vous-en. Car aiant goûté de céte
vie-ci, ce ſeroit grand' folie à moi de

retourner à celle, que je menois auparavant. Et environ une page aprés,
il dit, que celui, que les Polonois
élurent en la place de celui-ci, demanda lorſqu'on lui mit le Scéptre
à la main, ſi c'étoit une rame.

MAXIME CCXLVIII.

Ne ſe pas laiſſer aler au dernier.

IL y a des hommes de derniére impreſſion. (Car l'impertinence va toujours à quelque extrémité [1].) Ils ont un eſprit & une volonté de cire. Le dernier y met le ſeau, & éface tous les autres. Ces gens-là ne ſont jamais gagnés, parce qu'on les perd avec la même facilité. Un chacun leur donne ſa teinture. Ils ne valent rien pour confidens. Ils ſont enfans toute leur vie : &, comme tels, ils ne font que floter parmi le flux & le reflux de leurs ſentimens, & de leurs paſſions, toujours boiteux de volonté & de jugement, parce qu'ils ſe jétent tantôt d'un côté, tantôt de l'autre.

[1] C'eſt qu'il y a des gens de pre-
miére impreſſion, de qui il a parlé dans la Maxime 127.

MAXIME CCXLIX.

Ne point commencer à vivre par où il faut achever.

QUELQUES-uns prennent le repos au commencement, & laiffent le travail pour la fin. L'effentiel doit aler le premier, & l'acceffoire aprés 1, s'il y a lieu pour cela. D'autres veulent trionfer, avant que de combatre. Quelques autres commencent de favoir par ce qui léur importe le moins, diférant l'étude des chofes, qui leur feroient utiles & honorables, à un tems, que la vie leur doit manquer. A-peine celui-ci a-t-il commencé de faire fa fortune, qu'il s'en va. La métode eft également néceffaire, & pour favoir, & pour vivre.

---

1 Quelqu'un difant à Diogéne, que fa vieilleffe ne demandoit plus que du repos : *Il faut*, répondit-il, *atendre à fe repofer, qu'on foit au bout de fa cariére.* Ajoutés à cela pour les Princes, qui ont à mener une vie plus active & plus laborieufe, que les autres, le beau mot de Vefpafien, *Que le Prince ne doit jamais mourir autrement, que debout.*

MAXIME CCL.

Quand est-ce qu'il faut raisonner à rebours?

LORS qu'on nous parle à dessein de nous
surprendre. Avec de certaines-gens tout
doit aler à contresens. Le OUI, est le NON; &
le NON, le OUI. Méséstimer une chose montre qu'on l'estime : atendu que celui, qui la veut
pour soi, la fait moins valoir auprés des autres.
Loüer n'est pas toujours dire du bien : Car quelques-uns, pour ne pas loüer les bons, afectent
de loüer les méchans mêmes. Quiconque ne
trouvera personne méchant, ne trouvera personne bon.

MAXIME CCLI.

Il faut se servir des moiens humains, comme s'il n'y en avoit
point de divins; & des divins, comme s'il n'y en avoit
point d'humains.

C'EST le précepte d'un grand Maître. Il n'y
faut point de commentaire.

MAXIME CCLII.

Ni tout à foi, ni tout à autrui.

L'UN & l'autre c'eſt une tirannie toute
commune. De vouloir être tout à ſoi, il
s'eſuit, que l'on veut tout pour ſoi. Ces gens-
là ne ſavent rien relâcher de tout ce qui les a-
commode, non pas meſme un ïota. Ils obligent
peu, ils ſe fient à leur fortune, mais d'ordinaire
cet apui les trompe. Quelquefois il eſt bon de
nous quiter pour les autres, afin que les autres
ſe quitent pour nous. Quiconque tient un emploi commun, eſt par devoir l'eſclave commun.
Autrement on lui dira ce que dit un jour cête
Vieille à l'Empereur Hadrien : *Renonce donc à
ta charge, comme tu fais à ton devoir* [1]. Au contraire, d'autres ſont tout aux autres. Car la fo-

---

[1] Pendant que Tibére tenoit le
Sénat en ſuſpens par ſes feintes de
ne vouloir point de l'Empire, un
Sénateur perdant patience cria dans
la foule, *Aut agat, aut deſiſtat.* C'eſt-
à-dire, Qu'il faſſe le Prince, ou qu'il
ceſſe de l'être.

Filippe II. Roi d'Eſpagne, montra bien, qu'il ſavoit ce que c'étoit
d'être Roi, quand il dit à ſes Médecins, qui le déconſeilloient d'aler
en Aragon, où il avoit convoqué les
Etats : *Si je meurs en mon voiage,*

*j'aurai la conſolation de mourir fai-
ſant mon devoir.* Don Lorenzo Van-
der Hammen dans ſon *Don Filipe
el prudente.*

Juan Rufo dit, qu'un jour on
adreſſa à un Miniſtre d'Eſpagne, qui
depuis quelque tems n'expédio t
point d'afaires, une requête, où il
n'y avoit que ces quatre mots : *V. S.
cometa o acometa.* C'eſt-à-dire. Faites vôtre charge, ou faites-la faire.
Apoftegme 676.

lie

lie donne toujours dans l'excés, & eſt tres-mal-
hureuſe en ce point. Ils n'ont ni jour, ni heure à eux, & ils ſont ſi peu à eux-mêmes, qu'il
y en eut un, qui en fut apellé l'*Homme-à-tous.*
Ils ſont autres qu'eux juſque dans l'entendement. Car ils ſavent pour tous, & ignorent tout
pour eux. Que l'homme-d'eſprit ſache, que ce
n'eſt pas lui, qu'on cherche, mais un intéreſt, qui
eſt en lui, ou qui dépend de lui.

MAXIME CCLIII.

Ne ſe rendre pas trop intelligible.

LA pluſpart n'eſtiment pas ce qu'ils compren-
nent, & admirent ce qu'ils n'entendent pas.
Il faut, que les choſes coûtent, pour être eſti-
mées. On paſſera pour habile, quand on ne ſera
pas entendu. Il faut toujours ſe montrer plus
prudent, & plus intelligent, qu'il n'eſt beſoin,
avec celui, à qui l'on parle ; mais avec proportion
plutôt qu'avec excés. Et bien que le bon-ſens
ſoit de grand poids parmi les habiles-gens, le ſublime eſt néceſſaire, pour plaire à la pluſpart du
monde. Il faut leur ôter le moien de cenſurer,
en ocupant tout leur eſprit à concevoir. Pluſieurs
loüent ce dont ils ne ſauroient rendre raiſon,
quand on la leur demande : parce qu'ils reſpec-

tent comme un miftére tout ce qui eft dificile à
comprendre, & l'éxaltent à-caufe qu'ils l'entendent éxalter.

MAXIME CCLIV.

Ne pas négliger le mal, parce qu'il eft petit.

CAR un mal ne vient jamais tout feul. Les
maux, ainfi que les biens, fe tiennent comme des chainons. Le bonheur & le malheur
vont d'ordinaire à ceux, qui ont le plus de l'un,
ou de l'autre : & de là vient, qu'un chacun fuit les
malhureux, & cherche les hureux. Les colom-
bes même, avec toute leur candeur, s'arêtent au
plus propre donjon. Tout vient à manquer à un
malhureux, il fe manque à lui-même, en perdant la tramontane 1. Il ne faut pas réveiller le
malheur, quand il dort. C'eft peu de chofe qu'un
pas gliffant, & pourtant il eft fuivi d'une chûte
fatale, fans qu'on puiffe favoir où le mal aboutti-
ra. Car comme nul bien n'eft parfait, nul mal
auffi n'eft au comble. Celui, qui vient du Ciel,
demande de la patience ; & celui, qui vient du
monde, de la prudence.

1 *Res adverfæ confilium adimunt*, dit Tacite *Ann.* 11. L'adverfité ôte le
jugement.

MAXIME CCLV.

Faire peu de bien à la fois, mais souvent.

L'ENGAGEMENT ne doit jamais surpasser le pouvoir. Quiconque donne beaucoup, ne donne pas, mais il vend. Il ne faut pas trop charger la reconnoissance. Car celui, qui se verra dans l'impossibilité de satisfaire, rompra la correspondance. Pour perdre beaucoup d'amis, il n'y a qu'à les obliger à l'excés. Faute de pouvoir paier, ils se retirent; & d'obligés ils deviennent ennemis [1]. La statuë voudroit ne voir jamais son sculpteur, ni l'obligé son bienfaiteur. La meilleure métode de donner est de faire, qu'il en coûte peu, & que ce peu soit ardemment desiré, afin qu'il en soit plus estimé.

[1] *Beneficia*, dit Tacite *Annal. 4. eò usque læta sunt, dum videntur exsolvi posse: ubi multùm antevenère, pro gratia odium redditur.* Voiés la troisiéme Note de la Maxime 237. *Eò perductus est furor,* dit Senéque *ep. 81. ut perniciosa res sit, beneficia in aliquem magna conferre. Nam quia putat turpe non reddere, non vult esse cui reddat.* Ce que Malherbe traduit, ou plutôt parafrase ainsi. Nous ne sommes jamais plus ingrats, dit-il, que quand le plaisir, qu'on nous a fait, passe les moiens, que nous avons de nous en revancher. Car d'autant que nous avons honte de ne rendre point, ne pouvant être quites d'autre façon, nous le voudrions bien être par la mort de ceux, à qui nous sommes obligés.

Mm ij

MAXIME CCLVI.

*Se tenir toujours prest à parer les coups des rustiques, des
opiniâtres, des présomptueux, & de tous les autres
impertinens.*

IL s'en rencontre beaucoup, & la prudence
consiste à n'en venir jamais aux prises avec
eux. Que le Sage se mire tous les jours au miroir
de sa réfléxion, pour voir le besoin qu'il a de
s'armer de résolution, &, par ce moien, il rompra tous les coups de la Folie. S'il y pense sérieu-
sement, il ne s'exposera jamais aux risques ordinaires, que l'on court à se commétre avec les
fous. L'homme muni de prudence ne sera jamais
vaincu par l'Impertinence. La navigation de la
Vie-Civile est dangereuse, parce qu'elle est pleine d'écüeils, où la réputation se brise. Le plus sûr
est de se détourner, en prenant d'Ulisse ¹ des leçons de finesse. C'est ici qu'une défaite artificieuse est de grand service. Mais sur tout, sauve-
toi par la galanterie. Car c'est le plus court chemin pour sortir d'afaire.

₁ Qui sût se garantir des enchantemens de Circé.

MAXIME CCLVII.

N'en venir jamais à la rupture.

CAR la réputation en fort toujours ébre-
chée. Tout homme eft fufifant pour être
ennemi, mais non pour être ami. Tres-peu
font en état de faire du bien, mais prefque tous
peuvent faire du mal. L'Aigle n'eft pas en fûreté entre les bras de Jupiter même, le jour qu'-
il ofenfe l'Efcarbot. Les ennemis couverts, qui
étoient aux aguets, foufflent le feu, dés qu'ils
voient la guerre déclarée. D'amis, qui fe broüil-
lent, fe font les pires ennemis. Ils chargent
des défauts d'autrui celui de leur propre choix.
Parmi les fpectateurs de la rupture, chacun en
parle, comme il en penfe, & en penfe ce qu'il
defire. Ils condannent les deux parties, ou
d'avoir manqué de prévoiance, au commencement ; ou de patience, à la fin ; mais toujours de prudence [1]. Si la rupture eft inévitable, il faut au moins qu'elle foit excufable.
Un refroidiffement vaudra mieux, qu'une dé-

---

1 Un ancien Filofofe a dit, qu'il faloit conferver fes amis tels qu'ils étoient, pour n'être point acufé d'a-voir fait un mauvais choix, fi ce n'étoient pas des gens-de-bien ; ou de faire une injuftice, s'ils paffoient pour tels.

Mm iij

claration violente. C'eſt ici qu'une belle retraite fait honneur.

MAXIME CCLVIII.

Chercher quelqu'un, qui aide à porter le faix
de l'adverſité.

NE ſois jamais ſeul, ſur-tout dans les dangers. Autrement tu te chargerois de toute la haine. Quelques-uns penſent s'élever en
prenant toute la ſurintendance, & ils ſe chargent de toute l'envie : au lieu qu'avec un compagnon l'on ſe garantit du mal, ou du moins
l'on n'en porte qu'une partie. Ni la Fortune, ni le caprice du Peuple, ne ſe joüent
pas ſi facilement à deux. Le Médecin adroit,
qui n'a pas réüſſi à la guériſon de ſon malade, ne manque jamais d'en apeller un autre,
qui, ſous le nom de Conſultation, l'aide à ſou-
lever le cercüeil. Partage donc la charge &
le chagrin : car il eſt inſuportable d'être tout
ſeul à ſoufrir.

MAXIME CCLIX.

Prévenir les ofenfes, & en faire des faveurs.

IL y a plus d'habileté à les éviter, qu'à les vanger. C'eſt une grande adreſſe de faire ſon confident de celui, que l'on eût eu pour adverſaire ; de transformer en arcboutans de ſa réputation ceux, qui menaçoient de la détruire. Il ſert beaucoup de ſavoir obliger. On coupe le paſſage à l'injure en la prévenant par une courtoiſie : & c'eſt ſavoir vivre, que de changer en plaiſirs ce qui ne devoit cauſer que des déplaiſirs. Place donc ta confidence en la malveillance même.

MAXIME CCLX.

Tu ne ſeras ni tout entier à perſonne, ni perſonne à toi.

NI le ſang, ni l'amitié, ni la plus étroite obligation, ne ſufiſent pas pour cela. Car il y va bien d'un autre intéreſt, d'abandonner ſon cœur, ou ſa volonté. La plus grande union admet exception, & même ſans bleſſer les loix de la plus tendre amitié. L'ami ſe reſerve toujours quelque ſecret, & le fils même cache quelque chofe à fon pére. Il y a des chofes, dont on fait miftére aux uns, & que l'on veut bien communiquer aux autres ; & au contraire : de forte que l'homme fe donne, ou fe refufe tout entier, felon qu'il diftingue les gens de fa correfpondance.

MAXIME CCLXI.

Ne point continuer une fotife.

QUELQUES-uns fe font un engagement de leurs bévües : lors qu'ils ont commencé de faillir, ils croient, qu'il eft de leur honneur de continuer. Leur cœur acufe leur faute, & leur bouche la défend. D'où il arive, que, s'ils ont été taxés d'inadvertence, lors qu'ils ont commencé la fotife, ils fe font paffer pour fous, lors qu'ils la continüent. Une promeffe imprudente [1], ni une réfolution mal-prife, n'impofent point d'obligation. C'eft ainfi, que quelques-uns continüent leur premiére bêtife, & font remarquer davantage leur petit efprit, en fe piquant de paroitre de conftans impertinens.

Voiés la Maxime 214.

---

1 Un Roi de Sparte étant requis de tenir fa parole : *Si la chofe n'eft pas jufte*, dit-il, *je ne l'ai pas pro-* mife. Pour dire, qu'il n'avoit pas pû prométre ce qui n'étoit pas jufte.

MAXIME

MAXIME CCLXII.

Savoir oublier.

C'EST un bonheur plutôt qu'un art. Les choses, qu'il vaut mieux oublier, font celles, dont on se souvient le mieux. La Mémoire n'a pas seulement l'incivilité de manquer au besoin, mais encore l'impertinence de venir souvent à contretems. Dans tout ce qui doit faire de la peine, elle est prodigue[1] : & dans tout ce qui pouroit donner du plaisir, elle est stérile. Quelquefois le reméde du mal consiste à l'oublier, & l'on oublie le reméde. Il faut donc acoutumer la Mémoire à prendre un autre train, puisqu'il dépend d'elle de donner un paradis, ou un enfer. J'excepte ceux, qui vivent contens. Car en l'état de leur innocence ils joüissent de la félicité des Idiots.

C'est pour cela que Témistocle répondit à un homme, qui prométoit de lui aprendre l'Art-de-mémoire, qu'il aimeroit mieux aprendre l'Art-d'oublier. Tacite dit, qu'il n'est pas au pouvoir de l'homme de perdre la mémoire. *Memoriam quoque ipsam cum voce perdidissemus, si tam in nostra potestate esset oblivisci, quàm tacere. In Agricola.*

MAXIME CCLXIII.

Beaucoup de chofes, qui fervent au plaifir, ne fe doivent pas poffeder en propre.

L'ON joüit davantage de ce qui eft à autrui, que de ce qui eft à foi. Le premier jour eft pour le maître, & tous les autres pour les étrangers. On joüit doublement de ce qui eft aux autres, c'eft-à-dire, non feulement fans craindre de perdre, mais encore avec le plaifir de la nouveauté. La privation fait trouver tout meilleur. L'eau de la fontaine d'autrui eft auffi délicieufe que le nectar. Outre que la poffeffion diminüe le plaifir de la joüiffance, elle augmente le chagrin, foit à préter, foit à ne pas préter. Elle ne fert qu'à conferver les chofes pour autrui : & d'ailleurs le nombre des mécontens eft toujours plus grand, que celui des gens reconnoiffans. 1. *Nihil aeque gratum at adeptis, quam concupifcentibus. Plin. ep. 15. lib. 2.*

MAXIME CCLXIV.

N'avoir point de jour de débandade.

LE Sort fe plaît à la furprife. Il laiffera paffer mille ocafions, pour prendre, un jour, fon

homme au dépourvû. L'esprit, la prudence, &
le courage, doivent être à l'épreuve, & pareillement la beauté, dautant que le jour de sa confiance sera celui de la perte de son crédit. La précaution a toujours manqué au plus grand besoin.
Le N'Y-PAS-PENSER est le croc-en-jambe, qui
fait tomber ¹. D'ailleurs, c'est une ruse ordinaire de la malice d'autrui de joüer de surprise contre les perfections, pour en faire un éxamen
plus rigoureux. Les jours d'ostentation se savent
bien, & la Finesse fait semblant de n'y pas songer : mais elle choisit le jour, auquel on s'atend
le moins, pour sonder tout ce que l'on sait faire.

---

1 Paterculus dit, que le moien
de périr bientôt est de ne rien craindre, & que la sécurité est la plus
fréquente ocasion d'un grand dé-
sastre. *Neminem celeriùs opprimi,
quàm qui nihil timeret; & frequen-
tissimum initium esse calamitatis secu-
ritatem. Hist. 2.*

MAXIME CCLXV.

Savoir engager ses dépendans.

UN engagement fait à-propos a mis beaucoup de gens en crédit, ainsi qu'un naufra-
ge fait les bons nageurs. C'est par là, que plusieurs ont dévelopé leur industrie, & leur habileté, qui eût resté ensevelie dans leur retraite, si

l'ocafion ne fe fût pas prefentée[1]. Les dificultés & les dangers font les caufes & les éguillons
de la réputation. Un grand courage, qui fe trouve en des ocafions d'honneur, fait autant de
befogne que mille autres. La Reine Catolique
Ifabelle fût éminemment céte leçon d'engager,
ainfi que toutes les autres : & le Grand-Capitai-
ne[2] dût toute fa réputation à céte politique
adreffe, qui fut caufe auffi, que beaucoup
d'autres devinrent de grans-hommes.

---

1 Faute d'ocafion, *dit Machia-*
vel au Chap. 6. de fon Prince, la valeur de Cirus, de Romulus, de Téfée n'eût été d'aucune utilité, &
faute de valeur l'ocafion fe fût perdüe. Il faloit, que Romulus fût ex-
pofé dés fa naiffance, pour avoir
lieu de devenir le Fondateur de Rome. Il faloit, que Cirus trouvât les
Perfes mécontens de la domination
des Médes, & ceux-ci abatardis par
une longue paix. Téfée ne pouvoit
pas montrer fon induftrie, fi les
Aténiens n'euffent été difperfés. *Et*
dans le Chap. 20. *il dit*, Que la Fortune, lorfqu'elle veut agrandir un
Prince, lui fufcite de puiffans ennemis, pour éxercer fon courage, &
fon induftrie, & par céte échelle le
faire monter à un plus haut degré de
réputation & de puiffance.

2 Gonçalo Fernandez, Viceroi de
Naples.

MAXIME CCLXVI.

N'être pas méchant d'être trop bon.

CELUI-là l'eft, qui ne fe fâche jamais. Les
infenfibles tiennent peu du véritable-hom-
me. Ce caractére ne vient pas toujours d'indolence, mais fouvent d'incapacité. Se reffentir

quand il faut, c'eſt une action de maître-hom-
me[1]. Les oiſeaux ſe moquent d'abord des aparences des figures en relief. Mêler l'aigre & le
doux, c'eſt la marque d'un bon-goût. La douceur toute ſeule ne ſied qu'aux enfans, & aux
Idiots[2]. C'eſt un grand mal de donner dans céte
inſenſibilité, à-force d'être trop bon.

[1] Je ferois inſenſible aux loüanges, diſoit un Filoſofe, ſi je l'étois
aux injures. *Meaſum non habet, qui iram
non habet, dit le proverbe.*

[2] Un Ancien entendant loüer
éperdûment un homme d'être doux
à tout le monde, demanda par iro-
nie, s'il l'étoit auſſi aux méchans.

Et un autre dit d'un Prince trop
doux, dont le prédéceſſeur avoit été
tres-violent : Qu'il trouvoit autant
d'inconvénient à vivre ſous l'empire d'un Prince, qui ſoufroit tout,
qu'à vivre ſous la domination d'un,
qui ne ſoufroit rien.

Cet homme, *dit-il dans la Critique 7. de la
troiſiéme Partie de ſon Criticon,* eſt un de ceux,
que l'on apelle inſenſibles, de ces gens, à qui
rien ne fait bréche, & que rien ne touche, non
pas même le plus grand revers de fortune, ni
l'imperfection de leur propre nature, ni les coups-
fourés de la malignité d'autrui. Tout le monde
a beau conjurer contre eux, ils n'en branleront
pas; ils n'en perdront ni l'apêtit, ni le ſommeil.
Et ils apellent cela indolence, & même grand-
courage.

MAXIME CCLXVII.

Paroles de soie.

LES fléches percent le corps, & les mauvaises paroles l'ame. Une bonne paste fait
bonne bouche. C'est une grande adresse dans la
Vie, que de savoir vendre l'air. Presque tout se
paie avec des paroles, & elles sufisent pour dégager de l'impossible. L'on négocie en l'air, &
avec de l'air; & une haleine vigoureuse est de
longue durée. Il faut avoir la bouche toujours pleine de sucre, pour confire les paroles. Car alors les ennemis même y prennent
goût. L'unique moien d'être aimable, c'est
d'être afable.

Voiés la fin du Commentaire de la Maxime 14.

MAXIME CCLXVIII.

*Le Sage doit faire au commencement ce que le Fou
fait à la fin.*

L'UN & l'autre font la même chose: la diférence est, que l'un la fait à tems, & l'autre à contrètéms. Celui, qui, au commence-

ment, s'eſt chauſſé l'entendement à rebours,
continüe de même dans tout le reſte. Il tire avec
les piés ce qu'il devoit porter ſur la tête; de ſa
main droite il en fait la gauche : de ſorte qu'il eſt
gaucher dans toute ſa conduite. Au bout du
compte, il arive toujours, qu'ils font par force
ce qu'ils euſſent pû faire de bon-gré : au lieu que
le Sage voit d'abord ce qui ſe doit faire de bonne-heure, ou à loiſir, & l'éxécute avec plaiſir
& réputation.

MAXIME CCLXIX.

Se prévaloir de ſa nouveauté.

TANT qu'elle durera, l'on ſera eſtimé. Elle
plaît univerſellement à-cauſe de ſa variété, qui rafraichit le goût. On eſtime plus une
choſe commune, qui eſt toute noûvelle, qu'une
rareté, que l'on voit ſouvent. Les excellences
s'uſent & vieilliſſent bientôt. Céte gloire de la
nouveauté durera peu, au bout de quatre jours,
on lui perdra le reſpect. Prévaus-toi donc des
premices de l'eſtime, en tirant à la hâte tout ce
que tu peux prétendre d'une complaiſance paſ-
ſagére. Car ſi une fois la chaleur d'être tout ré-
cent vient à ſe paſſer, la paſſion ſe refroidira, &

ce qui plaiſoit comme nouveau, déplaira comme commun. Chaque choſe a eu ſon tems, & puis a été négligée.

Il en eſt des hôtes , dit Juan Rufo, *Apoſtegme* 594. comme des œufs , qui ne ſont pas agréables à prendre, s'ils ne ſont frais. Cet Apoſtegme ſe vérifie de la pluſpart des choſes de la Vie.

MAXIME CCLXX.

Ne point condanner tout ſeul ce qui plaît à pluſieurs.

CAR il faut qu'il y ait quelque choſe de bon, puiſque tant de gens en ſont contens : & bien que cela ne s'explique point, on ne laiſſe pas d'en joüir. La ſingularité eſt toujours odieuſe, & lors qu'elle eſt mal-fondée, elle eſt ridicule. Elle décriera plutôt la perſonne, que l'objet. En ſorte que l'on reſtera ſeul avec ſon mauvais goût. Que celui, qui ne ſait pas diſcerner le bon, cache ſon peu d'eſprit, & ne ſe mêle pas de condanner à la volée. Car le mauvais goût naît ordinairement de l'ignorance. Ce que tout le monde dit, eſt, ou veut être.

MAXIME CCLXXI.

Que celui, qui fait peu dans fa profeffion, s'en tienne toujours au plus certain.

CAR s'il ne paffe pas pour fubtil, il paffera du moins pour folide. Celui, qui fait, peut s'engager, & faire à fa fantaifie : mais de favoir peu, & de rifquer, c'eft un précipice volontaire. Tien toujours la main-droite. Ce qui eft autorifé, ne fauroit manquer. A peu de favoir chemin-roial : Et encore la fûreté vaut mieux que la fingularité, tant pour le favant, que pour l'ignorant.

MAXIME CCLXXII.

Vendre les chofes à prix de courtoifie.

C'EST le moien d'obliger davantage. La demande de l'intéreffé n'égalera jamais la bonne-grace à donner d'un cœur-généreux obligé. La courtoifie ne donne pas, mais elle engage, & la galanterie eft ce qui rend l'obligation plus grande [1]. Rien ne coûte plus cher à un

1 Le jour que Charles-Emanuel, I. Duc de Savoie, fit fon entrée à Saragoffe, Filippe II. fon beau-pére futur, qui, par un excés de civilité, marchoit à fa gauche, lui difant, *Mon fils, Vous avés là un cheval bien fringant : C'eft, Sire, répondit-il, qu'il voit bien, que ce n'eft pas là fa place.* Voilà comme la galanterie fe paie par un galant-homme.

O o

homme-de-bien, que ce qu'on lui donne galamment. C'eſt le lui vendre deux fois, & à deux
prix diférens : l'un, de ce que vaut la choſe ; &
l'autre, de ce que vaut la bonne-grace. Mais il eſt
vrai, que la galanterie n'eſt pas une marchandiſe à l'uſage des coquins, parce qu'ils n'entendent rien au ſavoir-vivre.

MAXIME CCLXXIII.

Connoître à-fond le caractére de ceux, avec qui l'on traite.

L'EFET eſt bien-tôt connu, quand on connoît la cauſe. On le connoît premiérement
en elle, & puis en ſon motif. Le mélanco-
lique augure toujours des malheurs, & le médiſant des fautes. Tout le pire s'ofre toujours à
leur imagination ; & comme ils ne voient point
le bien préſent, ils annoncent le mal, qui pouroit ariver. L'homme prévenu de paſſion parle
toujours un langage diférent de ce que ſont les
choſes. La paſſion parle en lui, & non la raiſon ;
un chacun juge ſelon ſon caprice, ou ſon humeur, & pas-un ſelon la vérité. Aprens donc à
déchifrer un faux-ſemblant, & à épeler les caractéres du cœur. Etudie-toi à connoître celui,
qui rit toujours ſans raiſon ; & celui, qui ne rit
jamais à-faux. Défie-toi d'un grand queſtion-

L'HOMME DE COUR. 291

neur, comme d'un imprudent, ou d'un espion.
N'atens presque rien de bon de ceux, qui ont
quelque défaut naturel au corps [1]. Car ils ont
coutume de se vanger de la Nature, en lui faisant
aussi peu d'honneur, qu'elle leur en a fait. D'ordinaire la sotise est à proportion de la beauté [2].

1 Dans la Critique 10. de la premiére Partie de son Criticon, il dit,
que la Reine Isabelle disoit, que
les boiteux, les bossus, les gens de
regard équivoque, ou de nés écrasé,
ne faisoient jamais rien qu'à rebours ; & que, par conséquent, il
s'en faloit toujours défier.

2 Témoin céte belle Dame, qui
portoit toujours une lunéte, quoiqu'elle fût jeune, & qu'elle n'eût
point la vûe courte : Pour être
mieux vûe, dit Juan Rufo, au lieu
que les autres ne se servent de lu-
nétes, que pour mieux voir. *Apost.*
284.

MAXIME CCLXXIV.

Avoir le don-de-plaire.

C'EST une magie politique de courtoisie.
C'est un crochet galant, duquel on doit
se servir plutôt à atirer les cœurs, qu'à tirer
du profit ; ou plutôt à toutes choses. Le mérite ne sufit pas, s'il n'est secondé de l'agrément, de qui dépend toute la plausibilité des
actions. Cet agrément est le plus éficace ins-
trument de la souveraineté. Il y va de bonheur
de métre les autres en apêtit ; mais l'artifice y
contribüe. Par-tout où il y a un grand naturel,
l'artificiel y réüssit encore mieux. C'est de là

O o ij

que tire son origine un je-ne-fai-quoi, qui fert à gagner la faveur univerfelle.

MAXIME CCLXXV.

Se conformer à l'Ufage, mais non à la folie commune.

NE tien pas toujours ta gravité, c'eft une partie de la galanterie de relâcher quelque chofe de la bienféance, pour gagner la bienveillance commune. Quelquefois on peut paffer par où paffent les autres, & pourtant fans indécence. Celui, qui eft tenu pour fou en public, ne fera pas tenu pour fage en particulier. L'on perd plus en un jour de licence, que l'on ne gagne par un long férieux [1]. Mais il ne faut pas être toujours d'exception. Etre fingulier, c'eft condanner les autres. C'eft encore pis d'afecter des airs précieux. Cela fe doit laiffer aux femmes. Quelquefois même les devots fe rendent ridicules. Le meilleur d'un homme eft de le paroitre. La femme peut avoir bonne-grace d'afecter un air viril, mais l'homme ne fauroit honnêtement s'en donner un de femme [2].

[1] L'extrême férieux, dit-il dans fon Difcret Chap. *No eftar fiempre de burlas*, eft à charge. Caton ne plaifoit guére, mais il étoit refpecté. Peu de gens imitent ce caractére, mais beaucoup le revérent.

Bien que la gravité laffe les autres, l'on n'en eft jamais méprifé.

[2] C'eft pour cela, que Cicéron fe moquoit de fon gendre, qui marchoit en fille.

MAXIME CCLXXVI.

Savoir renouveller son génie par la nature & par l'art.

ON dit, que l'homme change de caractére de sept en sept ans. A la bonne-heure, si c'est pour se perfectionner le goût. Dans les premiers sept ans la raison lui vient. Qu'il fasse en sorte, qu'à chaque changement il lui vienne quelque nouvelle perfection. Il doit observer céte révolution naturelle, pour la seconder, & pour aler toujours de mieux en mieux dans la suite. C'est par là, que plusieurs ont changé de conduite, soit dans leur état, ou dans leur emploi. Et quelquefois on ne s'en aperçoit pas jusqu'à ce que l'on voie l'excés du changement. A vingt ans, ce sera un paon; à trente, un lion; à quarante, un chameau; à cinquante, un serpent; à soixante, un chien; à soixante-dix, un singe; à quatre-vingt, rien.

Céte alégorie est expliquée dans le Discours 56. de son Agudeza, en ces termes.

L'Homme se croiant digne d'être immortel, atendu l'excellence de sa nature, demanda à Jupiter, combien il avoit à vivre. Jupiter lui

O o iij

répondit, que, lors qu'il avoit pris la réfolution de créer tous les animaux, & puis l'Homme, il s'étoit propofé de leur donner à chacun
trente ans de vie. L'Homme fut furpris d'a-
prendre, qu'un fi admirable ouvrage, que lui,
eût été fait pour durer fi peu de tems, & que
fa vie dût paffer comme une fleur. Il trouvoit étrange, qu'étant à-peine forti du ventre
de fa mére, il dût entrer en celui de la terre,
fans joüir de l'agréable·état, où il venoit d'ê-
tre créé. Je te fuplie donc, dit-il à Jupiter, (fi
tant eft que ma demande ne foit pas contre tes
ordonnances) que, puifque tous ces animaux *,
indignes de tes graces, ont refufé vingt ans du
terme à vivre, que tu leur avois donné, comme ne connoiffant pas le bien, que tu leur fai-
fois, faute d'avoir l'ufage de raifon : il te plaife
de me les acorder, afin que je les vive pour eux,
& que tu fois mieux fervi de moi. Jupiter,
trouvant céte demande raifonnable, lui octroia:
Qu'aprés qu'il auroit vécu fes trente ans, il
commenceroit de vivre, premiérement, les
vingt ans, que l'Afne cedoit, à la charge, qu'il
en feroit toutes les fonctions, en travaillant,
chariant, tirant, & amenant à la maifon tout
ce qui feroit neceffaire au ménage. Que depuis cinquante jufques à foixante-dix, il vi-

* l'Afne, le Chien, & le Singe.

vroit les vingt ans du Chien , aboiant , & grondant , comme aiant beaucoup d'incommodités , & ne prenant plaifir à rien. Et qu'enfin depuis foixante-dix jufques à quatre-vingt-dix, il acheveroit les années du Singe , en contrefaifant les défauts de la Nature. Auffi voionsnous , que ceux , qui arivent à cet âge , ont coutume , tout vieux qu'ils font , de vouloir paroitre jeunes , de s'ajufter , de fe redreffer , & de faire des excés de jeuneffe , pour fembler être ce qu'ils ne font pas ; comme auffi de joüer avec les enfans , ainfi que font les finges.

Il dit encore prefque la même chofe dans le dernier Chapitre de fon Difcret. Trente années , *dit-il* , furent données à l'Homme , pour joüir , & pour fe réjoüir ; vingt lui furent prétées fur fa bonne-foi , pour travailler ; vingt autres du Chien , pour aboier ; & les vingt derniéres , pour badiner avec les enfans , comme les Singes.

MAXIME CCLXXVII.

L'Homme-d'Oftentation.

CE talent donne du luftre à tous les autres. Chaque chofe a fon tems , & il faut épier ce tems. Car chaque jour n'eft pas un jour de trionfe. Il y a des gens d'un caractére particulier , en

qui le peu paroît beaucoup, & que le beaucoup
fait admirer. Lorſque l'excellence eſt jointe avec
l'étallage, elle paſſe pour un prodige. Il y a des
Nations oſtentatives, & l'Eſpagnole l'eſt au ſuprême degré. La montre tient lieu de beaucoup,
& donne un ſecond être à tout, & particuliérement, quand la réalité la cautionne. Le Ciel, qui
donne la perfection, y joint auſſi l'oſtentation. Car
ſans elle toute perfection ſeroit dans un état violent. A l'oſtentation, il y faut de l'art. Les choſes
les plus excellentes dépendent des circonſtances,
&, par conſéquent, elles ne ſont pas toujours de
ſaiſon. Toutes les fois que l'oſtentation s'eſt faite
à contretems, elle a mal réüſſi. Rien ne ſoufre
moins l'afectation. Et c'eſt toujours par cet endroit, que l'oſtentation échoüe, parce qu'elle aproche fort de la vanité, & que celle-ci eſt tres-ſujéte
au mépris. Elle a beſoin d'un grand tempérament,
pour ne pas donner dans le vulgaire. Car ſon
trop l'a déja décréditée parmi les gens-d'eſprit.
Quelquefois elle conſiſte dans une éloquence
muéte, & dans le ſavoir-montrer la perfection
comme par maniére-d'aquit. Car une ſage
diſſimulation eſt une parade plauſible, céte même privation éguillonnant plus vivement la
curioſité. Sa grande adreſſe eſt de ne pas
montrer toute ſa perfection en une ſeule fois,
mais ſeulement par piéces, & comme ſi l'on
étoit

étoit aprés à la peindre, pour en découvrir toujours davantage. Il faut, qu'un bel échantillon
engage à montrer quelque chose, qui soit encore
plus beau ; & que l'aplaudissement donné à la
premiére piéce fasse desirer impatiemment de
voir toutes les autres.

*Céte Maxime est tirée de son Apologue du Discret, intitulé, Hombre
de Ostentacion, dont l'extrait servira ici de Commentaire.*

Ce qui ne se voit point, dit-il, est comme
s'il n'étoit point. Ton savoir n'est rien, si les
autres ignorent, que tu sais, dit un grand Auteur satirique.

Scire tuum nihil est, nisi te scire hoc sciat alter.
Perse.

Les choses ne passent pas pour ce qu'elles sont,
mais bien pour ce qu'elles paroissent être. Il y a
beaucoup plus de sots, que de gens-d'esprit.
Ceux-là se paient de l'aparence ; & bien que
ceux-ci s'arêtent à la substance, la tromperie
l'emporte, & fait, que rien ne s'estime que par
le dehors. *Et une page aprés.* Sache, disent au
Paon les Ambassadeurs des autres Oiseaux, que
toute nôtre République se tient ofensée de ton
insurportable orgüeil. Car c'est à toi une singularité bien odieuse, de vouloir toi seul étaler ta
vaine roüe au soleil, ce que nul autre oiseau
n'ose faire, quoiqu'il y en ait beaucoup, qui le
Pp

pouroient faire à meilleur titre, que toi. C'est
pourquoi l'on te commande, par sentence irré-
vocable, de t'abstenir doresnavant de te singu-
lariser, &c. A quoi le Paon répondit : Pourquoi
condannés-vous en moi l'ostentation, & non la
beauté ? Le Ciel, qui m'a donné celle-ci, m'a
pareillement régalé de l'autre. A quoi me servi-
roit la réalité sans l'aparence ? Aujourd'hui, les
Politiques ne dogmatisent autre chose, sinon que
la plus grande sagesse consiste à faire paroître.
Savoir, & le savoir montrer, c'est doublement
savoir. Pour moi, je dirois de l'ostentation ce
que d'autres disent du bonheur, qu'une once
d'ostentation vaut mieux, que des quintaux de
capacité sans elle. Que sert-il, qu'une chose soit
excellente, si elle ne le paroît pas ? *Et deux pages aprés.* C'est une dispute politique de savoir,
si la réalité vaut mieux, que l'aparence. Il y a
des choses grandes en elles-mêmes, qui ne le paroissent pas ; & d'autres, qui sont peu, & paroissent beaucoup. Tant l'ostentation, ou le
manque d'ostentation fait d'éfet.···. Il y a des
hommes, en qui le peu éclate beaucoup, & dont
le beaucoup est un sujet d'admiration. Ce sont
des gens de parade : car lorsque l'éminence &
l'aparence sont jointes ensemble, elles forment
un prodige. Au contraire, nous avons vu des
personages éminens, qui n'ont pas paru la moi-

tié de ce qu'ils étoient, faute de favoir le montrer. Il n'y a guére, qu'un Grand-homme ter-
raffoit tout le monde à la Campagne, & apellé
au Confeil-de-guerre avoit peur d'un chacun.
Celui, qui étoit fi propre pour faire, ne l'étoit
nullement pour parler. ·.·. L'Oftentation donne un vrai luftre aux qualités héroïques, & comme un fecond être à toutes chofes, lors que
la réalité la cautionne. Car fans le mérite, ce
n'eft qu'une tromperie vulgaire: Elle ne fert qu'à
manifefter les défauts, &, par conféquent, à
faire méprifer, au lieu de faire aplaudir. Quelques-
uns s'empreffent fort de fortir, pour fe montrer
fur le Téatre-Univerfel ; & ce qu'ils font eft de
publier leur ignorance, que la retraite cachoit
honnêtement. Or ce n'eft pas là faire oftentation
de fes talens, mais déclarer fotement fes défauts,
&c.

Tout ce qui eft excellent, dit-il dans fon Difcret au Chap. *No fer malilla*, a ce malheur,
qu'à force d'être en ufage, il fe convertit en abus.
Comme tout le monde le recherche avec em-
preffement, d'excellent il devient bientôt commun : & puis en ceffant de paffer pour rare, il
vient à être méprifé comme vulgaire. Chofe
étrange ! fa propre excellence eft la caufe de fa
ruine. Cet aplaudiffement univerfel fe change
en un dégoût univerfel. C'eft-là, pour ainfi dire,

le ver, qui ronge les chofes les plus plaufibles en toute forte d'éminence. Ce ver, naiffant de leur vogue même, & fe nouriffant de l'oftentation, qui s'en fait, les jéte enfin par terre, quelque-haut élevées qu'elles foient. Le trop d'éclat eft caufe, que les prodiges même paffent bientôt pour des chofes ordinaires. ···. C'eft la rente des plus excellentes Peintures & des plus riches ta-pifferies d'être mifes en vüe, à toutes les grandes fêtes. Mais à force d'avoir des fpectateurs, elles rencontrent beaucoup de juges, qui en remar-quent les défauts. D'où il arive bientôt, qu'elles paffent pour des piéces communes. ···. Le plus délicieux manger n'eft plus fi favoureux, dés la feconde fois, & l'on s'en dégoûte à la troifiéme. S'il en eft ainfi de la nouriture matérielle, que fera-ce de celle de l'Ame, des délices de l'Enten-dement? Le goût de l'efprit eft délicat : plus l'ef-prit eft grand, & plus ce goût eft dificile à con-tenter. Il n'y a rien, qui vaille une excellente rareté. Le dificile a toujours été eftimé.

A mefure qu'un homme excellent en favoir, en prudence, ou en probité, fe retire, il fe fait defirer, parce que fa retraite augmente l'envie & le plaifir de le voir. Tout ménagement eft falu-taire, & donne plus d'aparence : D'où dépend la durée de la réputation. Cela eft même d'ufage à l'égard de la beauté, dont l'oftentation eft in-

continent punie d'une diminution d'eſtime, &
puis d'un vrai mépris. Ah que ce mal vulgaire fut bien connu, & bien prévenu par céte fa-
meuſe Maitreſſe de Néron, Sabina Poppea, qui
ſût mieux, que perſonne du monde, faire valoir
une rare beauté. Car il en reſtoit toujours béau-
coup plus à voir, qu'elle n'en montroit. Il ne
lui ſufiſoit pas d'en épargner la vûe aux autres,
elle ſe l'épargnoit encore à ſoi-même. Un jour,
elle faiſoit entrevoir ſes yeux, & ſon front; une
autre fois, ſa bouche & ſes joües; ſans laiſſer jamais échaper le reſte à ſon voile *. Par où elle
ſe concilia force adorateurs. C'eſt une grande leçon, que de ſavoir ſe faire eſtimer, & de ſavoir
ſi bien expoſer en vente un grand talent, que le
deſir univerſel y méte l'enchére. Céte adreſſe eſt agréablement enſeignée par l'éxemple
qui ſuit. Un Indien, qui avoit quantité de riches émeraudes, en montra une à un habile Joal-

* Cela eſt tiré de Tacite, qui
parle d'elle en ces termes. Modeſ-
tiam præferre, & laſcivia uti; rarus
in publicum egreſſus, idque velata
parte oris, ne ſatiaret aſpectum, vel
quia ſic decebat. Ann. 13. Et quelques
lignes aprés il ajoute, que dés qu'-
elle vit Néron épris d'elle, au lieu
de le careſſer comme auparavant,
elle commença de faire la dificile
& l'impérieuſe, & de ne pas vouloir reſter plus d'une nuit ou deux
avec lui, ſous couleur de l'amour
extrême qu'elle feignoit avoir pour
Oton ſon mari. Primùm per blan-
dimenta & artes valeſcere, ſe formâ
Neronis captam ſimulans; mox acri
jam Principis amore ad ſuperbiam
vertens, ſi ultra unam alteramque
noctem attineretur, nuptam eſſe ſe dictitans, nec poſſe matrimonium amittere, devinctam Othoni per genus vitæ, quod nemo adæquaret.

Pp iij

lier, pour en faire le prix. Celui-ci la paia en admiration. L'Indien en aiant tiré une seconde, qui étoit encore plus belle, le Joallier l'estima la moitié moins, comme aussi la troisiéme, & la quatriéme, à proportion. De sorte que l'Indien fort surpris de voir, qu'à mesure qu'il montroit quelque chose de plus beau, l'autre y métoit un plus bas prix, en aprit la cause, qui nous servira d'enseignement. C'est, dit le Joallier, que l'abondance même du précieux se décredite soi-même, atendu que, dés que la rareté cesse, l'estime s'en va.

  Et dans le Chap. 7. de son Héros. La pluralité se décrédite soi-même, jusque dans les choses du plus haut prix : au contraire, la rareté met l'enchére à une perfection médiocre. ···. C'est donc une adresse non commune, d'inventer une nouvelle route, pour se rendre excellent, & pour devenir célèbre. Il y a bien des chemins, qui ménent à la singularité, mais ils ne sont pas tous fraiés. Les plus nouveaux, bien qu'ils soient les plus dificiles, sont pourtant les plus courts, pour ariver à la grandeur.

MAXIME CCLXXVIII.

Fuir en tout d'être remarquable.

A L'être trop , les perfections même feront des défauts. Celui-ci vient de la fingulari-té, & la fingularité a toujours été cenfurée. Qui-conque fait le fingulier, demeure feul. La po-liteffe même eft ridicule, fi elle eft exceffive ; el-le ofenfe, quand elle donne trop dans la vüe. A plus forte raifon, les fingularités extravagantes doivent-elles choquer. Cependant, quelques-uns veulent être connus par les vices mêmes , juf-ques à chercher la nouveauté dans la méchan-ceté , & à fe piquer d'avoir un fi mauvais re-nom [1]. En fait même d'habileté le trop dégéné-re en charlatanerie.

---

1 Plufieurs, *dit Machiavel dans la Préface de fon Hiftoire de Floren-ce* , ont afecté de fe rendre célé-bres par des faits dignes de blâme, faute d'avoir eu ocafion de le pou-voir devenir par des actions dignes de loüange. *Et Tacite dit,* qu'il y a des gens, qui trouvent un rafi-nement de plaifir dans la gran-deur même de l'infamie. *Ob ma-gnitudinem infamiæ , cujus apud prodigos noviffima voluptas eft. Ann.* 11.

MAXIME CCLXXIX.

Laiſſer contredire ſans dire.

IL faut diſtinguer, quand la contradiction vient de fineſſe, ou de ruſticité. Car ce n'eſt pas toujours une opiniâtreté, quelquefois c'eſt un artifice. Prens donc garde à ne te pas engager dans l'une, ni laiſſer tomber dans l'autre. Il n'y a point de peine mieux emploiée, que celle d'épier : ni de meilleure contrebaterie contre ceux, qui veulent crocheter la ſerrure du cœur, que de métre la clef de la retenüe en dedans. *Voiés la Maxime* 179.

MAXIME CCLXXX.

L'Homme-de-bon-aloi.

IL ne reſte plus de bonne-foi : les obligations ſont miſes en oubli. Il y a peu de bonnes coreſpondances. Au meilleur ſervice la pire récompenſe. Aujourd'hui le monde eſt fait ainſi. Il y a des Nations entiéres enclines à mal agir. Des unes, la trahiſon en eſt toujours à craindre ; des autres, l'inconſtance ; & de quelques.

qués autres la tromperie. Sers-toi donc de la mauvaîfe corefpondance d'autrui , non comme d'un éxemple à imiter ; mais comme d'un avertiffement d'être fur tes gardes. L'Intégrité court rifque de biaifer à la vûe d'un procédé mal-honnête : mais l'homme-de-bien n'oublie jamais ce qu'il eft, à-caufe de ce que font les autres.

MAXIME CCLXXXI.

L'Aprobation des habiles-gens.

UN tiéde O U I d'un Grand-homme eft plus à eftimer, que l'aplaudiffement de tout un peuple [1]. Quand on a une arête dans le gofier, le reniflement ne fait point refpirer. Les Sages parlent avec jugement, &, par conféquent, leur aprobation caufe une fatisfaction immortelle. Le prudent Antigonus faifoit confifter toute fa renommée dans le feul témoignage de Zénon [2]. Et Platon apelloit Ariftote toute fon école.

[1] Un jour, que le peuple d'Aténes aprouvoit un avis de Phocion, celui-ci demanda à fes amis , fi c'étoit, qu'il eût dit quelque impertinence. Tant il avoit mauvaife opinion des jugemens & des fufrages du peuple. Et une autre fois qu'une délibération, qui avoit paffé contre foh avis, avoit eu un bon fuccés, il dit au peuple, qu'il s'en réjoüiffoit, mais qu'il ne fe repentoit nullement d'avoir confeillé le contraire.

[2] A la mort de qui il difoit, qu'il avoit perdu le tèmoin de fes actions, & le téatre de fa gloire.

Qq

Quelques-uns ne ſe ſoucient que de remplir leur eſtomac, ſans regarder, ſi c'eſt une danrée commune. Les Souverains même ont beſoin des bons Ecrivains, dont les plumes leur ſont plus à craindre, qu'un portrait naïf aux laides.

MAXIME CCLXXXII.

Se ſervir de l'expédient de l'abſence, pour ſe faire reſpecter, ou eſtimer.

SI la préſence diminüe la réputation, l'abſence l'augmente. Celui, qui, étant abſent, paſſe pour un lion, ne paroît qu'une ſouris 1, étant préſent. Les perfections perdent leur luſtre, ſi on les regarde de trop-prés : parce qu'on regarde plutôt l'écorce de l'extérieur, que la ſubſtance & l'intérieur de l'eſprit. L'Imagination porte bien plus loin que la Vüe ; & la tromperie, qui d'ordinaire entre par les oreilles, ſort par les yeux. Celui, qui ſe conſerve dans le centre de la bonne opinion, que l'on a de lui, conſerve ſa réputation. Le Fénix même ſe ſert de la retraite & du déſir, pour ſe faire eſtimer & regreter davantage.

---

1 L'Auteur dit, *qu'un ridicule enfantement des montagnes*, ce qui ſeroit fade & obſcur en nôtre langue : au lieu que l'antitéſe d'une ſouris à un lion a de la grace, & rend mieux le ſens du Proverbe, *Parturient montes, naſcetur ridiculus mus.*

MAXIME CCLXXXIII.

L'Homme de bonne-invention.

L'INVENTION marque un excés d'efprit.
Mais où fe trouvera-t-elle fans un grain de
folie ? L'invention eft le partage des efprits-vifs,
& le bon-choix celui des efprits folides. La premiére eft plus rare, & plus eftimée, atendu que
beaucoup de gens ont réüffi à bien choifir, &
tres-peu à bien inventer, & à avoir la primauté
de l'excellence, auffi bien que celle du tems. La
nouveauté eft infinuante, &, fi elle eft hureufe,
elle reléve doublement ce qui eft bon. Dans les
chofes, où il y va de jugement, elle eft dangereufe, à-caufe qu'elle donne dans le paradoxe ;
dans celles, où il ne s'agit que de fubtilité, elle eft
loüable : & fi la nouveauté & l'invention rencontrent bien, elles font plaufibles.

MAXIME CCLXXXIV.

Ne te mêle point des faaires d'autrui, & tu ne feras point mal dans les tiennes.

ESTIME-toi, fi tu veux que l'on t'eftime [1].
Sois plutôt avare que prodigue de toi. Fai-

Qq ij

toi defirer, & tu feras bien reçu *. Ne viens jamais, que l'on ne t'apelle, & ne vas jamais que
l'on ne t'envoie. Celui, qui s'engage de fon chef,
fe charge de toute la haine, s'il ne réüffit pas;
&, quand il réüffit, on ne lui en fait point de gré.
L'homme, qui eft trop intrigant, eft le but du
mépris : & comme il s'introduit fans honte, il
eft repouffé avec confufion.

1 Il en eft de l'eftime raifonable
de foi-même, dit Juan Rufo *Apoftegme* 221. comme de la charité
bien ordonnée, qui commence toujours par foi-même.

2 L'Objet de la vüe, dit le même, eft plus grand de prés, mais celui du defir eft plus grand de loin.
Apoftegme 6.

MAXIME CCLXXXV.

Ne fe pas perdre avec autrui.

SACHE, que celui, qui eft dans le bourbier,
ne t'apelle, que pour fe confoler à tes dépens,
quand tu feras embourbé avec lui. Les malhureux cherchent quelqu'un, qui leur aide à porter leur afliction. Tel, qui, durant leur profpérité, leur tournoit le dos, leur tend maintenant
la main. Il faut bien avifer à ne fe pas noier, en
voulant fecourir ceux, qui fe noient.

Céte Maxime s'adreffe particuliérement aux Princes. Dans un
Particulier, dit Saavedra, *emprefa*
47. la compaffion ne peut jamais
être un excés, mais dans un Prince
elle peut être tres-nuifible. . . .

Qu'un Particulier hafarde fa vie, ou fa fortune, pour en fecourir un autre , c'eft une bonté digne de loüange, mais qui feroit digne de blâme dans un Prince, s'il engageoit le falut de fon Etat, pour fauver celui de fon Voifin, fans avoir des raifons fufifantes. Et la parenté, ni l'amitié particuliére, n'en font pas d'affés bonnes, pour l'engager au fecours d'un autre, parce qu'il eft né pour fes fujets plus que pour fes parens, ni pour fes amis. Quand la rencontre eft telle, que l'affiftence doit enveloper celui, qui la donnera, dans le malheur de celui, qui la demande, il n'y a ni obligation, ni compaffion, qui puiffe fervir d'excufe à céte imprudence. *Salus populi fuprema lex efto*, dit Cicéron *3. de Leg.*

Juan Rufo voiant un prunier, où les branches entées portoient de meilleures & de plus groffes prunes, que celles des branches naturelles, dit, que c'étoit un éxemple, qui donnoit à entendre, que l'on fe prévaut quelquefois de nôtre propre affiftence contre nous-mêmes. *Apoftegme 37.*

MAXIME CCLXXXVI.

Ne fe pas laiffer obliger entiérement, ni par toutes fortes de gens.

CAR ce feroit devenir l'efclave-commun. Les uns font nés plus hureux que les autres; les premiers, pour faire du bien; & les feconds, pour en recevoir [1]. La liberté eft plus précieufe, que tout don : & c'eft la perdre, que de recevoir [2]. Il vaut mieux tenir les autres

[1] Entre neuf chofes, où l'Ecléfiaftique de l'Ecriture fait confifter la félicité de l'homme, l'une eft de ne point dépendre de gens, qui font indignes de commander. *Beatus, qui non fervivit indignis fe. Cap. 25.*

[2] Caligula faifant ofrir deux cens talens au Filofofe Démétrius, pour l'atirer à fon fervice : *Toto*, dit le Filofofe, *eram illi experiendus Imperio.* C'eft-à-dire. Si l'Empereur me vouloit avoir, il ne me devoit pas ofrir moins que tout l'Empire. Au dire de Socrate, l'homme vaut mieux que

dans la dépendance , que de dépendre d'un feul. La Souveraineté n'a point d'autre commodité , que de pouvoir faire plus de bien ᣜ. Sur-tout , garde-toi de tenir aucune obligation pour faveur. Sois perfuadé , que le plus fouvent l'on ne cherchera à t'obliger , que pour t'engager.

tout ce qu'on lui peut donner. (Mais pour cela il faut, que ce foit un homme, & les hommes font rares.) C'eſt encore ici qu'a lieu le beau mot de ce Filofofe , qui entendant fa femme gronder de ce qu'il avoir refufé les préfens d'un Grand, lui dit : *C'eſt que j'ai mon ambition , comme cet homme a la ſienne.*

ᣜ C'eſt la penſée d'un Lacédémonien , qui difoit , que le plus bel endroit, par où les Rois ſe diſtinguoient du commun des hommes , c'étoit, que perſonne n'avoit autant de pouvoir qu'eux de faire du bien aux autres.

MAXIME CCLXXXVII.

N'agir jamais durant la paſſion.

AUTREMENT, on gaſtera tout. Que celui, qui n'eſt pas à foi, ſe garde bien de rien faire par foi. Car la paſſion bannit toujours la raiſon. Qu'il ſubſtitüe pour lors un médiateur prudent , lequel ſera tel , s'il eſt ſans paſſion. Ceux, qui voient joüer les autres , jugent mieux que ceux, qui joüent, parce qu'ils ne ſe paſſionnent pas. Quand on ſe ſent de l'émotion, la retenüe doit batre la retraite ¹, de peur de s'échaufer davantage la bile. Car alors tout ſe feroit violemment, & par quelques momens de furie l'on s'aprêteroit le sujet d'un long repentir, & d'un grand murmure.

1 A l'imitation de ce Spartiate, | *te batrois bien, si je n'étois en colé-* qui disoit à un de ses esclaves : *Je* | *re.*

MAXIME CCLXXXVIII.

Vivre selon l'ocasion.

SOIT l'action, soit le discours, tout doit être mesuré au tems. Il faut vouloir, quand on le peut. Car, ni la saison, ni le tems, n'atendent personne. Ne régle point ta vie sur des maximes générales, si ce n'est en faveur de la vertu. Ne prescris point de loix formelles à ta volonté. Car tu seras dés demain forcé de boire de la même eau, que tu méprises aujourd'hui. L'impertinence de quelques-uns est si paradoxe, qu'elle va jusqu'à prétendre, que toutes les circonstances d'un projet s'ajustent à leur manie, au lieu de s'acommoder eux-mêmes aux circonstances. Mais le Sage sait, que le nort de la prudence consiste à se conformer au tems.

Dans son Ferdinand il dit, que c'étoit la maxime, sur laquelle rouloit toute la politique de ce Prince. *Et quelques lignes aprés.* Plusieurs Rois, dit-il, eussent été les fils de la Renommée, s'ils l'eussent été de la Saison. Car c'est elle, qui donne le point de perfection aux actions, &

fur-tout à celles des Rois. *Tempori cedere*, dit Cicéron, *femper fapientis eft habitum.* Et le Jeune-Pline eft du même fentiment. *Faciendi aliquid*, dit-il, *vel non faciendi, vera ratio, cùm hominum ipforum, tum rerum etiam ac temporum conditione muta-* *tur. Ep. 27. lib. 6.* C'eft-à-dire, que les raifons de faire, ou de ne pas faire quelque chofe, changent felon la condition des tems, la natu-re des afaires, & la qualité des perfonnes, avec qui l'on a à trai-ter.

MAXIME CCLXXXIX.

Ce qui décrédite davantage un homme, eft de montrer qu'il eft homme.

ON ceffe de le tenir pour divin, dés le jour qu'il eft reconnu tres-humain. La legére-té eft le plus grand contrepoids de la réputa-tion. Comme l'homme-grave paffe pour plus qu'un homme, de même l'homme-leger paffe pour moins qu'un homme. Nul vice ne décré-dite tant que la legéreté, dautant qu'elle s'opofe en face à la gravité. L'homme-leger ne fauroit être fubftantiel, & fur-tout, s'il eft vieux, aten-du que fon âge éxige plus de prudence 1. Et quoi-que ce défaut foit fi commun, il ne laiffe pas d'être étrangement décrié dans chaque Parti-culier.

1 Dans les enfans, dit Juan Ru-fo *Apoftegme* 16. la legéreté eft une gentilleffe ; dans les hommes-faits, c'eft un défaut honteux ; mais dans les vieillards, c'eft une folie monf-trueufe.

MAXIME CCXC.

C'eſt un bonheur de joindre l'eſtime avec l'afeétion.

POUR être reſpecté, il ne faut pas être trop
aimé. L'Amour eſt plus hardi, que la Haine. L'afeétion & la vénération ne s'acordent
guére enſemble. Et quoi qu'il ne faille pas être
trop craint, il n'eſt pas bon d'être trop aimé.
L'Amour introduit la franchiſe, & à meſure
que celle-ci entre, l'eſtime ſort. Il vaut mieux
être aimé avec reſpeét, qu'avec tendreſſe. Tel
eſt l'amour, que demandent les Grans-hommes.

MAXIME CCXCI.

Savoir faire une tentative.

QUE l'adreſſe de l'homme-judicieux con-
trepeſe la retenüe de l'homme-fin. Il faut
un grand jugement, pour meſurer celui d'autrui.
Il vaut bien mieux connoitre le caractére des
eſprits, que la vertu des herbes & des pierres.
C'eſt là un des plus grands ſecrets de la Vie. L'on
connoît les métaux au ſon, & les perſonnes au
Rr

parler. L'intégrité se reconnoît aux paroles, mais encore plus aux éfets. C'est ici, qu'il est besoin de beaucoup de pénétration, de circonspection, & de précaution.

MAXIME CCXCII.

Estre au dessus , & non au dessous, de son emploi.

QUELQUE grand que soit le poste, celui, qui le tient, doit se montrer encore plus grand. Un homme, qui a de quoi fournir, va toujours en croissant, & en se signalant davantage dans ses emplois : au lieu que celui, qui a le cœur étroit, se trouve bien-tôt arêté , & est enfin réduit à ne pouvoir remplir ses obligations, ni soutenir sa réputation. Auguste se piquoit d'être plus grand-homme, que grand-Prince. C'est ici qu'il sert beaucoup d'avoir du cœur, & une confiance raisonnable en soi-même [1].

---

1 C'est ainsi que Tacite dit, que quelques-uns sucombent sous le faix des emplois ; & que d'autres s'y évertüent, la grandeur & l'importance des afaires leur servant d'éguillon. *Excitari quosdam ad meliora magnitudine rerum , hebescere alios. Ann. 3.*

MAXIME CCXCIII.

De la maturité.

ELLE éclate dans l'extérieur, mais encore plus dans les mœurs. La gravité matérielle rend l'or précieux, & la gravité morale, la perſonne. Céte gravité eſt l'ornement des qualités, par la vénération, qu'elle leur atire 1. L'extérieur de l'homme eſt la façade de l'ame. La maturité n'eſt pas une ſote contenance, ni une afectation de geſtes précieux, comme le diſent les étourdis ; mais une autorité meſurée. Elle parle par ſentences, & agit toujours à-propos. Elle ſupoſe un homme-fait, c'eſt-à-dire, qui tient autant du grand-perſonage, que de l'homme-meur. Dés que l'homme ceſſe d'être enfant, il commence d'être grave, & de ſe faire valoir.

---

1 Pourvu que ce ne ſoit pas une gravité afectée. Car au dire du Jeune-Pline, l'imitation de la gravité eſt toujours un ſujet de moquerie & de mépris. *Temporaria gravitas , vel potiùs gravitatis imitatio , ridetur. Ep. 13. lib. 6.*

MAXIME CCXCIV.

Se modérer dans ses opinions.

UN chacun juge selon son intérêt, & abon-
de en raisons dans tout ce que son *apré-
hension* [1] lui represente. La pluspart des hommes font céder la raison à la passion. De deux
personnes, qui sont d'avis contradictoire, l'une
& l'autre présume, que la raison est de son côté.
Mais elle, qui est toujours fidéle, n'a jamais été
à-deux-visages. C'est au Sage de reflêchir sur
un point si délicat : & par là son doute cor-
rigera l'entêtement des autres. Qu'il se méte
quelquefois du côté de son Adversaire, pour
examiner sur quoi il se fonde, & cela fera,
qu'il ne le condannera pas, ni qu'il ne se donnera pas lui-même si facilement cause-gagnée.

---

1 C'est ainsi que les Filoso- tion de l'esprit.
fes apellent la premiére opéra-

MAXIME CCXCV.

Faire, sans faire l'homme - d'afaires.

CEUX, qui en ont le moins, font ceux, qui
veulent en paroitre acablés. Ils font miſtére de tout, & encore, avec le plus grand froid
du monde. Ce font des Caméléons d'aplaudiſſement, mais de qui un chacun rit à gorge-dé-
ploiée. La vanité a toujours été inſuportable,
mais ici elle eſt bafoüée. Ces petits fourmis -
d'honneur vont mandiant la gloire des grans
exploits. Montre le moins que tu pouras tes
plus éminentes qualités. Contente-toi de faire,
& laiſſe aux autres de le dire. Donne tes belles
actions, mais ne les vens point. Il ne faut jamais
loüer des plumes-d'or, pour les faire écrire ſur
de la boüe ; qui eſt choquer tout ce qu'il y a de
gens-ſages. Pique-toi plutôt d'être un Héros,
que de le paroitre.

Ceux-là, (dit-il dans le Chap. de ſon Diſcret, intitulé *Hazañeria*) font le plus les gens-
d'afaires, qui en ont le moins, parce qu'ils vont
à la chaſſe des ocaſions, & qu'ils les éxagérent.
Ils métent l'enchére à des choſes, qui valent

Rr iij

moins que rien. Ils font un miſtére de tout, &
de la moindre choſe ils en font un prodige. Toutes leurs afaires ſont les premiéres du monde,
& toutes leurs actions ſont des exploits. Toute
leur vie eſt une ſuite de miracles, que la Renommée doit publier à ſon-de-trompe. Il n'y a
rien de commun en eux, tout y eſt ſingulier,
ſoit en valeur, en ſavoir, ou en bonheur. Toute
préſomption a toujours paſſé pour ſotiſe, mais
la vanterie eſt intolérable [1]. Les Sages ſe piquent
plus d'être grans, que de le paroitre. Mais ceux-
ci ſe contentent de la ſeule aparence. Tant s'en
faut que ce ſoit en eux une marque de ſublimité, que de vouloir paroitre : Au contraire, cela
montre leur petit eſprit, puiſque la moindre
choſe leur paroît autant que la plus grande.···.
Si l'orgüeil a toujours déplu, c'eſt principalement ici. Ils rencontrent le mépris là où ils cherchoient de l'eſtime. Lorſqu'ils s'imaginent qu'-
on les admirera, ils ſe trouvent expoſés à la riſée de tout le monde. Leur vanité ne vient nullement de grandeur-d'ame, mais plutôt de baſ-
ſeſſe-de-cœur, puiſqu'ils n'aſpirent pas au véritable honneur, mais ſeulement aux aparences; non
aux vrais exploits, mais à s'en vanter, ſans les
avoir faits.···. Il y en a d'autres, qui font les Mi-

[1] Celui, qui ſe loüe, dit Juan | ait. *Apoſtegme* 524.
Rufo, médit du meilleur ami qu'il

niftres à outrance, grans-hommes à groffir les objets ². Il n'y a point de petite afaire pour eux, d'atomes ils en font une grand' pouffiére, & de peu de chofe un grand bruit. Ils fe vendent pour des gens acablés d'afaires, &, par confé-quent, afamés de repos, & de loifir. Ils ne par-lent que par miftére, leur moindre gefte donne à deviner. Ils font de grandes exclamations, & puis il s'arêtent tout court, (pour furprendre da-vantage) femblables aux Machines de ce *Gianello della Torre* ³, d'auffi grand bruit, & de peu de profit. ⸱⸱⸱. Il y a bien de la diférence, & même de la contrariété entre les grans-*faifeurs* & les grans-*difeurs*. Car plus les premiers font de belles cho-fes, & moins ils afeɛtent de les étaler. Ils fe contentent de faire, & laiffent aux autres à di-re ce qu'ils ont fait ; & quand les autres fe tai-fent, les chofes mêmes parlent affés. ⸱⸱⸱⸱⸱⸱. Les feconds vendent à l'enchére ce que donnent les autres. ⸱⸱⸱⸱⸱. Ils le publient à fon-dé-trompe : & faute de trouver affés de plumes parmi celles de la Renommée, ils prennent à loüage des plu-mes - d'or, (c'eft-à-dire, des plumes vénales) pour leur faire écrire des caraɛtéres de boüe.

2 Efet de l'Amour-propre, qui, au dire du même, regarde tou-jours avec des lunétes-à groffir les objets.

3 C'étoit un Italien, qui fervoit à divertir Charle-quint dans fa re-traite de Saint Jufte, avec des hor-loges & des marionétes. Strada dit, que c'étoit l'Archiméde de fon tems.

Et puis il conclut en ces termes. Les plumes de
la Renommée ne font pas d'or, parce qu'elles
ne font ni à vendre, ni à loüer : mais elles ont
meilleur fon, que le plus pur argent ; elles ne
font d'aucun prix , mais elles le donnent aux
mérites.

Ajoutés à cela ce que Diogéne | res : *Qu'il avoit bonne-grace de con-*
dit un jour à un jeune Fanfaron,qui | *trefaire la femme.*
lui aléguoit la multitude de fes afai- |

MAXIME CCXCVI.

L'Homme de prix, & de qualités majeftueufes.

LES grandes font les grans-hommes. Une
feule de celles-là eft équivalente à toutes
les médiocres enfemble. Autrefois un homme
fe piquoit de n'avoir rien que de grand chés lui,
& même jufqu'aux plus communs uftenfiles. A
plus forte raifon un grand perfonage doit-il faire en forte , que toutes les perfections de fon
efprit foient grandes. Comme tout eft immen-
fe & infini en Dieu, tout doit être grand & ma-
jeftueux dans un Héros : fi bien que toutes fes
actions , & même toutes fes paroles , foient re-
vétües d'une majefté tranfcendante.

MAXIME

MAXIME CCXCVII.

Faire tout, comme si l'on avoit des témoins.

C'EST un homme digne de considération, que celui, qui considére, qu'on le regarde, ou qu'on le regardera. Il sait, que les parois écoutent, & que les méchantes actions créveroient plutôt que de ne pas sortir. Lors même qu'il est seul, il fait comme s'il étoit en la présence de tout le monde, parce qu'il sait, que tout se saura. Il regarde comme des témoins présens ceux, qui par leur découverte le feront aprés. Celui-là ne craignoit point, que ses voisins tinssent regître de tout ce qu'il feroit dans sa maison, qui desiroit, que tout le monde le vît [1].

1 Un Livius Drusus, qui dit à un Architecte : Tu me demandes tant, pour empêcher, que l'on ne voie dans ma maison : & moi je te donnerai le double, pour faire, que tout le monde y voie. *Cùm ædificaret domum*, dit Paterculus *Hist. 2. promitteretque ei architec-* | *tus, ita se eam ædificaturum, ut libera à conspectu, immunis ab omnibus arbitris esset, neque quisquam in eam despicere posset : Tu verò, inquit, si quid in te artis est, ita compone domum meam, ut quicquid agam ab omnibus perspici possit.*

MAXIME CCXCVIII.

L'esprit fécond, le jugement profond, & le goût-fin.

CES trois choses font un prodige, & font le plus grand don de la Libéralité Divine. C'est un grand avantage, de concevoir bien, & encore un plus grand, de bien raisonner, & surtout d'avoir un bon-entendement. L'esprit ne doit pas être dans l'épine du dos, ce qui le rendroit plus pénible qu'aigu. Bien penser, c'est le fruit de l'Estre-raisonnable. A vingt ans, la Volonté regne ; à trente, l'Esprit ; à quarante, le Jugement. Il y a des esprits, qui, comme les yeux du Linx, jétent d'eux-mêmes la lumiére, & qui sont plus intelligens, quand l'obscurité est plus grande. Il y en a d'autres, qui sont d'*impromptu*, lesquels donnent toujours dans ce qui est le plus à-propos. Il leur vient toujours beaucoup, & tout bon. Fécondité tres-hureuse. Mais un bon-goût assaisonne toute la vie.

MAXIME CCXCIX.

Laisser avec la faim.

IL faut laisser les gens avec le nectar fur les lévres. Le defir eft la mefure de l'eftime. Jufque dans la foif du corps, c'eft une fineffe de bon-goût de la provoquer, & non de la contenter entiérement. Le bon eft doublement bon, lorfqu'il y en a peu. Le rabais eft grand à la feconde fois. La joüiffance trop pleine eft dangereufe. Car elle eft caufe, que l'on méprife la plus haute perfection. L'unique régle de plaire eft de trouver un apêtit, que l'on a laiffé afamé. S'il le faut provoquer, que ce foit plutôt par l'impatience du defir, que par le dégoût de la joüiffance. Une félicité, qui coûte de la peine, contente doublement. *Voiés la Maxime* 220.

MAXIME CCC.

Enfin, être Saint.

C'EST dire tout en un feul mot. La Vertu eft la chaine de toutes les perfections, & le centre de toute la félicité. Elle rend l'homme prudent, atentif, avifé, fage, vaillant, retenu, intégre, hureux, plaufible, véritable, & Héros en tout. Trois (*S*) le font hureux, la Santé, la Sageffe, la Sainteté. La Vertu eft le foleil du petit monde ¹, & a la bonne-confcience pour émisfére. Elle eft fi belle, qu'elle gagne la faveur du Ciel & de la Terre. Il n'y a rien d'aimable qu'elle, ni de haïffable que le Vice. La Vertu eft une chofe tout-à-bon, tout le refte n'eft qu'une moquerie. La capacité & la grandeur fe doivent mefurer fur la vertu, & non fur la fortune. La Vertu n'a befoin que d'elle-même. Elle rend l'homme aimable durant fa vie, & mémorable aprés fa mort ².

1 C'eft-à-dire, de l'homme, qui eft apellé le microcofme.

2 La Vertu, *dit-il dans la fetié-me Critique de la feconde Partie de fon Criticon*, eft un bien, que l'homme poffëde en propre, & que perfonne ne lui fauroit demander. Tout n'eft rien fans elle, & elle feule eft tout. Les autres biens font de faux biens, elle feule en eft un véritable. Elle eft l'Ame de l'ame, la vie de la Vie, le relief & la couronne de toutes les perfections, & la perfection de tous les êtres. *Et dans la conclufion de fon Héros.* Si l'excellence mortelle eft digne de nos defirs, l'éternelle doit être l'objet de nôtre ambition. C'eft peu, ou même ce n'eft rien, que d'être Héros en ce monde : au lieu que c'eft beaucoup de l'être en l'autre.

Principibus placuiffe viris non ultima laus eft.
Non cuivis homini contingt adire Corinthum.
Hor. Epift. 17. lib. 1. Epift.

OMISSIONS

Au Commentaire de la Maxime 22. sur ces mots (Les dits modernes ajoutant la grace de la nouveauté, &c.) tombe cête Note.

2 Il en est du récit des bons-mots, dit Juan Rufo *Apostegme* 310. comme de la vente de la vieille vaisselle-d'argent, où l'on perd la façon. Car l'ocasion, à laquelle ils ont été dits la première fois, est toujours de manque dans la répétition ; & ; par conséquent, on ne les admire plus. Outre que ces bons-mots, hors de leur première place, sont comme des diamans hors de leur enchassure ; ou comme, à la paume, des bales prises au second bond.

A ces mots de la Maxime 64. (Mauvaises nouvelles ne valent rien, ni à donner, ni à recevoir) répond cête Note.

1 Il ne faut jamais porter une mauvaise nouvelle aux Princes. Tacite dit, que l'on se hâta fort de mander à Domitien, qu'Agricola, qu'il haïssoit à-cause de sa réputation, étoit aux derniers abois : & que cet empressement fit croire, que l'Empereur ne seroit pas fâché d'aprendre cête nouvelle. *Momen-ta deficientis per dispositos cursores nuntiata, nullo credente sic accelerari, quæ tristis audiret. In Agricola.* Ne dis jamais de mauvaises nouvelles, dit Juan Rufo à son fils, & si tu veux être en repos, ne donne jamais d'étreines au Courier, qui t'en aportera de telles. *Dans une létre en vers.*

Pour la Maxime 108.

C'est la coutume des Imprimeurs, dit le même, de moüiller leur papier, pour le rendre propre à recevoir la forme des Caractéres. Et ce qui est à remarquer, c'est qu'en trempant le papier par demi-mains, & à diverses fois, l'eau s'imbibe de feüille en feüille, en sorte que, par une admirable correspondance, les feüilles moüillées humectent les feüilles seiches, & celles-ci seichent les autres, en prenant l'eau, qu'elles ont de trop. Ce papier montre aux hommes, comment ils doivent se servir les uns aux autres. *Apostegme* 597.

Pour la Maxime 222.

Plufieurs gens, dit encore le mê-me, faute de penfer à ce qu'ils di-fent, fe trouvent arêtés tout-court pour un mot dit à la volée, que quelqu'un de la Compagnie prend comme dit à-deffein pour foi. C'eft-pourquoi, ajoute-t-il, quand vous étes en converfation, imaginés-vous, que vous joüés aux échets, &, par conféquent, confidérés bien, comment le jeu eft difpofé, avant que de remuer aucune piéce. *Apof-tegme* 52.

J'ai afecté de citer cet Auteur, parce qu'outre que Gracian en fait beaucoup de cas, & le cite lui-même tres-fouvent dans fon Agudeza, *j'ai trouvé qu'ils avoient tous deux beaucoup de conformité dans leur Morale.*

RECAPITULATION
DES PRECEPTES
Contenus dans les trois-cens Maximes de ce Livre.

ADMIRATION.

L'ADMIRATION eſt l'étiquéte de l'ignorance. *Note de la Maxime 28.*

Un goût fin eſt toûjours avare de ſon aplaudiſſement.*Ibidem.*

Comme l'excellence eſt rare, il faut meſurer ſon eſtime, pour ne pas paſſer pour homme de peu d'entendement. *Max. 41.*

Les in-promptus ſont les amorces de l'admiration. *Commentaire de la Maxime 56.*

Pour être admiré, il faut toûjours garder quelque choſe pour le lendemain. *Max. 58. & 277.* de quoi paître l'admiration. *Max. 212.*

La coutume diminüe l'admiration. *Max. 31.*

AFAIRES.

Les ſages ne s'y engagent pas volontiers. *Max. 47.*

C'eſt une grande ſcience de ſe ſavoir ſouſtraire aux afaires. *Max. 33.*

Il vaut mieux ne rien faire, que de s'ocuper mal-à-propos.*Ibidem.*

Un loiſir honnête vaut mieux que beaucoup d'afaires. *Max. 247.*

Vivre dans l'embaras des afaires, c'eſt vivre à la hâte. *Ibidem.*

Les grandes afaires ont beſoin d'un grand ſecours. *Note 2. de la Maxime 147.*

Les afaires valent mieux faites qu'à faire. *Max. 174. & Note 1. de la Maxime 72.*

L'irréſolution eſt pire, que la mauvaiſe éxécution. *Max. 72.*

AFECTATION.

L'on paſſe pour étranger en tout ce que l'on afeɛte. *Maxime 123.*

Prens garde à ne pas tomber dans l'afeɛtation en afeɛtant de ne pas afeɛter. *Ibidem.*

TABLE.

TABLE.

TABLE.

Nouveaute'.

Ofenses.

Ostentation.

TABLE.

TABLE.

La

Vu

TABLE.

TABLE.

TABLE.

MAXIMES PARTICULIERES
de quelques Princes & Grans, ſoit anciens, ou modernes.

D'AGRICOLA.

IL évitoit d'entrer en compétence avec ſes Colégues, ne voulant ni
entreprendre ſur eux, ni qu'ils entrepriſſent ſur lui. *Notes des Max.*
43. & 106.
Il ne faiſoit, ni ne diſoit jamais rien par oſtentation. *Notes des Max.* 85.
& 106.
Il vouloit tout ſavoir, mais ſans faire tout ce qu'il ſavoit. *Note de
la Max.* 170.

D'ALEXANDRE.

Il diſoit, qu'il ne faloit rien laiſſer pour le lendemain. *Max.* 53.
Sa préſence-d'eſprit. *Note 1. de la Max.* 56.
Son Archicœur. *Comment. de la Max.* 128.
Son regret de n'être pas ſi célébre qu'Achilles. *Max.* 75.
Son équité. *Notes de la Max.* 146. & *Max.* 227.

D'ALEXANDRE VI. PAPE.

Il ne faiſoit jamais ce qu'il diſoit, & ſon fils ne diſoit jamais ce qu'il
faiſoit. *Notes de la Max.* 179.

D'AUGUSTE.

Haſte-toi lentement. *Max.* 53. & *Comment. de la Max.* 55.
Aſſés tôt, ſi aſſés bien. *Max.* 57.
Il ſe glorifioit davantage d'être grand-homme, que d'être grand Prin-
ce. *Max.* 291.

TABLE

DE CESAR.

DE CHARLES VII. ROI DE FRANCE.

DE CHARLES-EMANUEL I. DUC DE SAVOIE.

DU CARDINAL CICALA.

DE FERDINAND-LE-CATOLIQUE.

DE FILIPPE II. ROI D'ESPAGNE.

Vu iij

TABLE

TABLE.

PRIVILEGE DU ROI.

LOUIS PAR LA GRACE DE DIEU ROI DE FRANCE ET DE NAVARRE, A nos amés & feaux Conseillers les Gens tenans nos Cours de Parlement, Maîtres des Requêtes ordinaires de nôtre Hôtel, Grand-Conseil, Baillis, Senéchaux, Prevôts, leurs Lieutenans, & à tous autres nos Justiciers & Officiers qu'il apartiendra, SALUT. Nôtre amé JEAN BOUDOT, Libraire en nôtre bonne ville de Paris, nous a fait remontrer, que le Sieur AMELOT DE LA HOUSSAIE aiant traduit & compilé quelques ouvrages Espagnols de BALTASAR GRACIAN dans un Livre intitulé L'HOMME-DE-COUR, il le lui auroit mis entre les mains pour l'imprimer, s'il nous plaisoit lui acorder nos Lêtres de Permission sur ce necessaires; ce qui a obligé l'Exposant d'avoir recours à Nous, & de nous faire tres-humblement suplier de les lui vouloir octroier. A CES CAUSES, desirant favorablement traiter l'Exposant, Nous lui avons permis & acordé, permétons & acordons par ces Présentes, d'imprimer, ou faire imprimer, vendre & debiter en tous les lieux de nôtre Roiaume ledit Livre, en telle marge & caractére, & autant de fois que bon lui semblera, durant le tems de six années consécutives, à compter du jour qu'il sera achevé d'imprimer pour la première fois. Pendant lequel tems nous faisons tres-expresses défenses à tous Imprimeurs, Libraires, & autres, d'imprimer, faire imprimer, vendre & distribuer ledit Livre, ni même d'en apporter & débiter des exemplaires contrefaits en païs étranger, sous prétexte d'augmentation, correction, changement de titre, fausses marques, ou autrement, à peine de six mille livres d'amende paiable par chacun des contrevenans, & aplicable un tiers à Nous, un tiers à l'Hôpital-Général de nôtre bonne ville de Paris, & l'autre tiers à l'Exposant; de confiscation des exemplaires contrefaits, & de tous dépens, dommages & intérêts: A condition qu'il sera mis deux exemplaires dans nôtre Bibliotheque publique, un en celle du Cabinet de nos Livres en nôtre Château du Louvre, & un en celle de nôtre tres-cher & feal le Sieur le Tellier, Chevalier, Chancelier de France, avant que de l'exposer en vente. A la charge aussi que l'impression en sera faite dans le Roiaume, & non ailleurs, & que ledit Livre sera imprimé sur de beau & bon papier, & de belle impression; & ce suivant ce qui est porté par le Reglement fait pour la Librairie & Imprimerie au mois de Juin 1618. enregistré en nôtre Cour de Parlement de Paris le 9. Juillet ensuivant, à peine de nullité des Présentes, lesquelles seront regitrées dans le Registre de la Communauté des Imprimeurs & Libraires de nôtre bonne ville de Paris. SI VOUS MANDONS ET ENJOIGNONS, que du contenu en icelles vous saissiez jouir pleinement & paisiblement l'Exposant, & ceux, qui auront droit de lui, sans souffrir, qu'il leur soit fait aucun empêchement. Voulons aussi, qu'en métant au commencement, ou à la fin dudit Livre, une copie des Présentes, ou un extrait d'icelles, elles foient tenües pour bien & dûement fignifiées, & que foi y foit ajoutée & aux copies collationnées par l'un de nos amez & feaux Confeillers & Secretaires, comme à l'ori-ginal. Commandons au premier Huiffier ou Sergent fur ce requis, de faire pour l'éxécution d'icel-l'es tous exploits, faifies, & actes néceffaires, fans demander autre permiffion, nonobftant clameur de Haro, Chartre Normande, & Lettres à ce contraires : CAR TEL EST NÔTRE PLAI-SIR. DONNE'à Verfailles le 25. Février l'an de grace mil fix-cens quatre-vints-quatre, & de nôtre regne le quarante-unième. Par le Roi en fon Confeil, LE PETIT.

Regiftré fur le Livre de la Communauté des Libraires & Imprimeurs de Paris le 28. Février 1684. fuivant l'Arreft du Parlement du 8. Avril 1653. & ceux du Confeil d'Stat & Privé du Roi des 25. Octobre 1663. & 27. Février 1665. C. ANGOT, Sindic.

Achevé d'imprimer pour la première fois le quinziéme jour de Juillet 1684.

Ledit BOUDOT a fait part du Privilége ci-deffus à la Veuve d'EDME MARTIN, Imprimeur & Libraire à Paris, pour en joüir fuivant l'acord fait entre eux.

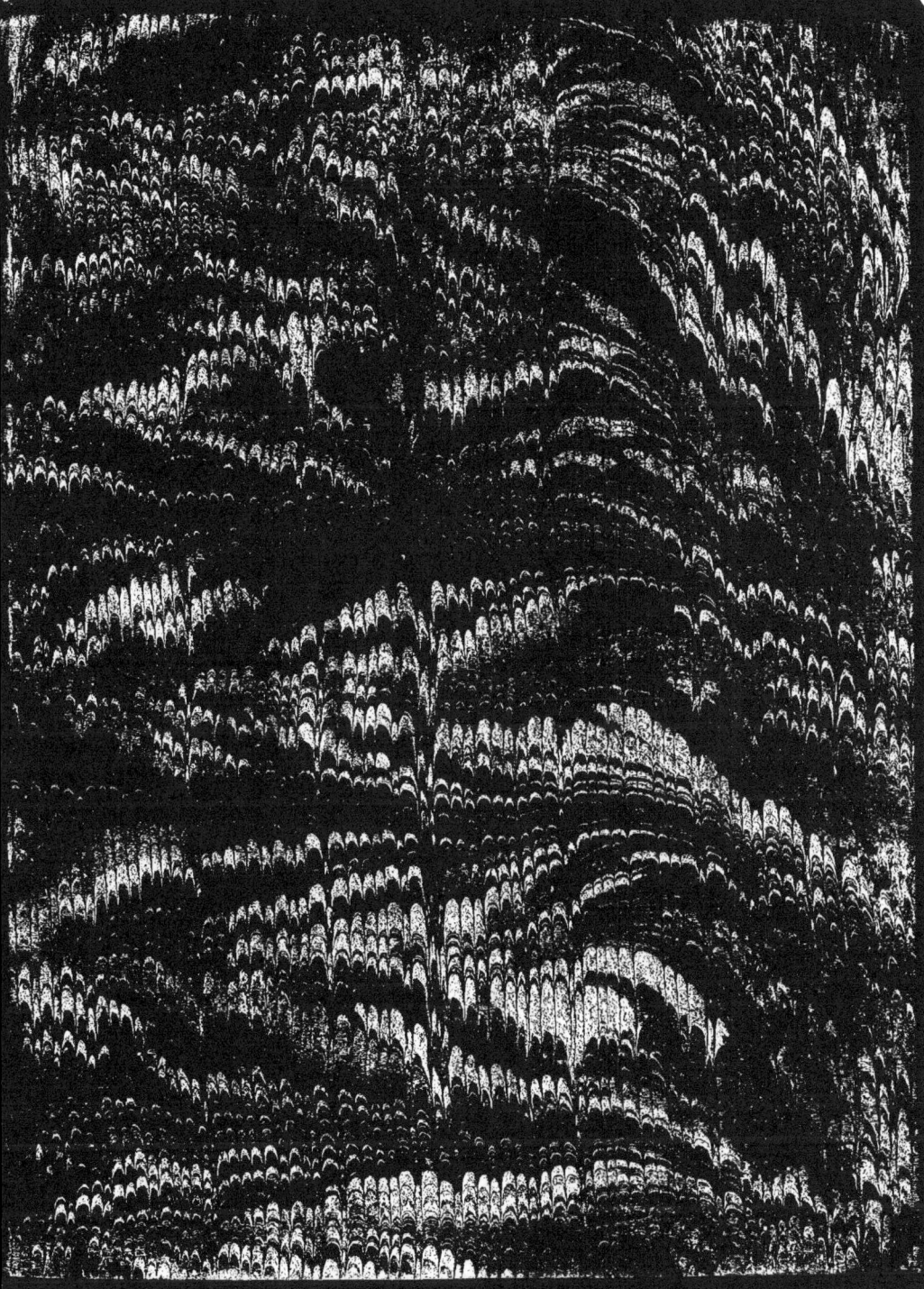

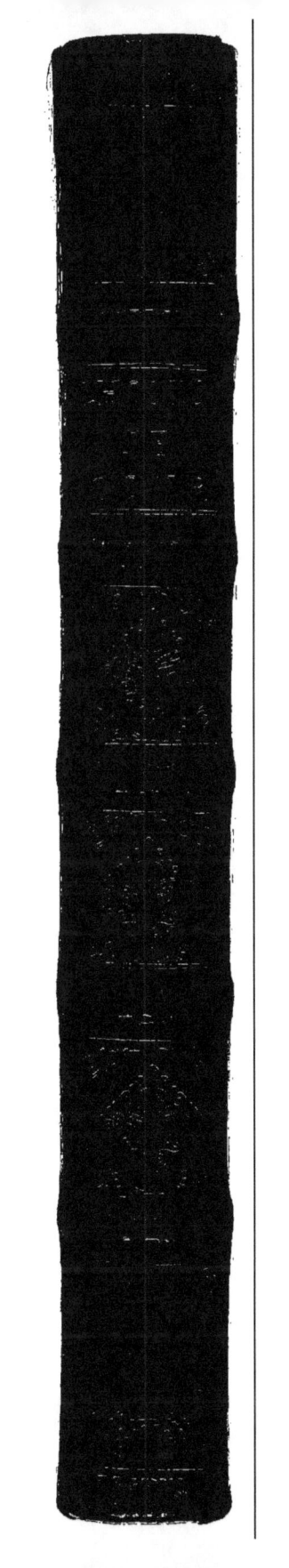